ARTHUR CONAN DOYLE

La Ĉashundo de la Baskerviloj

ARTHUR CONAN DOYLE

La ĈASHUNDO de la BASKERVILOJ

Esperantigis
William Auld

ESPERANTO-ASOCIO DE BRITIO
2024

Arthur Conan Doyle
La Ĉashundo de la Baskerviloj
Serio: Festjaro BAULDTON

Esperanto-Asocio de Britio
Londono, 2024
esperanto.org.uk

ISBN: 978-0-902756-80-9

Esperanto-Asocio de Britio dankas al la familio de William Auld
pro ĝia afabla permeso republikigi lian tradukon, kaj al la
eldonejo Sezonoj pro provizado de la prilaborita teksto, kiun
ĝi uzis en la eldonoj de 1998 kaj 2010, redaktita de Aleksander
Korĵenkov kaj korektita de Halina Gorecka.

La tekston en la nuna versio lingve kontrolis Simon Davies.

William Auld estis la unua persono nomumita por la *Premio Nobel pri Literaturo* pro verko en la Internacia Lingvo, ĉefe pro sia majstroverka originalaĵo, la 25 ĉapitrojn longa poemego *La infana raso*, publikigita en 1956, kiam li estis ĉe la pinto de sia poezia potenco. Preskaŭ duonjarcenton poste li elektis ĝin kiel unu inter tri verkoj, kiujn li kunprenus, se oni ekzilus lin al dezerta insulo, «por memorigi min pri kio mi iam kapablis».

Auld estis unu el la dek pli bonaj kandidatoj en 1999, kaj same en 2004 kaj 2006, kiam oni pliajn fojojn kandidatigis lin. Precipe pro tiu ĉi unua nomumo ĵurio aranĝita de *La Ondo de Esperanto* elektis lin la unua *Esperantisto de la Jaro* en 1999.

★ ★ ★

William Auld naskiĝis la 6-an de novembro 1924 en Erith, Anglujo, la unua infano de George kaj Minnie Auld, ambaŭ skotoj: la familio reinstaliĝis en Skotlando en 1933. Tre diligenta lernejano, en 1936 li gajnis stipendion por Allan Glen's School en Glasgovo, privata porknaba liceo.

Proksimume dek-jara li komencis vizitadi bibliotekon en Glasgovo, kie, en 1937, li trovis la skoltajn promeson kaj leĝaron en Esperanto en revuo. Demandinte poste al sia skoltestro, ĉu li ion scias pri Esperanto, li ricevis la lernolibron *Step by Step in Esperanto* – ĝin (kaj ankaŭ sian ekzempleron de *Edinburga Poŝ-vortaro Esperanta*) li neniam forlasis, eĉ kiam li deĵoris baldaŭ poste kiel aviadisto dum la Dua Mondmilito.

En novembro 1942 Bill – kiel li estis ĝenerale konata – dekok-jariĝis kaj aliĝis al la flugarmeo. Du jarojn poste li fariĝis piloto de *Spitfire* – la sola sukcesa kandidato inter 50 – kiun li flugigis por observado kaj fotado de alto ĝis 12 km. Lia deĵorado finiĝis en

7

novembro 1946, kio kondukis al la muldado de ĝisosta, dumviva esperantisto. Pro la milito la familio transloĝiĝis al Helensburgh, sed Bill vizitis Glasgovon ĉiun semajnfinon, ĉefe por kunveni kun Meta Stewart, samlernejano, kun kiu li korespondadis dum la milito. Ŝi fariĝis lia edzino en 1952, kaj patrino de iliaj infanoj, Judith (1954) kaj Roy (1956). La geedzoj ĉiun tagon interŝanĝis kelkajn vortojn en Esperanto dum la sekvaj feliĉaj jardekoj.

Renkontiĝante en tiu periodo kun Meta en Glasgovo, Bill trovis grandan stokon da Esperanto-libroj en tiea komunista librobutiko. Per la aĉetitaĵoj li eksciis pri lokaj grupoj, al kiuj li tuj aliĝis. Tiel «mi komencis mian Esperantan karieron – dek unu jarojn post la eklerno de la lingvo».

★ ★ ★

Mirinda estas la progreso, post lia ekaktivo jarfine de 1946. En januaro 1947 li abonis al la debutanta *Esperanto en Skotlando*, kaj jam en la dua numero aperis poemo, kiun li tradukis. En 1949 la redaktoran seĝon li transprenis.

Elstare imponaj estis liaj kontribuoj en la sekva jardeko, malgraŭ tio, ke ne ĝis 1950 li findecidis verki en Esperanto, anstataŭ en la angla, pro kredo, ke ne eblas elstari inter aŭtoroj verkante en du lingvoj. La internacia esperantistaro ekaŭdis pri li en 1952, kiam Juan Régulo Pérez starigis sian faman eldonejon *Stafeto*, kies unua eldonaĵo nomiĝis *Kvaropo*, kolekto de poemoj verkitaj de kvar skotoj: Auld, John Dinwoodie, John Francis, kaj Reto Rossetti. Sekvis en 1956 *La infana raso*, en 1957 *Angla Antologio I: 1000–1800* (kun Rossetti), en 1958 *Esperanta Antologio 1887–1957*. Tiom da temporabaj valoraĵoj li kontribuis en periodo, kiam li estis la redaktoro, depost 1955, de *Esperanto*, dufoje nova patro, kaj trejniĝis kiel instruisto. Lian unuan profesian postenon li akiris en 1956, kaj en 1960 li sukcese kandidatiĝis por ofico de ĉefinstruisto en literatura fako en lernejo en Alloa: post du jaroj li jam fariĝis vicestro, kaj restis 29 jarojn ĉe tiu liceo, ĝis emeritiĝo.

Senĉese li laboris por Esperanto en pluraj kampoj, ne nur kiel poeto. Li estis vicprezidanto de UEA (1977–1980), membro de la Akademio de Esperanto (1964–1983) kaj ĝia prezidanto (1979–1983), kaj redaktoro de, interalie, *Monda Kulturo* (1962–1963), *Norda Prismo* (1968–1972), *La Brita Esperantisto* (1971–2000), kaj *Fonto* (1980–1987).

En 1987, koincide kun la centjariĝo de Esperanto, Edistudio eldonis *En barko senpilota*, lian plenan poemaron. Sia ĉefplenumaĵo, tamen, li konsideris ne unu el siaj abundaj originalaj verkoj, sed sian tradukon de la tri libroj de *La Mastro de l' Ringoj*, famega serio verkita de J.R.R. Tolkien, eldonitaj en 1995, 1996 kaj 1997.

★ ★ ★

William Auld mortis la 11-an de septembro 2006, en la aĝo de 81 jaroj. Sur lia tomboŝtono en Dollar videblas kvinpinta stelo kaj du trafegaj vortoj: *Granda Esperantisto*.

Antaŭparolo
al la festjara eldono

Neniam aparte plaĉis al mi hundoj – eble ĉar al ili neniam ŝajnas plaĉi mi – sed mi ĉiam tre ŝatis ĉi tiun romanon, en kiu la majstra detektivo Ŝerloko Holmso solvas misteron pri terura fantoma hundego sur soleca nebula erikejo. Kaj des pli ekde 1998, kiam unue publikiĝis ĝia elstare bona esperantigo el la plumo de Vilĉjo Auld.

Laŭ la antaŭbabilo de *La aventuroj de Ŝerloko Holmso* (Sezonoj, 2013) Auld «preskaŭ malvolonte» faris la tradukon, opiniante *La aventurojn* pli interesaj kaj legataj. *La ĉashundo de la Baskerviloj* estas tamen tre grava kulturaĵo, vaste populara kaj oftege adaptita al la ekrano. Ĝia aŭtoro, Arthur Conan Doyle («Dojlo»), ne rigardis la holmsan rakontaron kiel seriozan literaturon; en 1893, fine de novelo, Ŝerlokon Holmson li eĉ formortigis. Sed la legantoj rifuzis tion akcepti, kaj en 1901, kiam Dojlo bezonis sufiĉigi la enspezojn, li (simile malvolonte?) ekverkis la *Ĉashundon*, prezentante ĝin kiel aferon okazintan *antaŭ* la morto de Holmso.

Kvankam la plej multaj rakontoj pri Holmso situas en Londono, ĉi tiu okazas plejparte en kampara loko en sudokcidenta Anglujo. Tie la danĝera marĉa erikejo, la malnova morna domego

11

kaj la supernatura ĉashundo estigas aparte «gotikan» etoson, kaj la verkisto plene elmontras siajn priskribajn talentojn, kiam dum pluraj ĉapitroj li tute formetas Holmson el la bildo kaj lasas al ties multe pli impresiĝema amiko, doktoro Vatsono, suspense rakonti siajn spertojn en leteroj kaj taglibro.

Sed kiom profunde William Auld regis la lingvon Esperanto, tion trabriligas la tuta traduko, ne nur la scenoj sur la erikejo. Belajn elvokajn adjektivojn li konstante trovadas – *transkonigita, timfreneza, malbonema* – aldonante ian idioman spiceton de tempo al tempo per la sufikso *um* – *malgajumi, elfoliumi, malhelumanta*. La proprajn nomojn li plene kaj senpardonpete esperantigas, inkluzive la ĉarmajn vilaĝnomojn *Filikindo* kaj *Kotaĉo*! Kaj ege lertas lia pritrakto de la problemoj, kiujn prezentis al li mallongigo dumaniere interpretebla en la malfermaj alineoj kaj (en ĉapitro 4) vortoj eltonditaj el gazeto kaj rearanĝitaj en tute alian frazon.

Ie-tie aperas kurioza vorto, kiu maloftas en la ĉiutaga parolado, ekzemple la verbo *sordini* (= obtuzigi, dampi) aŭ, pri bieno, *majorata* (= heredota de la plej maljuna filo de la eksposedanto). Pli ol dudek fojojn oni legas pri *bagnulo*, kiu eskapis el punlabora malliberejo; eble sufiĉus *punlaborulo*. Tamen ankaŭ en la originala teksto de Dojlo oni renkontas kelkajn nekutimajn vortojn.

Efektive pri tio rimarkigas Kristoforo Beno, la 15-jara ĉefrolulo de la moderna romano *La kurioza incidento de la hundo en la nokto*, kies elangligon eldonis Esperanto-Asocio de Britio (EAB) en 2022. Notinte, ke «*La Ĉashundo de la Baskerviloj* estas mia plej ŝatata libro», li daŭrigas: «Sed kelkfoje oni amuziĝas, se oni ne konas la signifojn de la vortoj ĉar oni povas serĉi ilin en vortaro», citante *bagnulo* kaj *kariolo* kiel ekzemplojn.

Kristoforo estas matematikemulo kun tre specialigitaj interesoj kaj la propra maniero observi la mondon. Oni forte ricevas la impreson, ke li estas aŭtisma, sed tion la libro neniam rekte diras. En ĉapitro 107, kiu temas preskaŭ ekskluzive pri la *Ĉashundo*, Kristoforo asertas, ke – same kiel Holmso – li havas «ĝis tre rimarkinda grado, la povon laŭvole malkroĉi sian menson», kaj komentas, ke «se mi estus proprasenca detektivo, li estas tia detektivo kia mi estus».

La nuna reeldono de la *Ĉashundo* en 2024 formas parton de Festjaro BAULDTON, projekto, per kiu EAB kunhonoras la centajn datrevenojn de la naskiĝoj de William Auld kaj Marjorie Boulton. Tie kaj tie ni profitis la okazon por aldoni partan aŭ tutan frazon hazarde preterviditan de Auld, aŭ por reguligi la tempon de pluraj verboj en nerekta parolo, aŭ por revizii vortelekton: ekzemple, komence de ĉapitro 4, en «li *vestis* [...] kompleton» ni nun legas *portis*; *aliam* en ĉapitro 9 iĝis *alifoje*; *noktomanĝi* nun aperas anstataŭ *lastmanĝi* fine de ĉapitro 12. Postparolo detaligas la ŝanĝojn por interesatoj.

Do eĉ momenton ne malŝparu! Pinglo, korko kaj slipo, la afero konturiĝas! Al kukolo, ensuĉiĝu en la misteron!

Simon Davies
Oktobro 2024

Antaŭvortoj de la tradukinto

Mi neniel pardonpetas pro mia esperantigo de propraj nomoj en tiu ĉi traduko. Min ĉiam ĝenas fremdlingvaj nomoj, ofte por mi neprononceblaj, meze de Esperanta teksto, ĉar ili ĉiam hezitigas la rapidan fluon de mia legado. Ne nur tio, sed la fremdlingvaj nomoj ne akceptas nature adjektivigon aŭ adverbigon, kaj – plej grave – akuzativigon. Ne ekzistas regulo, kiu tekstas: «La akuzativo estas deviga, krom en la kazo de propraj nomoj»; aŭ: «objekto ne ekzistas, kiam temas pri propraj nomoj.» Agi tiel estas subtila subfoso de nia lingvo, kaj vidigas mankon de fido pri ĝi entute.

Alilandula fuŝprononco de anglaj propraj nomoj nur konfirmas por mi mian sintenon.

En la kazo de *Dr Watson* (tiel), la nomo mem jam ŝajnas havi akuzativan finaĵon, kio estas maloportuna (ĉu *Dr Watson'on* – ba!), do mi uzas: *doktoro Vatsono*.

Vivanta homo eble havas rajton al sia nomo, sed tio ne nepre validas kaze de fikcia kreaĵo. Ni devas liberigi nin de imponiĝo antaŭ la nomaj ideogramoj, kaj restarigi la fluantecon de nia ŝatata lingvo!

Alia problemeto leviĝas jam en la titolo: temas pri la angla vorto *hound*, kiu tute ne sinonimas al la angla vorto *dog* (=

hundo). Ŝajnas, ke multaj aliaj lingvoj tute ne rekonas similan diferencon (france: *Le Chien des Baskerville*). La vorto *hound* jam entenas en si nuancon de minaco, ĉar ĉiam ĝi sentigas pri ĉasado (krom se oni uzas ĝin sarkasme aŭ satire). Pri hundoj ni britoj estas tre sentimentalaj, sekve *The Baskervilles' Dog* (oni simple neniam dirus *The Dog of the Baskervilles*) pensigus nin nepre pri dorlotata hejma amiko. La vorto *hound* estas esenca al la etoso de la verko. Kaj sekve en la Esperanta traduko la uzado de *ĉashundo* estas nepre necesa. Tion cetere konfirmas ĉiuj angla-Esperantaj vortaroj.

William Auld

Ĉapitro 1

Sinjoro Ŝerloko Holmso

Sinjoro Ŝerloko Holmso, kiu kutime ellitiĝis tre malfrue en la matenoj, krom je tiuj ne maloftaj okazoj, kiam li maldormis tutan nokton, sidis antaŭ la matenmanĝa tablo. Mi staris sur la apudkamena tapiŝeto kaj levis la bastonon postlasitan de nia vizitinto la antaŭan vesperon. Tio estis bela dika lignaĵo, tuberkapa, de tiu speco, kiun oni nomas «penanga advokato».[1] Ĝuste sub la kapo estis arĝenta bendeto, larĝa preskaŭ unu colon. «Al Jakobo Mortimero, M.R.K.Ĥ.,[2] de liaj amikoj en M.Ĉ.K.» estis sur ĝi gravurita, kun la dato «1884». Estis ĝuste tia bastono, kian kutimis porti pramodaj familiaj kuracistoj – digna, solida kaj kuraĝiga.

«Nu, Vatsono, kiel vi taksas ĝin?»

Holmso sidante prezentis al mi sian dorson, kaj mi neniel signis al li mian okupiĝon.

«Kiel vi sciis, kion mi faras? Ŝajnas al mi, ke vi havas kapmalantaŭe okulojn.»

---

1 Marŝbastono, farita el la trunko de dorna palmeto *Licuala acutifida*, nomita laŭ la loko Penango en Malajo.

2 Membro de la Reĝa Kolegio Ĥirurga.

«Tamen mi havas brilpoluritan arĝentumitan kafujon antaŭ mi», li diris. «Sed diru al mi, Vatsono, kiel vi taksas la bastonon de nia vizitinto? Ĉar ni bedaŭrinde maltrafis lin kaj scias nenion pri lia komisio, tiu hazarda memoraĵo iĝas grava. Lasu, ke mi aŭdu vin rekonstrui la homon per esplorado de ĝi.»

«Ŝajnas al mi,» mi diris, laŭeble imitante la metodojn de mia kunulo, «ke doktoro Mortimero estas sukcesinta maljuneta kuracisto, altestimata, ĉar tiuj, kiuj konas lin, donacis al li tiun ĉi atestaĵon pri sia ŝato.»

«Bone!» diris Holmso. «Bonege!»

«Al mi ŝajnas cetere, ke plej probable li estas kampara kuracisto, kiu sufiĉe multe vizitadas marŝe.»

«Kial do?»

«Ĉar tiu ĉi bastono, kvankam origine tre bela, estas tiom uzĉifita, ke mi malfacile imagas, ke urba kuracisto portus ĝin. La dika metala bastonpinto estas tute trivita, ĉar evidente li multe marŝis kun ĝi.»

«Senmanke kredinde!» diris Holmso.

«Kaj cetere, jen estas la ‹amikoj de M.Ĉ.K.› Mi konjektas, ke tio estas ĉasista klubo, al kies membroj li eble havigis iom da kuracista helpo, kaj kiuj reciproke donacis al li modestan memoraĵon.»

«Vere, Vatsono, vi superas vin mem», diris Holmso, retroŝovante sian seĝon kaj fajrigante cigaredon. «Mi nepre devas diri, ke en tiuj priskriboj, kiujn vi bonvolis publikigi pri miaj propraj modestaj plenumoj, vi kutime subtaksis la proprajn talentojn. Eble vi ne estas mem luma, sed lumon vi konduktas. Kelkaj homoj, kiuj ne estas geniaj, rimarkinde kapablas stimuli. Mi konfesas, kara homo, ke mi tre multe ŝuldas al vi.»

Li neniam antaŭe diris simile, kaj necesas konfesi, ke liaj

vortoj profunde plezurigis min, ĉar min ofte pikis lia indiferento pri mia admirado kaj miaj provoj por publikigi liajn metodojn. Mi ankaŭ fieris pensante, ke mi sufiĉe mastras lian sistemon por utiligi ĝin laŭ maniero, kiu gajnis lian aprobon. Li nun prenis la bastonon el miaj manoj kaj esploris ĝin dum kelkaj minutoj per senvitraj okuloj. Poste, kun mieno interesata, li demetis sian cigaredon kaj, portinte la bastonon al la fenestro, li traesploris ĝin denove per konveksa lupeo.

«Interese, kvankam elemente», li diris, reirante al sia ŝatata angulo de la kanapo. «Certe troviĝas unu-du indikoj sur la bastono. Ĝi donas al ni fundamenton por pluraj induktoj.»

«Ĉu mi ion neglektis?» mi demandis, iom memgravige. «Mi esperas, ke nenion atentindan mi pretervidis, ĉu?»

«Mi timas, kara mia Vatsono, ke plimultaj viaj konkludoj estis eraraj. Kiam mi diris, ke vi stimulas min, mi intencis diri, se paroli malkaŝe, ke per rimarkado de viaj eraroj mi estis de tempo al tempo gvidata al la vero. Tio ne signifas, ke en tiu ĉi kazo vi tute malpravis. La homo certe estas kampara kuracisto. Kaj li multe marŝas.»

«Sekve mi pravis.»

«Tiomgrade.»

«Sed tio estis la tuto.»

«Ne, ne, kara mia Vatsono, tute ne – neniel la tuto. Mi volas sugesti, ekzemple, ke solena donaco al kuracisto pli verŝajne venas de malsanulejo ol de ĉasista klubo, kaj kiam la literoj ‹Ĉ.K.› sekvas tiun malsanulejon, la vortoj ‹Ĉaringo-Kruca› tre nature sugestiĝas.»

«Vi eble pravas.»

«Probableco troviĝas tiudirekte. Kaj se ni akceptas tion kiel provizoran hipotezon, ni havas novan fundamenton, laŭ kiu ni komencu konstrui tiun nekonatan vizitinton.»

«Nu do, se ni supozas, ke ‹M.Ĉ.K.› efektive indikas ‹Malsan-ulejon Ĉaringo-Krucan›, kiajn pliajn induktojn ni rajtas elpreni?»

«Ĉu neniuj sin proponas? Vi konas miajn metodojn. Utiligu ilin!»

«Mi povas nur pripensi la memevidentan konkludon, ke la homo kuracistis en la ĉefurbo antaŭ ol iri en la kamparon.»

«Al mi ŝajnas, ke ni rajtas riski iom pli ol tion. Rigardu la aferon jenmaniere. Je kia okazo estus plej probable, ke tian solenan donacon oni transdonus? Kiam liaj amikoj unuiĝus por doni al li garantiaĵon pri sia bonvolo? Evidente en la momento, kiam doktoro Mortimero eksiĝis el deĵorado en la malsanulejo por komenci propran kuracistan praktikon. Ni scias, ke okazis tia donacado. Ni opinias, ke okazis ŝanĝiĝo de urba malsanulejo al kampara praktiko. Ĉu do tro streĉas nian indukton, se ni diras, ke la donaco estis prezentita okaze de la ŝanĝiĝo?»

«Tio certe ŝajnas tre probabla.»

«Nu, vi konstatos, ke li ne povis esti *stabano* de la malsanulejo, ĉar tian postenon povus havi nur iu firme establita en londona praktikado, kaj tia persono ne drivus en la kamparon. Kio li estis do? Se li estis en la malsanulejo kaj tamen ne stabano, li povis esti nur endoma ĥirurgo aŭ kuracisto – ne multe pli ol supera studento. Kaj li foriris antaŭ kvin jaroj – la dato troviĝas sur la bastono. Sekve via serioza mezaĝa familia kuracisto malaperas en maldensan aeron, kara mia Vatsono, kaj aperas junulo malpli ol tridekjara, afabla, senambicia, distrita, kaj posedanto de ŝatata hundo, kiun mi emas malprecize priskribi kiel pli grandan ol ter-hundo kaj malpli grandan ol dogo.»

Mi ridis malkredeme, dum Ŝerloko Holmso kliniĝis mal-antaŭen sur sia kanapo kaj blovis etajn ŝanceliĝajn fumringojn al la plafono.

«Koncerne la lastan parton, mankas al mi rimedo por kontroli vin,» mi diris, «sed almenaŭ ne estas malfacile eltrovi kelkajn detalojn pri la aĝo kaj profesia kariero de la homo.» De mia malgranda medicina breto mi prenis la *Medicinan registron* kaj elfoliumis la nomon. Enestis pluraj Mortimeroj, el kiuj nur unu povis esti nia vizitinto. Mi voĉlegis lian priskribon:

Mortimero, Jakobo, M.R.K.Ĥ., 1882, Grimpeno, Erikejo Darta, Devono. Endoma ĥirurgo de 1882 ĝis 1884 en la malsanulejo Ĉaringo-Kruco. Gajninto de la Premio Ĵaksona por kompara patologio, pro eseo titolita «Ĉu malsano estas reveno al pratipo?» Koresponda membro de la Sveda Patologia Societo. Aŭtoro de «Kelkaj kuriozaĵoj de atavismo» (*Lanceto*, 1882), «Ĉu ni progresas?» (*Ĵurnalo de psikologio*, Marto 1883). Medicina oficisto en la paroĥoj de Grimpeno, Torsleo kaj Alta Barovo.

«Neniu mencio pri tiu loka ĉasista klubo, Vatsono,» diris Holmso kun petola rideto, «sed kampara kuracisto, kiel vi tre lerte rimarkis. Al mi ŝajnas, ke miaj induktoj estas pli-malpli pravigitaj. Koncerne la adjektivojn, mi diris, se mi ĝuste memoras: afabla, senambicia kaj distrita. Laŭ mia sperto, nur homo afabla en tiu ĉi mondo ricevas solenajn donacaĵojn, nur homo senambicia forlasas londonan karieron por iri en kamparon, kaj nur homo distrita postlasas sian bastonon kaj ne vizitkarton post tuthora atendado en ies ĉambro.»

«Kaj la hundo?»

«Ĝi kutimis porti tiun ĉi bastonon malantaŭ sia mastro. Ĉar la bastono pezas, la hundo tenis ĝin forte en la mezo, kaj la signoj de ĝiaj dentoj klare videblas. La makzelo de la hundo, kiel indikas la spaco inter tiuj ĉi signoj, estas miaopinie tro larĝa por esti terhunda kaj ne sufiĉe larĝa por esti doga. Ĝi eble estas – jes, al kukolo, ĝi ja estas spanielo kurbharara.»

Li jam stariĝis kaj dumparole trapasis la ĉambron. Nun li haltis en la fenestra alkovo. En lia voĉo aŭdiĝis tia konvinkita sonoro, ke mi ekrigardis lin surprizite.

«Kara homo, kiel eblas, ke vi tiom certu pri tio?»

«Pro la tre simpla kialo, ke mi vidas tiun hundon mem ĉe nia sojlo, kaj jen aŭdiĝas la sonoro de ĝia mastro. Ne foriru, mi vin petas, Vatsono. Li estas via profesia frato, kaj via ĉeesto eble helpos min. Nun estas drameca sortmomento, Vatsono, kiam ni aŭdas sur la ŝtuparo paŝojn, kiuj marŝas en nian vivon, kaj ni ne scias, ĉu tio signifas bonon aŭ mison. Kion petos doktoro Mortimero, sciencolo, de Ŝerloko Holmso, fakulo pri krimoj? Envenu!»

La aspekto de nia vizitanto estis por mi surpriza, ĉar mi atendis tipan kamparan kuraciston. Li estis tre altstatura maldikulo, kun longa nazo beksimila, kiu elstariĝis inter du akravidaj grizaj okuloj, tre proksimaj unu al la alia kaj hele briletantaj malantaŭ orkadraj okulvitroj. Li estis vestita laŭ profesia sed iom malzorga maniero, ĉar lia redingoto estis malpureta kaj lia pantalono ĉifita. Kvankam li estis juna, lia longa dorso estis jam kurbiĝinta, kaj li marŝis kun antaŭenŝovo de la kapo kaj ĝenerala mieno gape bonvolema. Envene liaj okuloj trafis la bastonon en la mano de Holmso, kaj li alkuris ĝin kun krio de ĝojo. «Mi estas tre kontenta», li diris. «Mi ne certis, ĉu mi lasis ĝin ĉi tie aŭ en la Ŝipkompania Oficejo. Tiun bastonon mi ne volus perdi por io en la mondo.»

«Donaco, mi vidas», diris Holmso.

«Jes, sinjoro.»

«De la Malsanulejo Ĉaringo-Kruca, ĉu?»

«De unu-du amikoj tie okaze de mia edziĝo.»

«Ho ve, tre malbone!» diris Holmso, skuante la kapon.

Doktoro Mortimero palpebrumis malantaŭ la okulvitroj pro milda ekmiro. «Kial malbone?»

«Nur pro tio, ke vi perturbis niajn etajn induktojn. Via edziĝo, ĉu vi diris?»

«Jes, sinjoro. Mi edziĝis, kaj tial forlasis la malsanulejon kaj samtempe ĉiun esperon pri konsulta posteno. Necesis havi propran hejmon.»

«Vidiĝas, ke ni ne tiom eraris finfine», diris Holmso. «Kaj nun, doktoro Jakobo Mortimero—»

«Sinjoro, nur sinjoro – modesta M.R.K.Ĥ.»

«Kaj homo precizema, evidente.»

«Diletanto pri sciencoj, sinjoro Holmso, kolektanto de konkoj sur la bordoj de la granda nekonata oceano. Mi supozas, ke ĝuste sinjoron Holmso mi alparolas, kaj ne—»

«Ne, jen mia amiko doktoro Vatsono.»

«Mi ĝojas renkonti vin, sinjoro. Mi aŭdis mencion de via nomo en ligo kun tiu de via amiko. Vi tre interesas min, sinjoro Holmso. Mi vere ne atendis kranion tiel dolikocefalan aŭ tiom emfazitan superorbitan evoluon. Ĉu vi kontraŭus, ke mi tuŝu per mia fingro vian parietan kavaĵon? Gipsaĵo de via kranio, sinjoro, ĝis la originalo haveblos, estus ornamaĵo en ajna antropologia muzeo. Mi ne volas ofendi, sed konfesinde mi avidas vian kranion.»

Ŝerloko Holmso gestis sidige al nia stranga vizitanto. «Ke vi estas entuziasmulo pri via pensdirekto mi konstatas, sinjoro, kiel ankaŭ mi pri la mia», li diris. «Mi observas pro via montrofingro, ke vi mem volvas viajn cigaredojn. Ne hezitu fajrigi.»

La viro elprenis paperon kaj tabakon kaj volvis la duan per la unua laŭ surpriza lerteco. Li havis longajn tremetajn fingrojn tiel viglajn kaj senripozajn kiel insektaj antenoj.

Holmso silentis, sed liaj etaj rapidmovaj ekrigardoj indikis al mi lian intereson pri nia stranga kunulo. «Mi supozas, sinjoro,» li diris finfine, «ke ne nur kun la celo espori mian kranion vi honorigis min per vizito pasint-vespere kaj denove hodiaŭ?»

«Ne, sinjoro, ne; kvankam ĝojigas min la eblo fari ankaŭ tion. Mi venis al vi, sinjoro Holmso, ĉar mi rekonas, ke mi mem estas homo nepraktika, kaj ĉar mi subite frontas plej seriozan kaj eksterordinaran problemon. Ĉar mi konstatas, ke vi estas la dua eksperto en Eŭropo—»

«Ĉu vere, sinjoro! Ĉu mi rajtas demandi, kies honoro estas troviĝi sur la unua loko?» demandis Holmso iom malafable.

«Al homo precize sciencmensa la laboro de sinjoro Bertiljono[3] nepre ĉiam forte imponas.»

«Ĉu do vi ne prefere konsultu lin?»

«Mi diris, sinjoro: al homo precize sciencmensa. Sed estas rekonate, ke kiel homo praktikema vi estas senrivala. Espereble, sinjoro, mi kontraŭvole ne—»

«Nur iomete», diris Holmso. «Ŝajnas al mi, doktoro Mortimero, ke plej saĝe vi sen plua prokrasto bonvolu diri al mi klare, precize kia estas la naturo de la problemo, pri kiu vi postulas mian helpon.»

---

3 Alphonse Bertillon (1853–1914), franca antropologo kaj juristo, kiu inventis la juĝesploran sistemon de kriminala identigo.

Ĉapitro 2

La malbeno de l' Baskerviloj

«En mia poŝo mi havas manuskripton», diris doktoro Jakobo Mortimero.

«Mi rimarkis ĝin, kiam vi venis en la ĉambron», diris Holmso.

«Ĝi estas manuskripto malnova.»

«El la frua dek-oka jarcento, se ĝi ne estas falsaĵo.»

«Kial vi povas diri tion, sinjoro?»

«La tutan tempon, dum vi parolis, vi vidigis al mi unu-du colojn el ĝi por mia esploro. Tiu estus mallerta spertulo, kiu ne scius dati dokumenton en limo de pli-malpli unu jardeko. Vi eble legis mian monografieton pri tiu temo. Mi aljuĝas tion al 1730.»

«La preciza dato estas 1742.» Doktoro Mortimero elprenis ĝin el sia poŝo. «Tiun ĉi familian dokumenton transdonis al mia prizorgo kavaliro Karlo Baskervilo, kies subita kaj tragika morto antaŭ ĉirkaŭ tri monatoj kreis tiom da ekscitiĝo en Devono. Mi volas diri, ke mi estis tiel lia persona amiko kiel lia kuracisto. Li estis fortmensulo, sinjoro, sagaca, praktika, kaj same senfantazia kiel mi mem. Tamen li taksis tre serioze tiun ĉi dokumenton, kaj li estis mense preparita al ĝuste tia pereo, kia fine trafis lin.»

Holmso etendis sian manon por la manuskripto kaj platigis
ĝin kontraŭ sia genuo. «Vi rimarkas, Vatsono, la alternajn uzadojn
de la longa *s* kaj la mallonga. Tio estas unu el la indikoj, kiuj
ebligis al mi difini la daton.»

Mi rigardis trans lian ŝultron la flavan paperon kaj la
paliĝintan skribon. Ĉe la supro estis skribite: «Baskervila Halo[4]»,
kaj sube, per grandaj skribaĉitaj ciferoj: «1742».

«Ĝi aspektas kiel iaspeca deklaro.»

«Jes, ĝi estas deklaro pri certa legendo, kiu estas konata al la
familio de Baskerviloj.»

«Sed laŭ mia kompreno estas io pli moderna kaj praktika, pri
kiu vi volas konsulti min, ĉu?»

«Tre moderna. Afero plej praktika kaj urĝa, pri kiu oni devos
decidiĝi en malpli ol dudek kvar horoj. Sed la manuskripto estas
mallonga kaj intime ligita al la afero. Laŭ via permeso mi voĉlegos
ĝin al vi.»

Holmso retroklinis sin sur la seĝo, kunmetis siajn fingro-
pintojn, kaj fermis siajn okulojn, kun mieno rezignacia. Doktoro
Mortimero turnis la manuskripton al la lumo kaj legis per alta
kraketa voĉo la sekvan strangan pramodan rakonton:

> «Pri la origino de la Ĉashundo de la Baskerviloj ekzistis
> multaj asertoj, tamen pro tio, ke mi devenas sendevie de
> Hugo Baskervilo, kaj ĉar mi aŭdis la rakonton de mia patro,
> kiu ankaŭ aŭdis ĝin de la sia, mi skribis ĝin plenkredante,
> ke tio okazis precize, kiel ĉi tie estas rakontite. Kaj mi
> volas, ke vi kredu, miaj filoj, ke tiu sama Justeco, kiu
> punas pekojn, povas ankaŭ plej bonkore pardoni ilin, kaj

---

4   Angle: *Hall*. Historie tio konformiĝas al la dua PIV-a signifo; iom post iom la vorto
halo aplikiĝis al la tuta biendomo, en kiu troviĝis la halo: «parto nomas la tuton».

ke neniu malpermeso tiom pezas, ke ĝin ne povas forigi preĝoj kaj pentado. Lernu do per tiu ĉi historio ne timi la fruktojn de la pasinteco, sed prefere gardu vin estontece, por ke tiuj fiaj pasioj, pro kiuj nia familio tiel grave suferis, ne povu denove liberiĝi por nin pereigi.

Sciu do, ke en la epoko de la Granda Ribelo[5] (kies historion laŭ la klera lordo Klarendono mi plej serioze rekomendas al via atento), tiun ĉi bienon Baskervilan posedis Hugo tiunoma, kaj ne estas kontraŭdireble, ke li estis homo plej sovaĝa, profana kaj sendia. Tion, vere, liaj najbaroj eble pardonus, pro tio, ke sanktuloj neniam floris en tiu regiono, sed en li estis ia humoro diboĉa kaj kruela, kiu misfamigis lian nomon tra la tuta okcidento. Okazis, ke tiu Hugo ekamis (se efektive pasio tiel malhela rajtas nomiĝi per vorto tiel hela) la filinon de etbienulo, kiu posedis teron proksime al la Baskervila bieno. Sed la juna virgulino, estante diskreta kaj bonreputacia, ĉiam evitadis lin, ĉar ŝi timis lian misan famon. Okazis do, ke iun Miĥaelfeston[6] tiu Hugo, kun kvin aŭ ses el siaj mallaboremaj kaj pekemaj kunuloj, ŝteliris al la farmbieno kaj forportis la virgulinon, dum ŝia patro kaj fratoj forestis, kiel li bone sciis. Kiam ili venigis ŝin al la Halo, la virgulino estis lokita en supra ĉambro, dum Hugo kaj liaj amikoj sidiĝis por longa drinkado, laŭ sia ĉiuvespera kutimo. Nu, la kompatindulino supre preskaŭ perdis sian prudenton pro la kantado kaj kriado kaj teruraj sakroj,

---

5 Ribelo kontraŭ la reĝo de Britujo Karlo la unua, kiu finiĝis per ekzekuto de la reĝo kaj starigo de dekjara respubliko en 1649.

6 Angle: *Michaelmas*. Festo de Sankta Miĥaelo, la 29-an de Septembro (kvaronjara tago ŝuldopaga).

kiuj atingis ŝin de sube, ĉar oni diras, ke la esprimoj uzataj de Hugo Baskervilo, kiam li ebriis, estis tiaj, kiaj kapablus fulmdetrui la dirinton. Finfine pro premo de sia timo ŝi faris tion, kio hezitigus viron plej kuraĝan aŭ viglan, ĉar helpe de la hedera kreskaĵo, kiu kovris (kaj daŭre kovras) la sudan muron, ŝi malsupreniĝis el sub la tegmentorando, kaj poste celis hejmen tra la erikejo; tri leŭgoj etendiĝis inter la Halo kaj la farmbieno de ŝia patro.

Okazis, ke iomete poste Hugo lasis siajn gastojn por porti manĝaĵon kaj trinkaĵon – kune kun aliaj aferoj malpli bonaj, verŝajne – al sia kaptito, kaj tiel trovis la kaĝon malplena kaj la birdon eskapinta. Poste, laŭŝajne, li iĝis kvazaŭ diablotrafita, ĉar kure subirinte laŭ la ŝtuparo en la manĝoĉambron, li sursaltis la grandan tablon, dum pokaloj kaj tasoj forskuiĝis, kaj li kriis laŭte antaŭ la tuta societo, ke tiun nokton li cedos sin korpe kaj anime al la Malicaj Potencoj, se nur li rekaptos la junulinon. Kaj dum la festantoj staris konsternite pro la kolerego de tiu homo, iu pli fia aŭ, eble, pli ebria ol la ceteraj ekkriis, ke ili devus sekvigi al ŝi la ĉashundojn. Je tio Hugo elkuris el la domo, kriante al siaj ĉevalzorgistoj, ke ili selu lian ĉevalinon kaj elstaligu la hundaron kaj, doninte al la hundoj mantukon de la virgulino, li envicigis ilin kaj tiel ekgalopis tra la erikejo en la lunlumo.

Nu, dum kelka tempo la festintoj staris gapante, ne povante kompreni ĉion, kio efektiviĝis tiel haste. Sed baldaŭ iliaj konfuzitaj mensoj konstatis la naturon de la faro probable plenumota sur la erikejo. Ĉio nun estis tumulta: iuj postulis siajn pistolojn, iuj siajn ĉevalojn, kaj iuj alian botelon da vino. Sed finfine iom da sagaco revenis al iliaj konfuzitaj mensoj, kaj ĉiuj, dektriopo laŭnombre, surseliĝis kaj ekiris persekute. La luno klarbrilis super ili, kaj ili rajdis rapide en vico, laŭirante tiun vojon, kiun devis elekti la junulino por atingi sian hejmon.

Ili vojaĝis unu-du mejlojn, kiam ili preterpasis sur la erikejo unu el la noktaj paŝtistoj, kaj ili kridemandis lin, ĉu li vidis la ĉason. Kaj tiu homo laŭ la rakonto, estis tiel timfreneza, ke li apenaŭ kapablis paroli, sed finfine li diris, ke li efektive vidis la malfeliĉan junulinon, kies spuron postkuris la ĉashundoj. ‹Sed pli ol tion mi vidis›, li diris, ‹ĉar Hugo Baskervilo pasis preter mi sur sia nigra ĉevalino, kaj kuradis muta malantaŭ li tia hundo infera, kian Dio malpermesu iam sekvi post miaj kalkanoj.›

Do la ebriaj bienuloj malbenis la paŝtiston kaj rajdis plu. Sed baldaŭ iliaj haŭtoj ekfrostis, ĉar aŭdiĝis sono de galopado trans la erikejon, kaj la nigra ĉevalino, makulita de blanka ŝaŭmo, preterpasis kun treniĝanta brido kaj senhoma selo. Poste la festintoj rajdis proksime unu al la aliaj, ĉar timego inundis ilin, sed ili daŭre transiris la erikejon, kvankam ĉiu el ili, se li estus sola, tre ĝoje retroturnus la ĉevalkapon. Rajdante malrapide tiamaniere, ili alvenis finfine al la ĉashundojn. Tiuj, kvankam famaj pro siaj kuraĝo kaj raseco, plorkriis amasiĝe ĉe enirejo de profunda kavaĵo sur la erikejo; iuj forŝteliris kaj iuj, kun hirtaj haroj kaj gapaj okuloj, rigardadis en la mallarĝan valeton antaŭ si.

La kunularo haltis, viroj pli sobraj, vi certe imagas, ol kiam ili ekrajdis. La plimultaj el ili neniel pluirus, sed tri el ili, la plej kuraĝaj aŭ eble la plej ebriaj, rajdis antaŭen en la kavaĵon. Jen ĝi apertiĝis al larĝa tereno, sur kiu staris du el tiuj ŝtonegoj, ankoraŭ videblaj tie, kiujn starigis forgesitaj popoloj en la pratempo. La luno brilis hele sur la maldensejon, kaj tie en la centro kuŝis la malfeliĉa junulino, kie ŝi falis, morta pro timo kaj elĉerpiĝo. Sed estis ne la ekvido de ŝia kadavro, ankaŭ ne tiu de la kadavro de Hugo Baskervilo kuŝanta proksime al ŝi, kiu hirtigis la kapharojn de tiuj tri riskemaj festintoj, sed estis la fakto, ke starante sur Hugo kaj mordante ties gorĝon staris fiestaĵo, monstra nigra besto forme simila al ĉashundo tamen pli granda ol iu ajn hundo ĝis tiam vidita per mortemula okulo. Kaj dum ili rigardis, tiu estaĵo elŝiris la gorĝon de Hugo Baskervilo kaj, kiam ĝi turnis al ili siajn ardajn okulojn kaj sangantajn makzelojn, la triopo time kriĉegis kaj rajdis sinsave, daŭre kriĉante, trans la erikejon. Unu el ili, laŭdire, mortis tiunokte mem pro la vidaĵo, kaj la ceteraj du estis nur homoj rompitaj dum la cetera vivo.

Tia estas la rakonto, filoj miaj, pri la alveno de la hundo, kiu laŭfame turmentis tiel draste la familion ekde tiam. Mi priskribis ĝin nur, ĉar malpli teruras tio, kio estas konata klare, ol tio, pri kio oni nur aludas kaj supozas. Ankaŭ ne estas kontraŭdireble, ke multajn el nia familio trafis malfeliĉaj mortoj, kiuj estis subitaj, sangaj kaj misteraj. Tamen ni ŝirmu nin per la senfina boneco de la Providenco, kiu ne punos eterne la senkulpulojn post la tria aŭ kvara generacio, kiel avertas la Sankta Skribo. Al tiu Providenco, filoj miaj, mi jene rekomendas vin, kaj mi konsilas al vi pro singardemo, ne transiri la erikejon dum tiuj mallumaj horoj, kiam la malicaj potencoj ekzaltiĝas.

[Tio ĉi de Hugo Baskervilo al la filoj Roĝero kaj

Johano, kun instrukcio, ke ili diru nenion pri ĝi al sia
fratino Elizabeta.]»

Kiam doktoro Mortimero finlegis tiun unikan rakonton, li
puŝis surfrunten siajn okulvitrojn kaj rigardadis al sinjoro Ŝerloko
Holmso. Tiu lasta oscedis kaj ĵetis sian cigaredstumpon en la
fajron.

«Nu?» li diris.

«Ĉu vi trovas tion interesa?»

«Al kolektanto de fabeloj.»

Doktoro Mortimero tiris el sia poŝo falditan tagĵurnalon.

«Nun, sinjoro Holmso, mi konigos al vi ion iomete pli lasta-
tempan. Jen estas la *Devona Graflanda Kroniko* de la 14-a de
Junio ĉi-jara. Ĝi estas mallonga raporto pri la faktoj eltrovitaj pri
la morto de kavaliro Karlo Baskervilo, kiu okazis kelkajn tagojn
antaŭ tiu dato.»

Mia amiko iomete klinis sin antaŭen kaj lia mieno iĝis atenta.
Nia vizitanto reĝustigis siajn okulvitrojn kaj komencis:

«La lastatempa subita morto de kavaliro Karlo Baskervilo,
kies nomo estis menciita kiel probabla liberala kandidato
en la venonta balotado, superombras la graflandon.
Kvankam kavaliro Karlo loĝis en Baskervila Halo dum
kompare mallonga periodo, lia amikeca karaktero kaj
ekstrema malavaro akiris la amon kaj respekton de ĉiuj,
kiuj kontaktiĝis kun li. En la nuna tempo de novaj riĉecoj,
estas freŝige trovi kazon, kie la estro de malnova graflanda
familio trafinta malprosperajn tagojn povis riĉigi sin kaj
reveni kun sia riĉeco por restarigi la iaman grandiozon de
sia linio. Kavaliro Karlo, kiel bone estas konate, perlaboris
grandajn monsumojn per sud-afrika spekulado. Pli

saĝa ol tiuj, kiuj daŭrigas ĝis la rado turniĝas kontraŭ ili, li realigis siajn gajnojn kaj revenis al Anglujo kun ili. Antaŭ nur du jaroj li ekloĝis en Baskervila Halo, kaj komune priparolita estas la grandiozo de la planoj por rekonstruado kaj plibonigo, kiujn interrompis lia morto. Estante mem seninfana, li malkaŝe esprimis deziron, ke la tuta graflando profitu, ene de lia vivotempo, de lia bonfortuno, kaj multaj havos personajn motivojn funebri lian tro fruan pereon. Liaj malavaraj donacoj al lokaj kaj graflandaj bonfaraĵoj estas ofte notitaj en niaj kolumnoj.

Oni ne rajtas pretendi, ke la cirkonstancoj ligitaj al la morto de kavaliro Karlo estas tute klarigitaj per la mortenketo, sed almenaŭ farita estas sufiĉo por silentigi tiujn onidirojn, kiujn estigis lokaj superstiĉoj. Tute ne ekzistas kialo por suspekti misagadon, aŭ ke la morton kaŭzis io alia ol naturaj cirkonstancoj. Kavaliro Karlo estis vidvo, kaj homo, pri kiu oni povas diri, ke lia mensa sinteno estis kelkrilate nekutima. Malgraŭ la konsiderinda riĉeco, liaj personaj gustoj estis simplaj, kaj liaj endomaj servistoj ĉe Baskervila Halo konsistis el la geedza paro Barimoro: la edzo rolis kiel la ĉefservisto kaj la edzino kiel dommastrino. Ilia atestaĵo, subtenita de tiu de pluraj amikoj, emas montri, ke la sano de kavaliro Karlo estis dum kelka tempo nekontentiga kaj aparte indikas iun malfortecon de la koro, kiu vidigis sin per kolorŝanĝiĝoj, spirmanko kaj akutaj deprim-atakoj. Doktoro Jakobo Mortimero, amiko kaj kuracisto de la mortinto, atestis samsence.

La faktoj pri la okazo estas simplaj. Kavaliro Karlo Baskervilo kutimis ĉiunokte antaŭ la enlitiĝo promeni tra la fama taksusa aleo de Baskervila Halo. La atestaĵo de la Barimoroj pruvas, ke tio estis lia kutimo. La 4-an de Junio kavaliro Karlo deklaris sian intencon ekvojaĝi morgaŭ al Londono, kaj li ordonis, ke Barimoro pretigu lian valizaron. Tiunokte li eliris laŭkutime por sia vespera promeno, dum kiu li kutimis fumi cigaron. Li neniam revenis. Je la noktomezo Barimoro, trovinte, ke la dompordo estas ankoraŭ malfermita, alarmiĝis kaj, fajriginte lanternon, iris serĉi sian mastron. La tago estis pluva, kaj la piedsignoj de kavaliro Karlo estis facile spureblaj tra la aleo. Duonvoje laŭ tiu pado troviĝas pordeto, kiu ellasas sur la erikejon. Indikoj estis, ke kavaliro Karlo staris tie kelkan tempon. Li poste pluiris tra la aleo, kaj ĉe ties ekstremo estis trovita lia kadavro.

Unu fakto ankoraŭ ne klarigita estas la deklaro de Barimoro, ke la piedsignoj de lia mastro ŝanĝis la karakteron, post kiam li preterpasis la erikejan pordeton, kaj ke ŝajne li de tie marŝis sur la piedpintoj. Iu Merfio, cigana ĉevalkomercisto, estis sur la erikejo ne malproksime je tiu tempo, sed evidentiĝas laŭ lia propra konfeso, ke li estis iom ebria. Li deklaras, ke li aŭdis kriojn, sed ne povas diri, el kiu direkto ili venis. Neniuj perfortosignoj estis trovitaj sur la kadavro de kavaliro Karlo, kaj kvankam la kuracista atestaĵo indikis vizaĝan distordon preskaŭ nekredeblan – tiel ampleksan, ke doktoro Mortimero rifuzis kredi en la komenco, ke antaŭ li kuŝas efektive lia amiko kaj paciento – estis klarigite, ke tio estas simptomo ne malofta ĉe kazoj de asfiksio kaj morto pro kora elĉerpiĝo. Tiun klarigon konfirmis la postmorta ekzamenado, kiu montris longedaŭran organan malsanon, kaj la mortenketa ĵurio deklaris verdikton laŭ la medicina atestaĵo. Estas bone tiel, ĉar evidente estas ege grave, ke la heredonto de kavaliro Karlo ekloĝu en la Halo kaj daŭrigu la bonan laboron tiel malĝojige interrompitan. Se la prozeca verdikto de la mortenketisto ne ĉesigus la romanecajn rakontojn, kiujn oni flustris pri la afero, estus malfacile trovi tenanton de Baskervila Halo. Oni komprenas, ke la heredonto estas sinjoro Henriko Baskervilo, filo de l' pli juna frato de kavaliro Karlo Baskervilo, se tiu ankoraŭ vivas. Tiu junulo, kiam oni lastfoje aŭdis pri li, estis en Ameriko, kaj esploroj estis komencitaj por sciigi al li lian favoran fortunon.»

Doktoro Mortimero refaldis sian tagĵurnalon kaj remetis ĝin en sian poŝon. «Tiuj estas la publikaj faktoj, sinjoro Holmso, rilate al la morto de kavaliro Karlo Baskervilo.»

«Mi devas danki vin», diris Ŝerloko Holmso, «pro tio, ke vi atentigis min pri kazo, kiu certe prezentas kelkajn interesaĵojn. Mi ja rimarkis tiutempe iom da ĵurnala komentado, sed mi tre okupiĝis pri tiu afereto de la vatikanaj kameoj, kaj pro mia deziro komplezi al la Papo mi maltrafis plurajn interesajn anglajn kazojn. Tiu artikolo, vi diras, enhavas ĉiujn publikajn faktojn?»

«Jes.»

«Do konigu al mi la privatajn.» Li kliniĝis malantaŭen, kunmetis siajn fingropintojn, kaj mienis sian plej senemocian kaj juĝeman vizaĝesprimon.

«Tion farante,» diris doktoro Mortimero, kiu komencis vidigi signojn de iu forta emocio, «mi rakontas tion, kion mi al neniu malkaŝis. Ke mi ne menciis tion dum la mortenketado motivigas tio, ke sciencisto ne volas loki sin en publikan pozicion de ŝajna konfirmo de popola superstiĉo. Min plue motivigis, ke Baskervila Halo, kiel diras la ĵurnalo, certe restus sen loĝantoj, se io estus farita por plifortigi ĝian iom malfavoran reputacion. Pro ambaŭ kialoj mi taksis prave, ke mi rakontu malpli ol mi scias, ĉar neniu praktika bonaĵo povus rezultiĝi de malkaŝado, sed ĉe vi ne ekzistas motivo por ne esti tute verdira.

La erikejo estas tre malmulte loĝata, kaj tiuj, kiuj proksime najbaras ofte kontaktiĝas. Pro tio mi ofte renkontiĝis kun kavaliro Karlo Baskervilo. Escepte de sinjoro Frenklendo de Laftera Halo kaj sinjoro Stepeltono, la naturesploristo, ne estas aliaj kleruloj tra multaj mejloj. Kavaliro Karlo estis homo netrudiĝema, sed la hazardo de lia malsano kunligis nin, kaj komunaj interesoj pri scienco firmigis tion. Li reportis multajn sciencajn informojn el Sud-Afriko, kaj multajn agrablajn vesperojn ni pasigis kune, diskutante la komparajn anatomiojn de la boŝmanoj kaj hotentotoj.

Dum la kelkaj lastaj monatoj iĝis pli kaj pli klare al mi, ke la nerva sistemo de kavaliro Karlo streĉiĝas al krizpunkto. Li treege okupiĝis pri tiu legendo, kiun mi legis al vi – ĝis tioma grado, ke, kvankam li volonte promenis sur la propra posedaĵo, nenio persvadus lin eliri sur la erikejon nokte. Kiom ajn nekredebla tio eble ŝajnas al vi, sinjoro Holmso, li estis malfalse konvinkita, ke terura sorto minacas lian familion, kaj certe la raportoj, kiujn li povis doni pri siaj antaŭuloj, ne estis kuraĝigaj. La koncepto pri hida fiestaĵo konstante hantis lin, kaj pli ol unufoje li demandis min, ĉu dum miaj noktaj kuracistaj vojaĝoj mi iam vidis strangan kreaĵon aŭ aŭdis bojadon de hundo. Tiun lastan demandon li starigis al mi plurfoje, kaj ĉiam per voĉo vibra pro ekscitiĝo.

Mi bone memoras, ke mi veturis al lia domo vespere, proksimume tri semajnojn antaŭ la okazaĵo. Hazarde li staris ĉe sia dompordo. Mi deiris de mia kabrioleto kaj staris apud li, kiam mi vidis liajn okulojn direktiĝi trans mian ŝultron kaj fiksrigardi preter min kun esprimo plej terure timoplena. Mi rapidege turniĝis kaj ĝustatempe ekvidis ion, kion mi supozis granda nigra bovido, preterpasanta la finon de la aleo. Tiom ekscitita kaj timigita li estis, ke mi estis devigata aliri la lokon, kie la besto estintis kaj ĉirkaŭserĉi ĝin. Tamen ĝi jam foriris, kaj la okazaĵo ŝajne impresis plej malfavore lian menson. Mi restis kun li la tutan vesperon, kaj ĝuste tiam, por klarigi la montritan emocion, li transdonis al mi tiun historion, kiun mi legis al vi post mia alveno. Mi mencias tiun etan okazaĵon, ĉar ĝi akiras iom da graveco lige al la tragedio, kiu sekvis, sed mi estis tiutempe konvinkita, ke la afero estas bagatela, kaj ke lia ekscitiĝo ne havis pravigon.

Ĝuste pro mia konsilo kavaliro Karlo estis ironta al Londono. Lia koro estis, mi sciis, afekciita, kaj la senĉesa maltrankvilo de lia vivo, kiel ajn ĥimera la kaŭzo eble estis, evidente tre serioze tuŝis lian sanstaton. Mi opiniis, ke kelkaj monatoj inter la distraĵoj de la urbo resendus lin refreŝigitan. Sinjoro Stepeltono, komuna amiko, kiun multe zorgigis lia sanstato, same opiniis. Lastmomente okazis tiu ĉi terura katastrofo.

En la nokto de la morto de kavaliro Karlo lia ĉefservisto Barimoro, kiu malkovris la okazaĵon, sendis la ĉevalzorgiston Perkinzon surĉevale al mi, kaj, ĉar mi ankoraŭ ne enlitiĝis, mi povis veni al Baskervila Halo je malpli ol unu horo post la okazaĵo. Mi kontrolis kaj konfirmis ĉiujn faktojn menciitajn dum la mortenketo. Mi sekvis la piedsignojn tra la taksusa aleo, mi vidis la lokon ĉe la erikeja pordeto, kie ŝajne li staradis, mi rimarkis la ŝanĝiĝon de la piedsigna formo post tiu punkto, mi notis, ke neniuj aliaj piedsignoj estis krom tiuj de Barimoro sur la mola gruzo, kaj fine mi zorge esploris la kadavron, kiu ne estis tuŝita antaŭ mia alveno. Kavaliro Karlo kuŝis survizaĝe, kun la brakoj etenditaj kaj la fingroj kroĉantaj la teron, kaj la trajtoj konvulsiintaj pro iu forta emocio, tiom ke mi apenaŭ povis ĵuratesti lian identecon. Certe nenia fizika vundo estis. Sed unu falsan deklaron kulpis Barimoro ĉe la enketo. Li diris, ke sur la tero ĉirkaŭ la kadavro ne estis spuroj. Li neniujn rimarkis. Sed mi rimarkis – iomete fore, sed freŝajn kaj klarajn.»

«Ĉu piedsignojn?»

«Piedsignojn.»

«Ĉu virajn aŭ virinajn?»

Doktoro Mortimero rigardis nin strange dum momento, kaj lia voĉo malfortiĝis preskaŭ ĝis flustro, kiam li respondis.

«Sinjoro Holmso, tiuj estis la piedsignoj de giganta ĉashundo!»

Ĉapitro 3

La problemo

Mi konfesas, ke pro tiuj vortoj trafulmis min tremego. En la voĉo de la doktoro estis ekscitiĝo, kiu vidigis, ke li mem estas profunde emociita de tio, kion li rakontis al ni. Holmso kliniĝis antaŭen ekscitite, kaj en liaj okuloj estis tiu malmola malseka ekbrilo, kiu pafiĝas el ili, kiam li profunde interesiĝas.

«Vi vidis tion, ĉu?»

«Tiel klare, kiel mi vidas vin.»

«Kaj vi diris nenion?»

«Kiom utilus?»

«Kiel okazis, ke neniu alia vidis tion?»

«La signoj troviĝis proksimume dudek metrojn for de la kadavro, kaj neniu direktis al ili penson. Supozeble ankaŭ mi ne farus tion, se mi ne konus tiun legendon.»

«Ĉu estas multaj ŝafhundoj sur la erikejo?»

«Sendube, sed tiu neniel estis ŝafhundo.»

«Vi diras, ke ĝi estis granda, ĉu?»

«Grandega.»

«Sed ĝi ne aliris la kadavron?»

38

«Ne.»

«Kia estis tiu nokto?»

«Malseketa kaj malvarma.»

«Sed efektive ne pluvis?»

«Ne.»

«Kia estas la aleo?»

«Staras du vicoj da taksusa heĝo, dek du futojn altaj kaj nepenetreblaj. La centra pado larĝas ĉirkaŭ ok futojn.»

«Ĉu troviĝas io inter la heĝoj kaj la pado?»

«Jes, ambaŭflanke strio da herbo ses futojn larĝa.»

«Laŭ mia kompreno la taksusan heĝon penetras ĉe iu punkto pordeto, ĉu?»

«Jes, la pordeto, kiu allasas sur la erikejon.»

«Ĉu ekzistas alia trairejo?»

«Neniu.»

«Do por atingi la taksusan aleon oni devas aŭ aliri el la domo aŭ eniri tra la pordeto, ĉu?»

«Troviĝas eliro tra somerdometo ĉe la fora ekstremo.»

«Ĉu kavaliro Karlo atingis tiun?»

«Ne, li kuŝis proksimume kvindek metrojn for de ĝi.»

«Nun diru al mi, doktoro Mortimero – kaj tio gravas – la signoj, kiujn vi vidis, estis sur la pado kaj ne sur la herbo, ĉu?»

«Neniaj signoj povis montriĝi sur la herbo.»

«Ĉu ili troviĝis samflanke de la pado kiel la erikeja pordeto?»

«Jes, ili estis rande de la pado samflanke kiel la pordeto.»

«Vi tre interesas min. Alia afero: ĉu la pordeto estis fermita?»

«Fermita kaj serurita.»

«Kiom alta ĝi estas?»

«Ĉirkaŭ kvarfuta.»

«Do iu ajn povus transpaŝi ĝin?»

«Jes.»

«Kaj kiujn signojn vi povis vidi apud la pordeto?»

«Neniujn apartajn.»

«Bona ĉielo! Ĉu neniu esploris?»

«Jes, mi mem esploris.»

«Kaj trovis nenion, ĉu?»

«Ĉio estis tre konfuzita. Kavaliro Karlo evidente staris tie dum kvin aŭ dek minutoj.»

«Kiel vi scias tion?»

«Ĉar cindro dufoje falis de lia cigaro.»

«Bonege! Jen kolego, Vatsono, laŭ nia speco. Sed la signoj?»

«Li postlasis siajn proprajn signojn tra la tuta eta gruzejo. Aliajn mi ne vidis.»

Ŝerloko Holmso frapis mane unu sian genuon laŭ gesto senpacienca.

«Se nur mi estus tie!» li ekkriis. «Evidente temas pri enketo eksterordinare interesa, kaj ĝi prezentis enormajn eblojn al scienca eksperto. Tiu gruza pado, sur kiu mi povintus legi tiom multe, jam delonge estas pluvŝmirita kaj difektita per la lignoŝuoj de scivolemaj kampuloj. Ho, doktoro Mortimero, doktoro Mortimero, bedaŭrinde vi ne alvokis min! Vi vere tre kulpas.»

«Mi ne povis voki vin, sinjoro Holmso, sen informi pri tiuj ĉi faktoj la mondon, kaj mi jam sciigis al vi miajn motivojn por ne volonte fari tion. Cetere, krome…»

«Kial vi hezitas?»

«Troviĝas regno, en kiu la plej klarvida kaj plej sperta el detektivoj ne povas helpi.»

«Vi volas diri, ke la afero estas supernatura, ĉu?»

«Mi ne pozitive diris tion.»

«Ne, sed evidente vi opinias tiel.»

«Post la tragedio, sinjoro Holmso, venis al miaj oreloj pluraj okazaĵoj, kiuj estas malfacile akordigeblaj kun la senŝancela ordo de la naturo.»

«Ekzemple?»

«Mi konstatis, ke antaŭ tiu terura evento, pluraj homoj vidis sur la erikejo kreaĵon, kiu akordiĝas kun tiu baskervila demono, kaj kiu neniel povis esti besto konata al la scienco. Ĉiuj konsentis, ke temis pri grandega kreaĵo, lumanta, hida kaj spektreca. Mi pridemandis tiujn homojn, el kiuj unu estas senfantazia kampulo, unu estas forĝisto, kaj unu estas erikeja farmanto, kiuj ĉiuj rakontas same pri tiu terura aperaĵo, precize akordiĝanta kun la infera ĉashundo de la legendo. Mi certigas vin, ke en la regiono regas timego, kaj tiu estas homo brava, kiu konsentas transiri la erikejon nokte.»

«Kaj vi, edukita sciencisto, kredas, ke ĝi estas supernatura, ĉu?»

«Mi ne scias, kion kredi.»

Holmso ŝultrotiris. «Mi ĝis nun limigis miajn esplorojn al tiu ĉi mondo», li diris. «Moderakvante mi kontraŭbatalis fiecon, sed defii la Patron mem de la Fieco estas, eble, tasko tro ambicia. Tamen vi devas konsenti, ke la piedsignaro estas materia.»

«La origina hundo estis sufiĉe materia por elŝiri la gorĝon de viro, tamen ankaŭ ĝi estis diableca.»

«Mi konstatas, ke vi tute subtenas la supernaturistojn. Sed nun, doktoro Mortimero, diru al mi jenon. Se tiaj estas viaj vidpunktoj, pro kio vi entute venis por konsulti min? Vi diras al mi unuspire, ke estas senutile esplori la morton de kavaliro Karlo, kaj ke vi deziras, ke mi tion faru.»

«Mi ne diris, ke mi deziras, ke vi faru tion.»

«Do kiamaniere mi povas helpi vin?»

«Konsilante, kion mi faru pri kavaliro Henriko Baskervilo, kiu alvenos al la stacidomo Vaterloa» – doktoro Mortimero rigardis sian poŝhorloĝon – «precize post unu horo kaj kvarono.»

«Li estas la heredinto, ĉu?»

«Jes. Post la morto de kavaliro Karlo ni enketis pri tiu juna ĝentlemano, kaj trovis, ke li farmadas en Kanado. Laŭ la priskriboj, kiuj atingis nin, li estas homo ĉiel admirinda. Mi parolas nun, ne kiel kuracisto, sed kiel kuratoro kaj administranto de la testamento de kavaliro Karlo.»

«Ne ekzistas alia pretendanto, mi supozas?»

«Neniu. La sola alia parenco, kiun ni sukcesis spuri, estis Roĝero Baskervilo, la plej juna el la tri fratoj, el kiuj la plej aĝa estis kavaliro Karlo. La dua frato, kiu mortis juna, estas la patro de tiu ĉi junulo Henriko. La tria, Roĝero, estis la familia hontindaĵo. Li devenis de la malnova neregebla baskervila linio, kaj laŭdire estis sozio de la familia portreto de l' malnova Hugo. Li supermezure skandalis en Anglujo, fuĝis al Centra Ameriko, kaj tie mortis en 1876 pro flava febro. Henriko estas la lasta Baskervilo. Post unu horo kaj kvin minutoj mi renkontos lin ĉe la stacidomo Vaterloa. Per telegramo mi sciiĝis, ke li venis al Sudhamptono hodiaŭ matene. Nu, sinjoro Holmso, kion vi konsilas al mi fari pri li?»

«Kial li ne iru al la domo de siaj prapatroj?»

«Tio ŝajnas natura, ĉu ne? Kaj tamen pripensu, ke ĉiu Baskervilo, kiu iras tien, renkontas misan sorton. Mi estas certa, ke, se kavaliro Karlo povus alparoli min antaŭ sia morto, li avertus min kontraŭ aligo de tiu ĉi, la lasta el la malnova linio kaj heredanto de granda riĉo, al tiu mortiga loko. Kaj tamen ne estas kontraŭdireble, ke la prospero de tiu tuta povra dezerteca regiono dependas de lia ĉeesto. La tuta bonfarado plenumita de kavaliro Karlo falegos teren, se en la Halo ne estos loĝanto. Mi timas, ke min tro influus mia propra evidenta intereso pri la afero, kaj pro tio mi antaŭmetas al vi la aferon kaj petas vian konsilon.»

Dum kelka tempo Holmso pripensis. «Klarvorte dirite, la afero estas jena», li diris. «Laŭ via opinio ekzistas diableca fenomeno, kiu malsekurigas la Dartan Erikejon kiel loĝejon por Baskerviloj... Ĉu vi tiel opinias?»

«Almenaŭ mi risku diri, ke troviĝas iom da atestaĵo, ke eble estas tiel.»

«Ĝuste. Sed supozeble, se via supernatura teorio estas ĝusta, tio povus misefiki al la junulo en Londono samfacile kiel en Devono. Diablo kun potenco nur loka, simile al paroĥa administranto, estus afero tro neimagebla.»

«Vi esprimas la aferon pli leĝere, sinjoro Holmso, ol vi verŝajne farus, se vi estus en senpera kontakto kun tiuj aferoj. Do via konsilo, laŭ mia kompreno, estas, ke la junulo estos tiel sekura en Devono kiel en Londono. Li venos post kvindek minutoj. Kion vi rekomendas?»

«Mi rekomendas, sinjoro, ke vi luu fiakron, admonu vian spanielon, kiu gratas mian dompordon, kaj iru al Vaterloo por renkonti kavaliron Henrikon Baskervilon.»

«Kaj poste?»

«Kaj poste vi diros al li tute nenion, ĝis mi decidiĝos pri la afero.»

«Kiom longe vi bezonos por decidiĝi?»

«Dudek kvar horojn. Je la deka horo morgaŭ, doktoro Mortimero, mi estos al vi tre danka, se vi vizitos min ĉi tie, kaj helpos min rilate miajn planojn por la estonteco, se akompanos vin kavaliro Henriko Baskervilo.»

«Tion mi faros, sinjoro Holmso.» Li skribaĉis la rendevuon sur la manumo de sia ĉemizo kaj forrapidis laŭ sia stranga, gvata, distrita maniero. Holmso haltigis lin ĉe la supro de la ŝtuparo.

«Nur unu plia demando, doktoro Mortimero. Vi diris, ke antaŭ la morto de kavaliro Karlo Baskervilo pluraj personoj vidis tiun aperaĵon sur la erikejo, ĉu?»

«Vidis ĝin tri personoj.»

«Ĉu iu vidis ĝin poste?»

«Mi aŭdis pri neniu.»

«Dankon. Ĝis revido.»

Holmso reiris al sia sidloko kun la kvieta mieno de interna kontento, kiu signifis, ke antaŭ li estas tasko simpatia.

«Ĉu vi foriras, Vatsono?»

«Krom se mi povos helpi vin.»

«Ne, karulo, en aktiva horo mi turnas min al vi por helpo. Sed tio ĉi estas bonega, vere unika laŭ certaj vidpunktoj. Kiam vi pasos preter Bradleo, ĉu vi bonvolos peti, ke li alsendu funton da plej forta tabako? Dankon. Prefere ne aranĝu reveni antaŭ la vespero. Tiam mi estos tre kontenta kompari impresojn pri tiu ĉi plej interesa problemo, kiu hodiaŭ matene estas submetita al ni.»

Mi sciis, ke enfermiteco kaj soleco estas tre necesaj al mia amiko dum tiuj horoj de intensa mensa koncentriĝo, dum kiuj li pesas ĉiun eron da atestaĵo, konstruas teoriojn alternativajn, pesas unu kontraŭ alia kaj decidas, kiuj punktoj estas esencaj kaj kiuj estas superfluaj. Mi sekve pasigis la tagon ĉe mia klubo, kaj ne reiris al Bakerstrato ĝis la vespero. Estis preskaŭ la dudek-unua horo, kiam mi denove troviĝis en la salono.

Mia unua impreso post la malfermo de la pordo estis, ke incendio eksplodis, ĉar la ĉambro estis tiel fumoplena, ke ĝi sordinis la lumon de la tablolampo. Kiam mi eniris, tamen, miaj timoj estis forigitaj, ĉar trafis mian gorĝon kaj tusigis min la akra fumo de forta kruda tabako. Tra la nebuleto mi svage vidis Holmson en lia negliĝo ripozi sur fotelo kun la nigra argila pipo inter la lipoj. Ĉirkaŭ li kuŝis pluraj papervolvaĵoj.

«Ĉu vi malvarmumis, Vatsono?» li demandis.

«Ne, temas pri tiu ĉi venena atmosfero.»

«Mi supozas, ke ĝi fakte iom densas, laŭ via atentigo.»

«Ĉu densas! Ĝi estas netolerebla.»

«Do malfermu la fenestron! Vi troviĝis ĉe via klubo la tutan tagon, mi rimarkas.»

«Mia kara Holmso!»

«Ĉu mi pravas?»

«Nepre, sed kiel?»

Li ridis pro mia konfuzita mieno.

«En vi estas agrabla freŝeco, Vatsono, kiu igas plezura la ekzercadon de tiaj kapabletoj de mi posedataj por vin konsterni. Sinjoro eliras en tago pluvetema kaj koteca. Vespere li revenas senmakula kun la katizo ankoraŭ sur siaj ĉapelo kaj botoj. Sekve dum la tuta tago li estis senmova. Li ne estas homo kun intimaj amikoj. Kie do li estis? Ĉu ne estas evidente?»

«Nu, tio fakte estas iom evidenta.»

«La mondo plenas je evidentaĵoj, kiujn neniu ial ajn observas. Kie laŭ via opinio mi estis?»

«Ankaŭ senmova.»

«Male, mi estis en Devono.»

«Spirite, ĉu?»

«Ĝuste. Mia korpo restis en tiu ĉi fotelo; kaj, mi rimarkas kun bedaŭro, ĝi konsumis dum mia foresto du kruĉegojn da kafo kaj nekredeblan kvanton da tabako. Post via foriro mi mendis de Stanfordo la geografian mapon de tiu regiono de la erikejo, kaj mia spirito ŝvebis super ĝi la tutan tagon. Senfanfarone, mi povus orientiĝi en tiu loko.»

«Mapo grandskala, supozeble?»

«Tre grandskala.» Li malvolvis sekcion kaj tenis ĝin sur la genuo. «Jen vi vidas tiun distrikton, kiu nin koncernas. Tio estas Baskervila Halo en la mezo.»

«Kun arbaro ĉirkaǔe, ĉu?»

«Ĝuste. Ŝajnas al mi, ke la taksusa aleo, kvankam ne signita per tiu nomo, devas etendiĝi laǔlonge de tiu ĉi linio, kun dekstre, kiel vi perceptas, la erikejo. Tiu ĉi eta amasiĝo de konstruaĵoj estas la vilaĝeto Grimpeno, kie nia amiko Mortimero havas sian sidejon. Interne de kvinmejla cirklo troviĝas, kiel vi vidas, nur tre malmultaj dismetitaj loĝejoj. Jen Laftera Halo, kiu estas menciita en la rakonto. Domo estas indikita ĉi tie, kiu eble estas la loĝejo de la naturesploristo – lia nomo estas Stepeltono, se mi bone memoras. Jen estas du farmodomoj erikejaj: Alta Rokejo kaj Kotaĉo. Poste je distanco de dek kvar mejloj la granda prizono de Princurbo. Inter kaj ĉirkaǔ tiuj disaj punktoj etendiĝas la senhoma senviva erikejo. Tio do estas la scenejo, sur kiu la tragedio prezentiĝis, kaj sur kiu ni eble kunlaboros por prezenti ĝin denove.»

«Nepre tio estas sovaĝejo.»

«Jes, la lokigo estas inda. Se la diablo efektive dezirus enmiksiĝi en la homaj aferoj…

«Do vi mem inkliniĝas al la klarigo supernatura, ĉu?»

«La agantoj de la diablo povas esti el karno kaj ostoj, ĉu ne vere? Atendas nin du demandoj en la komenco. La unua estas, ĉu krimo entute okazis; la dua estas, kio estis la krimo, kaj kiel oni plenumis ĝin? Kompreneble, se la konjekto de doktoro Mortimero estas ĝusta, kaj nin frontas fortoj el ekster la ordinaraj leĝoj de l' naturo, tie finiĝas nia enketo. Sed nia devo estas elĉerpi ĉiujn aliajn hipotezojn antaǔ ol akcepti tiun. Mi opinias, ke ni refermu tiun fenestron, se vi ne kontraŭas. Estas eksterordinare, sed mi konstatas, ke koncentrita atmosfero helpas koncentritan pensadon. Mi ne tiel emfazis tiun konstaton, ke mi eniru skatolon por pensi, sed tio estas la logika konkludo de mia konvinkiĝo. Ĉu vi mense reviziis la enketon?»

«Jes, mi multe pripensis ĝin dum la tago.»

«Kion vi opinias pri ĝi?»

«Ĝi estas tre konfuza.»

«Ĝi certe havas karakteron siaspecan. Kelkaj punktoj distingas ĝin. Tiu ŝanĝiĝo de la piedsignoj, ekzemple. Kion vi opinias pri tio?»

«Mortimero diris, ke la homo marŝis piedpinte tra tiu parto de la aleo.»

«Li nur ripetis tion, kion diris iu stultulo ĉe la mortenketo. Kial oni marŝu piedpinte tra la aleo?»

«Kio do?»

«Li kuregis, Vatsono, kuregis malespere, kuregis por savi sian vivon, kuregis, ĝis rompiĝis lia koro kaj li falis morta survizaĝen.»

«Kuregis de kio?»

«Jen nia problemo. Troviĝas indikoj, ke li freneziĝis pro timo, antaŭ ol li ekkuris.»

«Pro kio vi diras tion?»

«Mi supozas, ke la kaŭzo de lia timo alvenis al li el la erikejo. Se tiel estis, kaj tio ŝajnas plej probabla, nur homo perdinta la sagacon forkurus for de la domo anstataŭ al ĝi. Se ni rajtas kredi la ciganan ateston, li kuris kripetante helpon direkte al tiu loko, kie helpo plej neverŝajne estos. Kaj denove, kiun li atendis tiunokte, kaj kial li atendis tiun ĉe la taksusa aleo sed ne en la propra domo?»

«Vi opinias, ke li atendis iun, ĉu?»

«Tiu homo estis maljuneta kaj neforta. Mi povas kompreni, ke vespere li iom promenis, sed la tero estis malseketa kaj la nokto estis severa. Ĉu estas nature, ke li staru dum kvin aŭ dek minutoj, kiel induktis doktoro Mortimero, laŭ pli praktika sento, ol mi anticipe kreditus al li, pro la cigara cindro?»

«Sed li eliris ĉiuvespere.»

«Laŭ mi estas neverŝajne, ke ĉiuvespere li atendis ĉe la erikeja pordeto. Male, laŭ la atestaĵo li evitis la erikejon. Tiunokte li atendis tie. Estis la nokto antaŭ lia foriro al Londono. La afero konturiĝas, Vatsono. Ĝi iĝas kohera. Bonvolu transdoni al mi mian violonon, kaj ni prokrastos plian pripensadon de la afero, ĝis ni havos la avantaĝon renkontiĝi kun doktoro Mortimero kaj kavaliro Henriko Baskervilo en la mateno.»

Ĉapitro 4

Kavaliro Henriko Baskervilo

Nia matenmanĝa tablo estis frue senpladigita, kaj Holmso atendis en sia negliĝo la promesitan rendevuon. Niaj klientoj venis akurate, ĉar la horloĝo ĵus sonorigis la dekan, kiam oni envenigis doktoron Mortimero, sekvatan de la juna kavaliro. Tiu lasta estis malalta, vigla, malhelokula viro ĉirkaŭ tridekjara, korpe tre fortika, kun densaj nigraj brovoj kaj forta batalema vizaĝo. Li portis ruĝetan skotdrapan kompleton kaj aspektis veterumite kiel iu, kiu pasigis la pliparton de sia tempo en plenaero, kaj tamen en lia senŝancela rigardo kaj la kvieta memfido de lia sinteno io signis ĝentlemanon.

«Jen estas kavaliro Henriko Baskervilo», diris doktoro Mortimero.

«Nu jes,» diris tiu, «kaj plej strange estas, sinjoro Ŝerloko Holmso, ke, se jena mia amiko ne proponus viziti vin hodiaŭ matene, mi venus propravole. Laŭ mia kompreno vi solvas enigmetojn, kaj mi ricevis unu tian hodiaŭ matene, kiu postulas pli da trapensado ol mi kapablas dediĉi al ĝi.»

«Bonvolu sidiĝi, kavaliro Henriko. Ĉu mi komprenu laŭ via

diro, ke vi mem spertis ion eksterordinaran, post kiam vi alvenis en Londonon?»

«Nenion tre gravan, sinjoro Holmso. Nura spritaĵo, tre verŝajne. Atingis min hodiaŭ matene tiu ĉi letero, se letero ĝi nomindas.»

Li kuŝigis koverton sur la tablon, kaj ni ĉiuj kliniĝis al ĝi. Ĝi estis kvalite ordinara, kolore grizeca. La adreso, «Kavaliro Henriko Baskervilo. Hotelo Nordhumberlando», estis skribita majuskle per malkleraj literoj; la poŝtstampo «Ĉaringo-Kruco», kaj la enpoŝtiga dato la antaŭa vespero.

«Kiu sciis, ke vi iros al la hotelo Nordhumberlando?» demandis Holmso, ekrigardante scivole nian vizitanton.

«Neniu povis scii. Ni decidis, nur post kiam mi renkontiĝis kun doktoro Mortimero.»

«Sed doktoro Mortimero sendube jam gastis tie?»

«Ne, mi gastis ĉe amiko», diris la doktoro. «Nenio indikis, ke ni intencis iri al tiu hotelo.»

«Hm! Ŝajnas, ke iu tre profunde interesiĝas pri via movado.» Li prenis el la koverto duonfolion da papero grandformata kvaroblige faldita. Tiun li malfermis kaj sternis plata sur la tablo. Tra ĝia mezo unuopa propozicio estis formita per surgluado de presitaj vortoj. Ĝi legiĝis jene:

$$\text{Se valoras al vi } _{\text{via}} \,^{\text{vivo}} \text{aŭ via racio tenu for } _{\text{vin}} \text{ de la } \textit{erikejo}$$

Nur la vorto «erikejo» estis skribita inke.

«Nun», diris kavaliro Henriko Baskervilo, «bonvolu diri al mi, sinjoro Holmso, kion je la tondro signifas tio, kaj kiu tiel multe interesiĝas pri miaj aferoj?»

«Kion vi opinias pri ĝi, doktoro Mortimero? Vi devas konsenti, ke en tio ĉi estas nenio supernatura, ĉiuokaze, ĉu?»

«Ne, sinjoro, sed tre povas esti, ke ĝi venas de iu, kiu konvinkiĝis, ke la afero estas supernatura.»

«Kiu afero?» kavaliro Henriko demandis akre. «Al mi ŝajnas, ke ĉiuj vi, sinjoroj, scias multege pli ol mi pri miaj personaj aferoj.»

«Vi dividos niajn sciojn antaŭ ol forlasi tiun ĉi ĉambron, kavaliro Henriko, tion mi promesas», diris Ŝerloko Holmso. «Ni limigos nin provizore en la nuna momento, laŭ via permeso, al tiu ĉi tre interesa dokumento, kiu nepre estis kunmetita kaj enpoŝtigita hieraŭ vespere. Ĉu vi havas la hieraŭan *Tempon*, Vatsono?»

«Jen ĝi, en la angulo.»

«Mi petas, transdonu ĝin... la internan paĝon, bonvolu, kun la ĉefartikolo, ĉu ne?» Li rapide trarigardis ĝin, kurigante siajn okulojn supren-suben laŭ la kolumnoj. «Jen bonega artikolo pri la libera komerco. Permesu, ke mi citu eltiraĵon al vi:

‹Se al vi oni kaĵolos imagon, ke via aparta metio aŭ via propra industrio estos stimulita per protektla tarifo, via racio devas certigi vin, ke tia leĝaro finfine tenu for riĉecon de la lando, rezultigu malplivalorigon de niaj importoj, kaj malaltigu ĝeneralajn kondiĉojn de la vivo en tiu ĉi lando.›

Kion vi opinias pri tio, Vatsono?» kriis Holmso ege ĝoja, kunfrotante kontente siajn manojn. «Ĉu vi ne taksas tion admirinda konstato?»

Doktoro Mortimero rigardis Holmson kun mieno de profesia intereso, kaj kavaliro Henriko Baskervilo turnis al mi paron da konfuzitaj malhelaj okuloj.

«Mi ne scias multon pri tarifoj kaj similaj aferoj,» li diris, «sed ŝajnas al mi, ke ni iom deviis de la pado, kiu koncernas tiun letereton.»

«Male, mi opinias, ke ni aparte arde sekvas tiun padon, kavaliro Henriko. Vatsono scias pli ol vi pri miaj metodoj, sed mi timas, ke eĉ li ne tute kaptis la signifon de tiu ĉi frazo.»

«Ne, mi konfesas, ke mi vidas neniun ligatecon.»

«Kaj tamen, mia kara Vatsono, la ligateco estas tiom proksimega, ke unu estas eltirita de la alia. ‹Se›, ‹al›, ‹vi›, ‹via›, ‹aŭ›, ‹via›, ‹racio›, ‹tenu for›, ‹de la› ‹valoras›, ‹vivo›. Ĉu vi ne vidas jam, de kie tiuj vortoj estis prenitaj?»

«Je la tondro, vi pravas! Nu, ĉu tio ne estas lerta!» ekkriis kavaliro Henriko.

«Se restus ebla dubo, tiun nuligus la fakto, ke ‹tenu for› kaj ‹de la› estas eltranĉitaj kune.»

«Nu jes – efektive!»

«Vere, sinjoro Holmso, tio preterpasas ion ajn, kion mi povus imagi», diris doktoro Mortimero, gapante mirigite al mia amiko. «Mi povus kompreni, se iu dirus, ke la vortoj devenis de tagĵurnalo; sed ke vi kapablis scii, el kiu, kaj aldone, ke ĝi devenis de la ĉefartikolo, vere estas unu el la plejaj mirigaĵoj, kiujn mi iam spertis. Kiel vi faris tion?»

«Mi supozas, doktoro, ke vi povus distingi la kranion de negro disde tiu de eskimo, ĉu?»

«Tre certe.»

«Sed kiel?»

«Ĉar tio estas mia speciala ŝatokupo. La diferencoj estas evidentaj: la superorbita kresto, la vizaĝa angulo, la makzela kurbiĝo, la—»

«Sed tio ĉi estas mia speciala ŝatokupo, kaj la diferencoj estas same evidentaj. Ekzistas tiom da malsameco laŭ mia vidpunkto inter la burĝaj tiparoj kun grandaj linipaŝoj de la *Tempa* artikolo kaj la malordema presado de vespera duonpenca ĵurnalo, kiom inter via negro kaj via eskimo. Rekono de litertiparoj estas unu el la plej simplaj scifakoj por speciala krimeksperto, kvankam mi konfesas, ke, kiam mi estis tre juna, mi misidentigis la *Merkuron de Lidzo* kiel la *Okcidentan Matenan Novaĵaron*. Sed ĉefartikolo en *Tempo* estas tute rekonebla, kaj tiuj vortoj povis veni de neniu alia loko. Ĉar tio estis farita hieraŭ, estis ege probable, ke ni trovos la vortojn en la hieraŭa eldono.»

«Do kiom mi povas sekvi vin, sinjoro Holmso,» diris kavaliro Henriko Baskervilo, «iu eltranĉis tiun mesaĝon per tondilo—»

«Porunga tondilo», diris Holmso. «Oni povas vidi, ke temis pri tondilo kun tre mallongaj klingoj, ĉar la tondinto devis dufoje tranĉi super ‹tenu for›.»

«Tiel estas. Iu do eltranĉis la mesaĝon per etklinga tondilo, alpaperigis ĝin per ia fiksilo—»

«Gluo», diris Holmso.

«Alpaperigis per gluo. Sed mi volas scii: kial la vorto ‹erikejo› estas manskribita?»

«Ĉar li ne sukcesis trovi ĝin presita. La ceteraj vortoj estis ĉiuj simplaj, kaj povus esti trovitaj en iu ajn eldono, sed ‹erikejo› estas malpli ofta.»

«Nu, kompreneble, tio klarigas ĝin. Ĉu vi legis ion alian en tiu ĉi mesaĝo, sinjoro Holmso?»

«Troviĝas unu-du indikoj, kaj tamen ekstremaj penoj estis uzitaj por forigi ĉiujn postsignojn. La adreso, vi vidas, estas skribita per krudaj literoj. Sed *Tempo* estas ĵurnalo malofte trovebla en ies manoj krom de tre edukitaj homoj. Ni rajtas konkludi sekve, ke la leteron verkis edukito, kiu volis supozigi sin needukito, kaj lia klopodo kaŝi sian propran manskribon sugestas, ke tiu skribmaniero povus esti rekonata, aŭ poste estos konata al vi. Krome, vi rimarkas, ke la vortoj ne estas gluitaj laŭ preciza linio, sed ke iuj estas pli altaj ol aliaj. Ekzemple, ‹vivo› estas tute for de la ĝusta loko. Tio eble indikas malzorgon aŭ maltrankvilon flanke de la tondinto. Entute mi emas al la dua supozo, ĉar la afero estis evidente grava, kaj estas neverŝajne, ke la verkinto de tia letero estis malzorga. Se li rapidis, tio starigas interesan demandon, kial li estis tiel rapidema, ĉar iu ajn letero enpoŝtigita ĝis la frumateno atingus kavaliron Henriko antaŭ lia foriro el la hotelo. Ĉu la verkinto timis interrompon – kaj de kiu?»

«Ni jam alvenas iom en la regionon de la konjektoj», diris doktoro Mortimero.

«Diru prefere, en la regionon, kie ni pesas probablecojn kaj elektas la plej verŝajnan. Tio estas scienca utiligo de la fantazio, sed ni ĉiam havas iun materian fundamenton, laŭ kiu ni komencas niajn spekulativajn rezonojn. Nu, tion ĉi vi volus nomi konjekto, sendube, sed mi preskaŭ estas certa, ke tiu ĉi adreso estis skribita en hotelo.»

«Kiel diable vi povas diri tion?»

«Se vi zorge trarigardos ĝin, vi vidos, ke la plumo kaj la inko ambaŭ kaŭzis problemojn al la verkinto. La plumo dufoje sputetis en unu vorto, kaj sekiĝis trifoje dum mallonga adresado, kio montras, ke en la botelo estis tre malmulta inko. Nu, al privataj plumo kaj inkujo estas malofte permesate atingi tian staton, kaj kombino de la du certe estas tre rara. Sed vi konas hotelan inkon kaj hotelan plumon, kie rare troveblas io alia. Jes, mi malmulte hezitas diri, ke, se ni povus trarigardi la rubujojn en hoteloj ĉirkaŭ Ĉaringo-Kruco ĝis ni trovus la restaĵon de la mutilita

Tempo, ni povus senprokraste kapti la personon, kiu sendis ĉi tiun eksterordinaran mesaĝon. Ha! Ha! Kio estas tio?»

Li zorge ekzamenis la folion, sur kiu estis gluitaj la literoj, tenante ĝin proksime al siaj okuloj.

«Nu?»

«Nenio», li diris, deĵetante ĝin. «Ĝi estas sensigna duonfolio da papero, sen eĉ akvomarko sure. Mi opinias, ke ni eltiris tiom, kiom eblas, de tiu ĉi stranga letero; kaj nun, kavaliro Henriko, ĉu io alia interesa okazis al vi, de kiam vi estas en Londono?»

«Nu, ne, sinjoro Holmso. Mi opinias, ke ne.»

«Vi ne rimarkis, ke iu postsekvis aŭ spionis vin, ĉu?»

«Ŝajnas kvazaŭ mi marŝis rekte en la mezon de malaltkvalita romano», diris nia vizitanto. «Kial, je la tondro, iu volus postsekvi aŭ spioni min?»

«Ni venos al tio. Vi volas nenion alian raporti al ni, antaŭ ol ni konsideros tiun ĉi aferon, ĉu?»

«Dependas de tio, kion vi taksas raportinda.»

«Mi opinias, ke io ajn ekster la ordinara vivrutino tre raportindas.»

Kavaliro Henriko ridetis. «Mi ankoraŭ ne scias multon pri la brita vivmaniero, ĉar mi pasigis preskaŭ mian tutan tempon en Usono kaj en Kanado. Sed mi esperas, ke perdi unu ŝuon ne apartenas al la ordinara vivrutino ĉi tie.»

«Vi perdis unu el viaj ŝuoj, ĉu?»

«Kara sinjoro,» ekkriis doktoro Mortimero, «ĝi estas nur mis-lokita. Vi trovos ĝin reveninte al la hotelo. Kiom utilas ĝeni la sinjoron – per tiaj bagateloj?»

«Nu, li petis de mi ion ajn ekster la ordinara rutino.»

«Ĝuste,» diris Holmso, «kiel ajn stulteta ŝajnas la okazaĵo. Vi perdis unu el viaj ŝuoj, ĉu vi diris?»

«Nu, mislokis ĝin ĉiuokaze. Mi metis ambaŭ ekster mian pordon hieraŭ nokte, kaj troviĝis nur unu matene. Mi ne povis eltiri sencon el la ulo, kiu purigas ilin. Plej malbone estas, ke mi aĉetis la paron nur hieraŭ vespere en Strandostrato, kaj mi neniam surmetis ilin.»

«Se vi neniam surmetis ilin, kial vi elmetis ilin por purigado?»

«Ili estis ŝuoj tanitaj kaj neniam ciritaj. Pro tio mi elmetis ilin.»

«Do mi komprenas, ke veninte al Londono hieraŭ, vi tuj eliris kaj aĉetis paron da ŝuoj.»

«Mi sufiĉe multe butikumis. Doktoro Mortimero akompanis min. Vidu, se mi estu bienestro tie, mi devas vesti min konforme, kaj povas esti, ke mi iĝis iomete senzorga pri miaj moroj en okcidenta Ameriko. Interalie mi aĉetis tiujn brunajn ŝuojn – pagis por ili ses dolarojn – kaj unu estis ŝtelita, antaŭ ol mi surmetis ilin.»

«Ĝi ŝajnas ŝtelo elstare senutila», diris Ŝerloko Holmso. «Konfesinde, mi dividas la opinion de doktoro Mortimero, ke baldaŭ la mankanta ŝuo estos trovita.»

«Kaj nun, sinjoroj,» diris la kavaliro decideme, «ŝajnas al mi, ke mi sufiĉe priparolis tiun malmulton, kiun mi scias. Jam tempo estas, ke vi plenumu vian promeson, plene rakontante al mi pri tio, kion ni aldirektiĝas.»

«Via peto estas tre pravigebla», Holmso respondis. «Doktoro Mortimero, mi opinias, ke plej oportune estos, ke vi rakontu vian historion tiel, kiel vi rakontis ĝin al ni.»

Tiel kuraĝigite, nia sciencista amiko eltiris el sia poŝo siajn paperojn, kaj prezentis la tutan aferon, kiel li faris je la antaŭa mateno. Kavaliro Henriko Baskervilo aŭskultis tre atente, kun okazaj ekkrioj pro surprizo.

«Nu, ŝajnas, ke mi ricevis tre emfazan heredaĵon», li diris, kiam finiĝis la longa rakontado. «Kompreneble, mi aŭdas pri la ĉashundo, de kiam mi estis en la vartejo. Ĝi estas la ŝatata historio en mia familio, kvankam mi neniam pensis trakti ĝin serioze antaŭe. Sed rilate la morton de mia onklo... Nu, ĝi ŝajnas tute bolanta en mia kapo, kaj mi ankoraŭ ne povas trakti ĝin klare. Ŝajnas, ke vi ĝis nun ne tute konkludis, ĉu necesas policano aŭ pastro?»

«Ĝuste.»

«Kaj nun estiĝis tiu ĉi afero de la letero al mi ĉe la hotelo. Mi supozas, ke tio eniras sian lokon.»

«Ĝi ŝajnas montri, ke iu scias pli ol ni pri tio, kio okazas sur la erikejo», diris doktoro Mortimero.

«Kaj ankaŭ», diris Holmso, «ke iu estas ne malbonema al vi, tial, ke li avertas vin pri danĝero.»

«Aŭ povas esti, ke tiu deziras propramotive fortimigi min.»

«Nu, kompreneble, ankaŭ tio eblas. Mi tre multe ŝuldas al vi, doktoro Mortimero, pro tio, ke vi prezentis al mi la problemon, kiu starigas plurajn interesajn alternativojn. Sed la praktika punkto, pri kiu ni nun devas decidi, kavaliro Henriko, estas, ĉu aŭ ne estas konsilinde, ke vi iru al Baskervila Halo.»

«Kial mi ne iru?»

«Ŝajne ekzistas danĝero.»

«Ĉu vi aludas danĝeron pro tiu familia demono, aŭ ĉu vi aludas danĝeron pro homoj?»

«Nu, ĝuste tion ni devas eltrovi.»

«Kiu ajn el ili estas, mia respondo estas definitiva. Ne troviĝas demono en la infero, sinjoro Holmso, kaj ne troviĝas homo sur la tero, kiuj povas malhelpi, ke mi iru al la hejmo de miaj parencoj, kaj vi povas akcepti tion kiel mian definitivan respondon.» Liaj malhelaj brovoj kuntiriĝis kaj lia vizaĝo bistre ruĝiĝis dum li parolis. Estis evidente, ke la fajra temperamento de la Baskerviloj ne estingiĝis en tiu ĉi ilia lasta reprezentanto. «Dume mi apenaŭ disponis sufiĉan tempon por pripensi ĉion, kion vi sciigis al mi. Ĝi estas afero tro grava, ke oni komprenu kaj pridecidu dum unu kunsido. Mi ŝatus disponi trankvilan horon en soleco por decidi. Nu, vidu, sinjoro Holmso, nun estas duono post la dek-unua, kaj mi senprokraste reiros al mia hotelo. Ni supozu, ke vi kaj via amiko, doktoro Vatsono, alvenu kaj tagmanĝu kun ni je la dua, ĉu? Mi tiam povos sciigi al vi pli klare, kia tiu ĉi afero ŝajnas al mi.»

«Ĉu tio estos oportuna por vi, Vatsono?»

«Tute.»

«Do vi rajtas atendi nin. Ĉu mi vokigu fiakron?»

«Mi preferas marŝi, ĉar tiu ĉi afero iom maltrankviligis min.»

«Mi akompanos vin plezure», diris lia kunulo.

«Do ni renkontiĝu denove je la dua horo. Ĝis revido, kaj bonan matenon!»

Ni aŭdis la paŝojn de niaj vizitintoj subeniri laŭ la ŝtuparo kaj la alfrapon de la dompordo. En momento Holmso ŝanĝiĝis de langvora gapanto al viro agema.

«Viajn ĉapelon kaj ŝuojn, Vatsono, rapide! Eĉ momenton ne malŝparu!» Li kuris en sian ĉambron en la negliĝo, kaj post kelkaj sekundoj revenis en surtuto. Ni rapidis kune tra la ŝtuparo kaj sur la straton. Doktoro Mortimero kaj Baskervilo ankoraŭ videblis antaŭ ni je proksimume ducent metroj laŭ la direkto de Oksfordo-strato.

«Ĉu mi antaŭkuru kaj haltigu ilin?»

«Neniel, mia kara Vatsono. Mi estas tute kontenta pri via kunesto, se vi volos toleri la mian. Niaj amikoj estas sagacaj, ĉar certe la mateno tre taŭgas por promenado.»

Li plirapidigis siajn paŝojn, ĝis ni malpliigis la distancon, kiu disigis nin, je proksimume duono. Poste, daŭre ĉirkaŭ cent metrojn malantaŭe, ni sekvis sur Oksfordostraton kaj poste laŭ Regentostrato. Unufoje niaj amikoj haltis kaj rigardis en butikan vitrinon, je kio Holmso faris same. Momenton poste li eligis krieton kontentan, kaj, spurante la direkton de liaj entuziasmaj okuloj, mi vidis, ke fiakro, kun viro interne, haltinta aliflanke de la strato nun denove iras malrapide antaŭen.

«Jen nia celito, Vatsono! Venu! Ni bone rigardos lin, se ni ne sukcesos fari ion pli.»

Tiumomente mi konsciis pri tufa nigra barbo kaj paro da pikaj okuloj turnitaj al ni tra la flanka fenestro de la fiakro. Tuj la klappordo supre de la fiakro malfermiĝis, io estis kriĉita al la fiakristo, kaj la fiakro fuĝis freneze laŭ Regentostrato. Holmso ĉirkaŭrigardis vigle por trovi alian fiakron, sed neniu senklienta estis videbla. Poste li kuradis arde ĉasante meze de la trafika fluo, sed la avantaĝo estis tro granda, kaj jam la fiakro estis malaperinta.

«Jen vi havas!» diris Holmso amare, elmergiĝante anhele kaj blanka pro ĉagreniĝo el la veturila tajdo. «Ĉu iam estis tia malbonŝanco, kaj ankaŭ tia misaranĝo? Vatsono, Vatsono, se vi estas honestulo, ankaŭ tion ĉi vi kroniku kaj kontraŭmetu ĝin al miaj sukcesoj!»

«Kiu estis tiu viro?»

«Eĉ ideon mi ne havas.»

«Ĉu spiono?»

«Nu, estis klare pro tio, kion ni aŭdis, ke Baskervilo estis tre proksime spionata de iu, ekde kiam li venis en la urbon. Kiel alimaniere oni povus scii tiel rapide, ke li elektis la Nordhumberlandan hotelon? Ĉar oni sekvis lin dum la unua tago, mi konkludis, ke ankaŭ dum la dua tago oni sekvos lin. Vi eble rimarkis, ke dufoje mi aliris la fenestron, dum doktoro Mortimero laŭtlegis sian legendon.»

«Jes, mi memoras.»

«Mi elrigardis por vidi neniofarantojn sur la strato, sed mi vidis neniun. Ni traktas pri homo tre lerta, Vatsono. Tiu ĉi afero efikas tre profunde, kaj kvankam mi ankoraŭ ne findecidis, ĉu bonvola ĉu malbonvola aganto estas en kontakto kun ni, mi konscias ĉiam pri potenco kaj planado. Kiam niaj amikoj foriris, mi tuj sekvis ilin esperante rimarki ilian neviditan akompananton. Tiom ruza li estis, ke li ne riskis sekvi piede, sed utiligis fiakron, por ke li povu malrapidumi malantaŭe aŭ preterkuri ilin kaj tiel eviti rimarkiĝon. Lia metodo havis ankaŭ tiun avantaĝon, ke, se ili luus fiakron, li estus jam preta sekvi ilin. Tio havas tamen unu evidentan malavantaĝon.»

«Ĝi submetas lin sub la potencon de la fiakristo.»

«Ĝuste.»

«Kiel domaĝe, ke ni ne notis la numeron!»

«Mia kara Vatsono, eble mi estis mallerta, sed ĉu vere vi serioze supozas, ke mi neglektis noti la numeron? 2704 estas nia homo. Sed tio ne utilas al ni ĉi-momente.»

«Mi ne komprenas, kion plian vi povis fari.»

«Rimarkinte la fiakron mi devus tuj turniĝi kaj marŝi kontraŭdirekten. Mi devus tiam senurĝe lui duan fiakron kaj sekvi la unuan je respektema distanco, aŭ, pli bone, fiakri ĝis la Nordhumberlanda hotelo kaj tie atendi. Kiam nia nekonato jam sekvus hejmen Baskervilon, ni havus okazon ludi lian ludon kontraŭ lin, kaj vidi, kien li celus. Sed aktuale, pro maldiskreta entuziasmo, kiun profitis kun eksterordinaraj rapideco kaj energio nia oponanto, ni vidigis nin kaj perdis tiun homon.»

Dum tiu ĉi konversacio ni malrapidumis senurĝe laŭ Regento-strato, kaj doktoro Mortimero kun sia kunulo jam delonge malaperis antaŭ ni.

«Ne valoras sekvi ilin», diris Holmso. «La spiono foriris kaj ne revenos. Ni devas kontroli, kiajn pliajn kartojn ni havas en la mano, kaj demeti ilin decideme. Ĉu vi povus ĵure rekoni la vizaĝon de tiu homo en la fiakro?»

«Mi povas ĵuri nur pri la barbo.»

«Ankaŭ mi, el kio mi konkludas, ke tre verŝajne ĝi estis falsa. Al lertulo dum tiom delikata komisio ne utilas barbo krom por kaŝi siajn trajtojn! Envenu ĉi tien, Vatsono!»

Li turniĝis al unu el la distriktaj mesaĝistaj oficejoj, kie lin varme bonvenigis la direktoro.

«Ha, Vilsono, mi konstatas, ke vi ne forgesis tiun etan esploron, dum kiu mi bonŝance povis helpi vin, ĉu?»

«Ja ne, sinjoro, kompreneble. Vi savis mian reputacion, kaj eble mian vivon.»

«Kara homo, vi troigas. Mi svage memoras, Vilsono, ke inter viaj junuloj vi havis knabon, kiu nomiĝas Kartrajto, kiu montris iom da kapableco dum la esploro.»

«Jes, sinjoro, li daŭre oficas ĉe ni.»

«Ĉu vi bonvolus alvoki lin? Dankon! Kaj mi ŝatus ricevi monerojn kontraŭ tiu ĉi kvinpunda bileto.»

Junulo dekkvarjara, kun hela entuziasma vizaĝo, obeis la alvokon de la direktoro. Li nun staris rigardante admirege la faman detektivon.

«Donu al mi la Hotelan Gvidlibron», diris Holmso. «Dankon! Nu, Kartrajto, jen la nomoj de dudek tri hoteloj, ĉiuj en proksima ĉirkaŭaĵo de Ĉaringo-Kruco. Ĉu vi vidas?»

«Jes, sinjoro.»

«Vizitu ĉiun laŭvice.»

«Jes, sinjoro.»

«Komencu ĉiufoje donante al la pordisto unu ŝilingon. Jen estas dudek tri ŝilingoj.»

«Jes, sinjoro.»

«Diru al li, ke vi deziras vidi la forĵetitajn paperojn de hieraŭ. Diru, ke grava telegramo misdirektiĝis, kaj ke vi serĉas ĝin. Ĉu komprenite?»

«Jes, sinjoro.»

«Sed kion vi fakte serĉos, estas la centra paĝo de *Tempo* kun pluraj truoj tranĉitaj per tondilo sur ĝi. Jen estas ekzemplero de *Tempo*. Temas pri tiu ĉi paĝo. Vi povos facile rekoni ĝin, ĉu ne?»

«Jes, sinjoro.»

«Ĉiufoje la pordisto alvokos la halserviston, al kiu vi donos unu ŝilingon ankaŭ. Jen estas dudek tri ŝilingoj. Vi poste ekscios en eble dudek kazoj el dudek tri, ke la paperoj tiutagaj estas brul-igitaj aŭ forigitaj. En la tri aliaj kazoj oni montros al vi amason da paperoj, kaj inter ili vi serĉos ĉi tiun paĝon de *Tempo*. La vetŝanco enorme kontraŭas trovon de ĝi. Jen estas dek pliaj ŝilingoj por hazardaj bezonoj. Telegramu al mi raporton ĉe Bakerstrato antaŭ la vespero. Kaj nun, Vatsono, restas nur, ke ni telegrame trovu la identecon de la fiakristo n-ro 2704, kaj poste ni vizitos unu el la bildgalerioj sur Bondstrato kaj pasigos la tempon ĝis nia hotela rendevuo.»

Ĉapitro 5

Tri ŝiritaj fadenoj

Sinjoro Ŝerloko Holmso havis, ĝis tre rimarkinda grado, la povon laŭvole malkroĉi sian menson. Dum du horoj la stranga afero, en kiu ni estis implikitaj, ŝajnis forgesita, kaj lin tute absorbis la pentraĵoj de la modernaj belgaj majstroj. Li volis paroli pri nenio krom arto, pri kiu li havis plej strangajn impresojn, de kiam ni forlasis la galerion, ĝis ni troviĝis en la Nordhumberlanda hotelo.

«Kavaliro Henriko Baskervilo estas supre kaj atendas vin», diris la hotela registristo. «Li petis, ke mi konduku vin supren, tuj kiam vi venos.»

«Ĉu vi kontraŭas, ke mi rigardu vian registrolibron?» demandis Holmso.

«Tute ne.»

La libro montris, ke du nomoj estas aldonitaj post tiu de Baskervilo. Unu estis Teofilo Ĝonsono kaj familio el Novkastelo; la alia estis sinjorino Oldmoro kaj servistino el Alta Loĝejo, Altono.

«Certe tiu estas la sama Ĝonsono, kiun mi iam konis», diris Holmso al la registristo. «Advokato, ĉu ne, grizhara, kaj marŝas lamete?»

«Ne, sinjoro, tiu ĉi estas sinjoro Ĝonsono, la karbejmastro, sinjoro tre aktiva, ne pli aĝa ol vi mem.»

«Ĉu vi ne eraras pri lia metio?»

«Ne, sinjoro, li utiligis tiun ĉi hotelon dum multaj jaroj, kaj li estas tre bone konata al ni.»

«Ha, tio decidigas la aferon. Ankaŭ sinjorino Oldmoro; ŝajnas, ke mi memoras tiun nomon. Pardonu mian scivolon, sed ofte vizitante unu amikon oni trovas alian.»

«Ŝi estas sinjorino malsanema, sinjoro. Ŝia edzo estis iam urbestro de Glostero. Ŝi ĉiam gastas ĉi tie, kiam ŝi estas en Londono.»

«Dankon! Bedaŭrinde mi ne povas pretendi ŝian konatecon. Mi konfirmis tre gravan fakton per tiuj demandoj, Vatsono», li daŭrigis mallaŭtvoĉe dum ni supreniris. «Jam ni scias, ke la homoj, kiuj tiom interesiĝas pri nia amiko, ne trovis lokon en lia hotelo. Tio signifas, ke, kvankam ili tre deziras, kiel ni konstatis, spioni lin, ili same deziras, ke li ne vidu ilin. Nu, tio estas fakto tre sugesta.»

«Kion ĝi sugestas?»

«Ĝi sugestas… Hola, kara homo, kio entute ĝenas vin?»

Ĉirkaŭirante la supron de la ŝtuparo ni renkontis kavaliron Henriko Baskervilo mem. Lia vizaĝo estis kolere ruĝiĝinta, kaj en unu mano li tenis malnovan polvkovritan ŝuon. Tiom li furiozis, ke li apenaŭ kapablis klare paroli, kaj kiam li efektive parolis, li uzis multe pli fortan kaj pli okcidentan dialekton ol tiun, kiun ni aŭdis de li matene.

«Ŝajnas al mi, ke oni mokas min en tiu ĉi hotelo», li kriis. «Ili trovos, ke ili ekmanipulis la malĝustan personon, se ili ne zorge atentos. Je la tondro, se tiu ulo ne trovos mian mankantan ŝuon, okazos krizo. Mi povas aprezi ŝercon kiel normalulo, sinjoro Holmso, sed ĉi-foje oni preterpafis la celon.»

«Vi ankoraŭ serĉas vian ŝuon, ĉu?»

«Jes, sinjoro, kaj mi intencas trovi ĝin.»

«Sed vi diris, ĉu ne, ke tiu estis nova bruna ŝuo?»

«Tia ĝi estis, sinjoro. Kaj nun ĝi estas malnova nigra ŝuo.»

«Kio? Ĉu vi volas diri...?»

«Ĝuste tion mi volas diri. Mi posedis nur tri parojn en la mondo – la novajn brunajn, la malnovajn nigrajn, kaj la brilledajn, kiujn mi portas. Hieraŭ nokte oni prenis unu el la brunaj, kaj hodiaŭ oni ŝtelis unu el la nigraj. Nu, ĉu vi havas ĝin? Parolu, homo, kaj ne staru gapante!»

Maltrankvila germana etaĝservisto estis suririnta la scenejon.

«Ne, sinjoro, mi enketis tra la tuta hotelo, sed mi aŭdis nenion pri ĝi.»

«Nu, aŭ tiu ŝuo revenos antaŭ la sunsubiro, aŭ mi kontaktos la direktoron kaj diros al li, ke mi tuj foriros el tiu ĉi hotelo.»

«Ĝi estas trovota, sinjoro... Mi promesas, ke, se vi iom paciencos, ĝi estos trovita.»

«Certigu tion, ĉar ĝi estos mia lasta perditaĵo en tiu ĉi ŝtelista kaverno. Nu, nu, sinjoro Holmso, vi pardonos, ke mi ĝenas vin pri tia bagatelo—»

«Mi taksas ĝin inda je ĝeniĝo.»

«Vidu, vi aspektas tre serioza pri ĝi.»

«Kiel vi klarigas ĝin?»

«Mi simple ne provas klarigi ĝin. Ĝi ŝajnas la afero plej freneza, plej stranga, kiu iam ajn okazis al mi.»

«La plej stranga eble...», diris Holmso penseme.

«Kion vi mem pensas pri ĝi?»

«Nu mi ankoraŭ ne pretendas kompreni ĝin. Tiu via afero

estas tre komplikita, kavaliro Henriko. Lige kun la morto de via onklo, mi ne estas certa, ke el la kvincent elstare gravaj kazoj, kiujn mi esploris, troviĝas unu, kiu efikas tiom profunde. Sed ni tenas en la manoj plurajn fadenojn, kaj plej probable unu aŭ alia el ili gvidos nin al la vero. Ni eble malŝparos tempon sekvante la malĝustan, sed pli aŭ malpli baldaŭ ni devos trafi la ĝustan.»

Ni ĝuis agrablan tagmanĝon, dum kiu malmulto estis dirita pri la afero, kiu kunigis nin. Sed en la privata saloneto, al kiu ni poste transiris, Holmso demandis al Baskervilo, kion li intencas fari.

«Iri al Baskervila Halo.»

«Kaj kiam?»

«Fine de la semajno.»

«Entute», diris Holmso, «mi opinias, ke via decido estas saĝa. Mi havas multan atestaĵon, ke vi estas spionata en Londono, kaj inter la milionoj en tiu ĉi urbego estas malfacile eltrovi, kiuj estas tiuj homoj, kaj kion ili celas. Se ili intencas misaĵon ili eble malbonfarus al vi, kaj ni estus senpovaj por malhelpi tion. Vi ne sciis, doktoro Mortimero, ke oni postsekvis vin hodiaŭ matene, ĉu?»

Doktoro Mortimero eksaltetis abrupte. «Postsekvis! Kiu?»

«Ĝuste tion, bedaŭrinde, mi ne povas sciigi al vi. Ĉu inter viaj najbaroj kaj konatoj troviĝas sur Erikejo Darta viro kun nigra plenbarbo?»

«Ne... Aŭ, mi pripensu... Vidu, jes. Barimoro, la domservisto de kavaliro Karlo, estas viro kun plena nigra barbo.»

«Ha! Kie estas Barimoro?»

«Li prizorgas la Halon.»

«Prefere ni eksciu, ke li vere estas tie, aŭ ĉu iel ajn eble li estas en Londono.»

«Kiel vi povas tion fari?»

66

«Donu al mi telegrafan blankon. ‹Ĉu ĉio pretas por kavaliro Henriko?› Tio sufiĉos. Adresu al sinjoro Barimoro, Baskervila Halo. Kiu estas la plej proksima telegrafa oficejo? Grimpeno. Tre bone, ni sendos la duan telegramon al la poŝtisto en Grimpeno: ‹Telegramo al sinjoro Barimoro enmanigendas senpere al li. Se li forestas, bonvolu resendi la telegramon al kavaliro Henriko Baskervilo, Nordhumberlanda hotelo.› Tio devus sciigi al ni antaŭ la vespero, ĉu Barimoro postenas en Devono.»

«Tiel estas», diris Baskervilo. «Cetere, doktoro Mortimero, kiu entute estas tiu Barimoro?»

«Li estas filo de la antaŭa prizorgisto, kiu estas mortinta. Tiuj prizorgis la Halon jam dum kvar generacioj. Laŭ mia scio, li kaj lia edzino estas tiom respektinda paro, kiom iu ajn en la graflando.»

«Samtempe», diris Baskervilo, «estas sufiĉe klare, ke, dum neniu el la familio estas en la Halo, tiuj homoj ĝuas tre belan hejmon kaj nenion por fari.»

«Vere.»

«Ĉu Barimoro entute profitis per la testamento de kavaliro Karlo?»

«Li kaj lia edzino ricevis po kvincent pundojn.»

«Ha! Ĉu ili antaŭsciis, ke ili ricevos tion?»

«Jes, kavaliro Karlo tre ŝatis paroli pri la enhavo de sia testamento.»

«Tre interese.»

«Espereble», diris doktoro Mortimero, «vi ne rigardas suspekteme ĉiun ricevonton de heredaĵo de kavaliro Karlo, ĉar ankaŭ al mi estis testamentitaj mil pundoj.»

«Ĉu vere! Kaj al aliaj?»

«Enestis multaj sensignifaj sumoj al individuoj kaj al granda nombro da publikaj bonfaraj societoj. La tuta restaĵo iris al kavaliro Henriko.»

«Kaj kiom estas la restaĵo?»

«Sepcent kvardek mil pundoj.»

Holmso surprizite altigis la brovojn. «Mi tute ne supozis, ke tiom grandega sumo estis pritraktita.»

«Kavaliro Karlo estis laŭfame riĉa, sed ni ne sciis, kiom riĉa li estis, ĝis ni ekesploris liajn valorpaperojn. La tuta valoro de la postlasaĵo proksimas al unu miliono.»

«Ho ve! Tio estas vetaĵo, por kiu oni probable pretus ludi ludon riskan. Kaj unu plia demando, doktoro Mortimero. Se supozeble okazus io al jena nia juna amiko – pardonu la malagrablan hipotezon! – kiu heredus la postlasaĵon?»

«Ĉar Roĝero Baskervilo, la juna frato de kavaliro Karlo, mortis senedzine, la postlasaĵo irus al la Desmondoj, kiuj estas forparencaj kuzoj. Jakobo Desmondo estas maljuneta pastro el Vestmorlando.»

«Dankon. Ĉiuj ĉi detaloj estas tre interesaj. Ĉu vi renkontis sinjoron Desmondo?»

«Jes. Li venis foje por viziti kavaliron Karlo. Li estas homo aspekte respekteginda kaj vivas sanktulece. Mi memoras, ke li rifuzis akcepti ajnan disponaĵon de kavaliro Karlo, kvankam tiu firme proponis ĝin.»

«Kaj tiu homo simplagusta estus la heredinto de la milaroj de kavaliro Karlo, ĉu?»

«Li heredus la bienon, ĉar ĝi estas majorata. Li heredus ankaŭ la monon, krom se ĝi estus testamentita alimaniere per la nuna posedanto, kiu kompreneble rajtas disponigi ĝin laŭvole.»

«Kaj ĉu vi jam pretigis testamenton, kavaliro Henriko?»

«Ne, sinjoro Holmso, tion mi ne faris, ĉar nur hieraŭ mi eksciis, kiel statas la aferoj. Sed ĉiuokaze mi opinias, ke la mono devus akompani la titolon kaj la bienon. Tio estis la koncepto de mia povra onklo. Kiel la posedanto restarigu la gloraĵojn de la Baskerviloj, ne havante sufiĉe da mono por prizorgi la posedaĵon? Domo, tero kaj dolaroj devas iri kune.»

«En ordo. Nu, kavaliro Henriko, mi same opinias kiel vi, ke konsilindas iri al Devono senprokraste. Nur unu provizon ni devas aranĝi. Vi nepre ne iru sola.»

«Doktoro Mortimero reiros kun mi.»

«Sed doktoro Mortimero devos prizorgi sian praktikon, kaj lia domo foras multajn mejlojn de la via. Malgraŭ la plejebla bonvolo, li eble ne povos helpi vin. Ne, kavaliro Henriko, nepras, ke vin akompanu iu viro fidinda, kiu estos ĉiam ĉe via flanko.»

«Ĉu eblas, ke vi mem venu, sinjoro Holmso?»

«Se la aferoj atingus krizpunkton mi klopodus persone ĉeesti; sed vi povas kompreni, ke pro mia vasta konsultpraktiko kaj pro konstantaj alvokoj, kiuj atingas min el multaj lokoj, estas neeble, ke mi forestu el Londono dum nedifinita periodo. Ĝuste ĉi-momente unu el la plej respektataj nomoj en Anglujo estas makulata de ĉantaĝisto, kaj nur mi povas malhelpi drastan skandalon. Vi komprenas, kiel neeble estas, ke mi iru al Erikejo Darta.»

«Kiun vi rekomendas, do?»

Holmso metis manon sur mian brakon. «Se mia amiko konsentos, ne ekzistos viro pli valora ol li ĉe via flanko, se vi troviĝus en kriza situacio. Neniu rajtas diri tion pli senhezite ol mi.»

Tiu propono komplete surprizis min, sed antaŭ ol mi povis respondi, Baskervilo kaptis mian manon kaj tutkore premis ĝin.

«Nu, vidu, tio estas vere afabla viaflanke, doktoro Vatsono», li diris. «Vi konas mian situacion, kaj vi scias tiom pri la afero, kiom mi. Se vi venos al Baskervila Halo kaj gardos min, mi neniam tion forgesos.»

Promeso pri aventuro ĉiam fascinis min, kaj min komplimentis la vortoj de Holmso kaj la entuziasmo laŭ kiu la kavaliro salutis min kiel akompananton.

«Mi venos kun plezuro», mi diris. «Mi ne scias, kiel mi povus pasigi mian tempon pli avantaĝe.»

«Kaj vi raportos tre atente al mi», diris Holmso. «Kiam okazos krizo, kiel certe estos, mi informos, kiel vi agu. Supozeble ĝis sabato ĉio povos esti preta, ĉu?»

«Ĉu tio konvenas al doktoro Vatsono?»

«Perfekte.»

«Do sabate, krom se vi aŭdos la malon, ni renkontiĝos ĉe la vagonaro je la 10-a 30 en la Padingtona stacidomo.»

Ni stariĝis por foriri, kiam Baskervilo eligis triumfan krion, kaj saltinte ĝis ĉambroangulo li eltiris brunan ŝuon el sub ŝranko.

«Mia mankinta ŝuo!» li kriis.

«Ke ĉiuj niaj problemoj malaperu same facile!» diris Ŝerloko Holmso.

«Sed temas pri tre stranga afero», doktoro Mortimero komentis. «Mi traserĉis tiun ĉi ĉambron tre atente antaŭ la tagmanĝo.»

«Ankaŭ mi», diris Baskervilo. «Tra ĉiu colo da ĝi.»

«Nepre troviĝis neniu ŝuo tiam.»

«Tiuokaze la servisto verŝajne metis ĝin tien, dum ni manĝis.»

La germano estis alvokita, sed li deklaris, ke li scias nenion pri la afero, kiel ankaŭ neniu enketo klarigis ĝin. Alia ero estis aldonita al tiu konstanta kaj ŝajne sencela serio da etaj misteroj, kiuj sekvis unu alian tiom rapide. Formetante la tutan malagrablan historion pri la morto de kavaliro Karlo, ni havis vicon da okazaĵoj ne klarigeblaj, ĉiuj inter la limoj de du tagoj, kiuj inkluzivis ricevon de la presita letero, la nigrabarban spionon en la fiakro, la perdon de la nova bruna ŝuo, la perdon de la malnova nigra ŝuo, kaj nun la retrovon de la nova bruna ŝuo. Holmso sidis silente en la fiakro, dum ni reveturis al Bakerstrato, kaj mi sciis pro liaj kuntiritaj brovoj kaj avida vizaĝo, ke lia menso, samkiel la mia, provadis konstrui iun kadron, en kiu povus trovi lokon ĉiuj ĉi strangaj kaj ŝajne senligaj epizodoj. La tutan posttagmezon kaj ĝis malfruvespere li sidis mergita en tabako kaj pensado.

Ĝuste antaŭ la vespermanĝo oni liveris du telegramojn. La unua legiĝis:

> ĴUS AŬDIS KE BARIMORO ESTAS ĈE LA
> HALO. – BASKERVILO.

La dua:

> VIZITIS DUDEK TRI HOTELOJN LAŬ
> INSTRUKCIOJ, SED BEDAŬRAS RAPORTI
> NEEBLE RETROVI TONDITAN FOLION EL
> TEMPO. – KARTRAJTO.

«Jen ŝiriĝis du el niaj fadenoj, Vatsono. Nenio pli stimulas ol esploro, en kiu ĉio estas kontraŭa. Ni devas ĉirkaŭserĉi novan odoron.»

«Ankoraŭ restas al ni la fiakristo, kiu veturigis la spionon.»

«Ĝuste. Mi telegramis por ricevi de la Oficiala Registrejo liajn nomon kaj adreson. Ne surprizus min, se tiu ĉi respondus mian demandon.»

Tamen la porda sonoro pruviĝis esti io eĉ pli kontentiga ol respondo, ĉar la pordo malfermiĝis kaj envenis krudaspekta viro, evidente la fiakristo.

«Mi ricevis mesaĝon de la ĉefoficejo, ke iu sinjoro ĉe tiu ĉi adreso enketas pri 2704», li diris. «Mi koĉeras mian fiakron jam de sep jaroj, kaj neniam aŭdiĝis plendo. Mi venis rekte ĉi tien el la fiakrejo por demandi inter kvar okuloj, kion vi havas kontraŭ min.»

«Nenion en la mondo mi havas kontraŭ vin, bonulo», diris Holmso. «Male, mi havas por vi duonpundon, se vi havigos al mi klaran respondon al miaj demandoj.»

«Nu, mi travivis belan tagon, senblage», diris la fiakristo rikane. «Kion vi deziras demandi, sinjoro?»

«Unue viajn nomon kaj adreson, por la okazo, se mi serĉos vin denove.»

«Johano Klejtono, Turpestrato 3, la Municipo. Mia fiakro eliras de la Ŝiplea fiakrejo, apud la stacidomo Vaterloa.»

Ŝerloko Holmso notis tion.

«Nun, Klejtono, rakontu al mi pri la kliento, kiu venis kaj gvatis tiun ĉi domon je la deka hodiaŭ matene kaj poste sekvis la du sinjorojn tra Regentostrato.»

La viro aspektis surprizita kaj iom embarasita. «Vidu, ne necesas, ke mi sciigu al vi aferojn, ĉar vi ŝajnas jam scii tiom, kiom mi», li diris. «La vero estas, ke tiu sinjoro sciigis min, ke li estas detektivo, kaj ke mi diru nenion pri li al iu ajn.»

«Bonulo mia, tiu ĉi afero estas tre grava, kaj vi eble trovos vin en sufiĉe malagrabla situacio, se vi provos kaŝi ion antaŭ mi. Vi diris, ĉu, ke via kliento nomis sin detektivo?»

«Jes, tion li diris.»

«Kiam li diris tion?»

«Kiam li forlasis min.»

«Ĉu li diris ion plian?»

«Li menciis sian nomon.»

Holmso ĵetis al mi rapidan rigardon triumfan. «Ho, li menciis sian nomon, ĉu? Tio estis malprudenta. Kiun nomon li menciis?»

«Lia nomo», diris la fiakristo, «estas sinjoro Ŝerloko Holmso.»

Neniam mi vidis mian amikon pli konsternita ol pro la respondo de la fiakristo. Momente li sidis silente mirigita. Poste li kore rideksplodis.

«Tuŝite, Vatsono – nenegeble tuŝite! Mi sentas rapiron tiel rapidan kaj flekseblan kiel la mia. Li tre bele trafis min tiufoje. Do lia nomo estis Ŝerloko Holmso, ĉu?»

«Jes, sinjoro, tiel nomiĝis tiu sinjoro.»

«Bonege! Sciigu al mi, kie vi akceptis lin, kaj ĉion, kio okazis.»

«Li alvokis min je la naŭa kaj duono en la Placo Trafalgara. Li diris, ke li estas detektivo, kaj li proponis al mi du gineojn kondiĉe, ke mi faru precize, kion li postulos dum la tuta tago kaj starigos neniujn demandojn. Mi volonte konsentis. Unue ni veturis ĝis la Nordhumberlanda hotelo kaj atendis tie, ĝis du sinjoroj elvenis kaj luis fiakron el la vico. Ni sekvis ilian fiakron, ĝis tiu haltis ie proksime al ĉi tie.»

«Je tiu ĉi pordo mem», diris Holmso.

«Nu, pri tio mi ne povis esti certa, sed verŝajne mia kliento bone sciis tion. Ni haltis duonvoje tra la strato kaj atendis dum unu horo kaj duono. Poste la du sinjoroj preterpasis nin marŝante, kaj ni sekvis tra Bakerstrato kaj laŭ—»

«Mi scias», diris Holmso.

«Ĝis ni pasis trikvarone laŭ Regentostrato. Tiam mia sinjoro malfermegis la klapon, kaj li kriis, ke mi veturu senprokraste al la stacidomo Vaterloa kiel eble plej rapide. Mi vipis la ĉevalinon, kaj ni venis dum malpli ol dek minutoj. Tiam li pagis siajn du gineojn, kiel honestulo, kaj foriris en la stacidomon. Sed ĝuste kiam li foriris, li alturnis sin kaj diris: ‹Eble interesos vin, ke vi veturigis sinjoron Ŝerloko Holmso›. Tiamaniere mi eksciis lian nomon.»

«Komprenite. Kaj vi ne plu vidis lin, ĉu?»

«Ne post kiam li eniris la stacidomon.»

«Kaj kiel vi priskribus sinjoron Ŝerloko Holmso?»

La fiakristo gratis sian kapon. «Nu, li ne estis homo tute facile priskribebla. Mi taksus lin kvardekjara, kaj li estis mezalta, du-tri colojn pli malalta ol vi, sinjoro. Li estis vestita riĉule, kaj li havis nigran barbon, orte tranĉitan malsupre, kaj palan vizaĝon. Al mi ŝajnas, ke pli ol tion mi ne povas diri.»

«Koloron de l' okuloj?»

«Ne, tion mi ne povas diri.»

«Nenion plian vi memoras, ĉu?»

«Ne, sinjoro, nenion.»

«Do, jen via duonpundo. Alia atendas vin, se vi povos havigi pliajn informojn. Bonan nokton!»

«Bonan nokton, sinjoro, kaj dankon!»

Johano Klejtono foriris ridante, kaj Holmso turnis sin al mi ŝultrotire kaj ridetante malgaje.

«Klakŝiriĝis nia tria fadeno, kaj ni finas, kie ni komencis», li diris. «La ruza fripono! Li sciis nian numeron, sciis, ke kavaliro Henriko Baskervilo konsultis min, ekvidis, kiu mi estas, en Regentostrato, konjektis, ke mi notis la numeron de la fiakro kaj trovos la fiakriston, kaj tiel resendis tiun aŭdacan mesaĝon. Mi diru al vi, Vatsono, ke ĉi-foje ni havas kontraŭulon, kiu meritas nian skermadon. Mi estas matigita en Londono. Mi povas nur deziri al vi plian bonŝancon en Devono. Sed mi ne estas mense trankvila pri tio.»

«Pri kio?»

«Pri tio, ke mi sendas vin. La afero estas malbela, Vatsono. Malbela, danĝera afero, kaj ju pli mi kontemplas ĝin des malpli ĝi plaĉas al mi. Jes, kara homo, vi eble ridas, sed mi certigas vin, ke tre ĝoje mi rehavos vin sekure en Bakerstrato denove.»

Ĉapitro 6

Baskervila Halo

Kavaliro Henriko Baskervilo kaj doktoro Mortimero estis pretaj je la tago difinita, kaj ni ekveturis al Devono laŭ la aranĝo. Sinjoro Ŝerloko Holmso akompanis min al la stacidomo, kaj donis al mi siajn disiĝajn instrukciojn kaj konsilojn.

«Mi ne influos vian menson per sugestaj teorioj aŭ suspektoj, Vatsono. Mi volas, ke vi simple raportu faktojn al mi kiel eble plej komplete, kaj vi povas lasi al mi la teoriumon.»

«Kiajn faktojn?» mi demandis.

«Ion ajn, kio ŝajnas rilati al la enketo, kiom ajn nerekte, kaj precipe la rilatojn inter la juna Baskervilo kaj liaj najbaroj, aŭ eventualajn pluajn detalojn pri la morto de kavaliro Karlo. Mi mem iom enketis dum la pasintaj kelkaj tagoj, sed la rezultoj estis bedaŭrinde negativaj. Nur unu afero ŝajnas certa, nome, ke sinjoro Jakobo Desmondo, kiu estas la heredonto, estas maljuneta sinjoro tre afabla karaktere tiel, ke tiu ĉi persekuto ne originas ĉe li. Mi vere opinias, ke ni rajtas tute forstreki lin el niaj konjektoj. Restas tiuj homoj, kiuj efektive ĉirkaŭos kavaliron Henriko Baskervilo sur la erikejo.»

«Ĉu ne estus bone unuavice forigi tiun paron Barimoran?»

«Neniel. Vi ne povus pli grave erari. Se ili estas senkulpaj, tio estus kruela maljustaĵo; kaj se ili estas kulpaj, ni rezignus pri ĉiu eblo pruvi tion. Ne, ne, ni konservos ilin sur nia listo de suspektatoj. Ankaŭ estas ĉe la Halo grumo, se mi bone memoras. Ekzistas du erikejaj terkulturistoj. Troviĝas nia amiko doktoro Mortimero, kiun mi kredas tute honesta, kaj troviĝas lia edzino,

76

pri kiu ni scias nenion. Troviĝas la naturesploristo Stepeltono, kaj troviĝas lia fratino, kiu estas laŭdire alloga junulino. Troviĝas sinjoro Frenklendo en Laftera Halo, kiu estas alia nekonata faktoro, kaj troviĝas kelkaj aliaj najbaroj. Tiuj estas la homoj, kiujn vi devos speciale studi.»

«Mi faros mian plejeblon.»

«Vi havas armilon, supozeble?»

«Jes, mi supozis, ke valoros kunporti ĝin.»

«Plej certe. Tenu apud vi vian revolveron tage kaj nokte, kaj neniam kompromitu vian singardemon.»

Niaj amikoj jam akiris unuaklasan kupeon, kaj atendis nin sur la kajo.

«Ne, neniajn novaĵojn ni havas», diris doktoro Mortimero, responde al demandoj de mia amiko. «Unu aferon mi povas ĵuri, kaj tio estas, ke ni ne estis spionataj dum la pasintaj du tagoj. Ni neniam eliris sen akra observado, kaj neniu povis eviti nian rimarkemon.»

«Supozeble vi ĉiam restis kune, ĉu?»

«Krom hieraŭ posttagmeze. Mi kutime dediĉas unu tagon al pura amuziĝo, kiam mi venas al Londono, do mi pasigis ĝin en la muzeo de la kolegio de ĥirurgoj.»

«Kaj mi iris rigardi la homojn en la parko», diris Baskervilo. «Sed neniu ajn malagrablaĵo trafis nin.»

«Tamen estis malprudente, malgraŭ tio», diris Holmso, skuante sian kapon kaj aspektante serioza. «Mi petas, kavaliro Henriko, ke vi ne promenadu sola. Iu granda misfortuno trafos vin, se vi tion faros. Ĉu vi retrovis vian alian ŝuon?»

«Ne, sinjoro, ĝi estas perdita por ĉiam.»

«Ĉu vere? Tio estas tre interesa. Nu, adiaŭ», li aldonis, kiam la vagonaro komencis forgliti laŭ la kajo. «Ĉiam memoru, kavaliro

Henriko, unu el la frazoj de tiu stranga malnova legendo, kiun doktoro Mortimero voĉlegis al ni, kaj evitu la erikejon dum tiuj horoj da mallumo, kiam la malicaj potencoj ekzaltiĝas.»

Mi rerigardis al la kajo, kiam ni fore forlasis ĝin, kaj vidis la altan aŭsteran figuron de Holmso staranta senmove kaj post-rigardanta nin.

La vojaĝo estis rapida kaj agrabla, kaj mi pasigis ĝin pli intime konatiĝante kun miaj du kunuloj, kaj ludante kun la spanielo de doktoro Mortimero. Post tre malmultaj horoj la bruna grundo iĝis ruĝeca, la brikojn anstataŭis granito, kaj ruĝaj bovinoj paŝtis sin sur belheĝaj kampoj, kie la riĉa herbo kaj pli abunda vegetaĵo anoncis klimaton pli luksan, se pli humidan. La juna Baskervilo gapis entuziasme tra la fenestro, kaj ekkriis ĝojigite, kiam li rekonis konatajn aspektojn de la devona pejzaĝo.

«Mi trairis grandan parton de la mondo, de kiam mi forlasis ĝin, doktoro Vatsono,» li diris, «tamen mi neniam vidis lokon kompareblan.»

«Mi neniam vidis devonanon, kiu ne lojalas al sia tereno», mi komentis.

«Tio dependas de la homspeco tiom, kiom de la pejzaĝo», diris doktoro Mortimero. «Ekrigardo al nia amiko vidigas la rondan kapon de la keltoj, kiu portas interne la keltajn entuziasmon kaj kroĉiĝan povon. La kapo de la kompatinda kavaliro Karlo estis el speco tre rara, duone gaela, duone irlanda laŭ la karakterizoj. Sed vi estis tre juna, kiam vi lastfoje vidis la Baskervilan Halon, ĉu ne?»

«Mi estis adoleskanto, kiam okazis la morto de mia patro, kaj neniam vidis la Halon, ĉar li loĝis en dometo sur la suda marbordo. De tie mi iris rekte al amiko en Usono. Mi certigas, ke por mi ĉio estas tiel nova, kiel ĝi estas al doktoro Vatsono, kaj mi laŭeble avidas vidi la erikejon.»

«Ĉu jes? Do via deziro estas tre facile realigebla, ĉar jen estas via unua ekvido de la erikejo», diris doktoro Mortimero, indikante tra la kupea fenestro.

Super la verdaj kvadratoj de la kampoj kaj la malalta kurbiĝo de arbareto leviĝis en malproksimo monteto griza, melankolia, kun stranga akrangula supraĵo, svaga kaj malpreciza en la foro, kvazaŭ iu fantasta pejzaĝo en sonĝo. Baskervilo sidis longe kun la okuloj fiksitaj al ĝi, kaj mi legis sur lia entuziasma vizaĝo, kiom ĝi signifas al li, tiu unua ekvido al tiu stranga loko, kie la homoj liasangaj regis tiom longe kaj lasis tiom profunde sian markon. Tie li sidis, en sia skotdrapa kostumo kaj kun sia amerika parolmaniero, en angulo de sendistinga fervoja kupeo, kaj tamen rigardante lian malhelan kaj esprimpovan vizaĝon mi pli ol antaŭe sentis, ke li estas vera posteulo de tiu longa linio da impulsaj, ardaj kaj mastremaj viroj. Vidiĝis fiero, kuraĝo kaj forto je liaj densaj brovoj, liaj sentemaj naztruoj, kaj liaj grandaj avelkoloraj okuloj. Se sur tiu forpuŝa erikejo atendus nin serĉo malfacila kaj danĝera, jen almenaŭ estis kunulo, por kiu oni povus riski endanĝeriĝon, estante certa, ke li kuraĝe partoprenos ĝin.

La vagonaro haltis ĉe eta apudvoja stacio, kaj ni ĉiuj eliris. Ekstere, trans la malalta blanka barilo, kaleŝo kun paro da fortaj ĉevaletoj atendis. Nia alveno estis evidente grava evento, ĉar la staciestro kaj portistoj amasiĝis ĉirkaŭ ni por elporti niajn valizojn. Tio estis agrabla simpla kampara loko, sed mi surpriziĝis vidante, ke apud la elirejo staras du soldatecaj viroj en malhelaj uniformoj, kiuj apogas sin per siaj mallongaj pafiloj kaj rigardas nin atente, dum ni pasas. La koĉero, malmoltrajta tordita vireto, salutis kavaliron Henriko Baskervilo, kaj post kelkaj minutoj ni rapidis laŭ la larĝa blanka vojo. Ondantaj paŝtejoj kurbiĝis supren ambaŭflanke, kaj malnovaj gablitaj domoj elgvatis el inter la densaj foliaĵoj, sed malantaŭ la trankvila kaj sunumata pejzaĝo ĉiam leviĝis, malhela kontraŭ la vespera ĉielo, la longa morna kurbiĝo de la erikejo, interrompita per la zigzagaj kaj minacaj montetoj.

La kaleŝo svinge turniĝis sur flankvojon, kaj ni kurbiris supren tra profundaj vojetoj eluzataj per jarcentoj da radoj, altaj teramasoj ambaŭflanke, pezaj je gutanta musko kaj viandecaj cervolangaj filikoj. Bronzkoloraj filikaroj kaj makulitaj rubusoj ekbrilis en la lumo de la subiranta suno. Plu grade leviĝante, ni trapasis mallarĝan granitan ponton, kaj flankumis bruan rivereton, kiu inundis rapide suben, ŝaŭmante kaj muĝante inter grizaj ŝtonegoj. Vojo kaj rivereto ambaŭ serpentumis tra valo densa je vepraĵo kaj abioj. Je ĉiu vojturno Baskervilo eligis ekkrion de ĝojo, ĉirkaŭrigardante entuziasme kaj starigante sennombrajn demandojn. Al liaj okuloj ĉio ŝajnis bela, sed laŭ mi tuŝeto da melankolio sterniĝis sur la pejzaĝo, kiu tiel klare antaŭsignis malkreskon de la jaro. Flavaj folioj tapiŝis la vojetojn kaj flirte surfalis nin dum la pasado. La klako de niaj radoj formortis, kiam ni traveturis drivaĵojn da putra vegetaĵo – tristaj donacoj, laŭ mia opinio, ĵetataj de la naturo antaŭ la ĉaron de la revenanta heredulo de la Baskerviloj.

«Hola!» ekkriis doktoro Mortimero. «Kio estas tio?»

Apika kurbiĝo de erikokovrita tero, periferia fragmento de la erikejo, etendiĝis antaŭ ni. Sur la supraĵo, malmola kaj klara kiel ĉevalista statuo sur ties piedestalo, estis surĉevala soldato, malhela kaj severa, kun pafilo prete apogita al la antaŭbrako. Li estis vaĉanta la vojon, laŭ kiu ni veturis.

«Kio estas tio, Perkinzo?» demandis doktoro Mortimero.

Nia koĉero duonturniĝis sur sia sidloko. «Bagnulo eskapis el la mallibereĵo, sinjoro. Li jam de tri tagoj forestas, kaj la provosoj vaĉas ĉiun vojon kaj ĉiun stacion, sed ili ankoraŭ ne ekvidis lin. Al la farmantoj en la ĉirkaŭaĵo tio ne plaĉas, efektive.»

«Nu, laŭ mia kompreno, ili ricevos po kvin pundoj, se ili povos doni informojn.»

«Jes, sinjoro, sed kvin eventualaj pundoj ne bone kompensas la eblecon de tranĉita gorĝo. Vidu, tiu ne estas ordinara bagnulo. Tiu estas viro, kiu hezitos pri nenio.»

«Kiu do li estas?»

«Seldeno, la murdinto en Monteto Notingo.»

Mi bone memoris tiun kazon, ĉar Holmso aparte interesiĝis pri ĝi pro la aparta krueleco de la krimo kaj la diboĉa bruteco, kiu signis ĉiujn agojn de la murdinto. La rezigno pri lia mortkondamno rezultis de kelkaj duboj pri lia mensa sano, tiel abomeninda estis lia konduto. Nia kaleŝo atingis la supron de iu vojleviĝo, kaj antaŭ ni etendiĝis la ega vasto de la erikejo, makulita je torditaj kaj rokecaj ŝtonmasoj kaj pintmontetoj. Malvarma vento blovis el ĝi kaj tremigis nin. Ie tie, sur tiu ebenaĵo dezerteca, sin kaŝis tiu demono, kaŝiĝante en truo kiel sovaĝa besto, kun koro plena je malico kontraŭ la tuta homraso, kiu elĵetis lin. Nur tio mankis por kompletigi la malafablan sugestion de la malfekunda dezertejo, la fridiga vento, kaj la malhelumanta ĉielo. Eĉ Baskervilo silentiĝis kaj kuntiris pli proksime sian surtuton.

Ni jam lasis la fekundan teron malantaŭe kaj sube. Ni nun rerigardis al ĝi: la deklivaj radioj de malalta suno ŝanĝis la rojojn al fadenoj da oro kaj ardis sur la ruĝa tero nove plugita kaj la larĝa implikaĵo de la arbaretoj. La vojo antaŭ ni iĝis pli morna kaj pli sovaĝa sur grandaj ruĝetaj kaj olivaj deklivoj, aspergitaj je gigantaj ŝtonoj. De tempo al tempo ni preterpasis erikejan dometon, ŝtonmuran kaj ŝtontegmentan, kun neniu ampelopso por variigi ĝian severan konturon. Subite ni rigardis suben en tassimilan kavaĵon, en kiu dise staris kverkaroj nanaj kaj abiaroj torditaj kaj kurbigitaj pro la furiozo de jaroj da ŝtormoj. Du altaj mallarĝaj turoj elstaris super la arboj. La koĉero indikis per sia vipo.

«Baskervila Halo», li diris.

Ties mastro stariĝis kaj algapis ruĝvange kaj brilokule. Post kelkaj minutoj ni atingis la ĉefenirejan pordegon, labirinton el fantasta reto gisfera, kun veterumitaj pilastroj ambaŭflanke, makulitaj je likenoj kaj apogantaj la aprokapojn de la Baskerviloj. La pordistejo estis ruino el nigra granito kaj nudigitaj ripoj de ĉevronoj, sed kontraŭ ĝi estis nova konstruaĵo, duone kompleta, la unua frukto el la sud-afrika oro de kavaliro Karlo.

Tra la pordo ni suriris la aleon, kie la radojn denove sordinis la foliaro, kaj la malnovaj arboj elpuŝis siajn brakojn je sombra tunelo super niaj kapoj. Baskervilo ektremegis rigardante tra la longa malluma aleo, ĝis kie la domo ekbrilis fantomece je la fora ekstremo.

«Ĉu ĉi tie okazis?» li mallaŭte demandis.

«Ne, ne, la taksusa aleo troviĝas aliflanke.»

La juna heredinto ĉirkaŭrigardis mornesprime.

«Ne estas mirinde, ke mia onklo sentis, kvazaŭ malfeliĉo minacus lin en tia loko», li diris. «Ĝi sufiĉas por timigi iun ajn. Mi aranĝos vicon de elektraj lampoj ĉi tie en malpli ol ses monatoj, kaj vi ne rekonos la lokon kun la milkandelpova generatoro de Svan-Edisono[7] ĝuste ĉi tie antaŭ la dompordo.»

---

7   En 1883 la brita ĥemiisto kaj fizikisto Joseph Wilson Swan (1828–1914) kaj la usona inventisto kaj entreprenisto Thomas Alva Edison (1847–1931) kunfondis la firmaon *Edison & Swan United Electric Light Company* (konata ankaŭ kiel *Ediswan*), kiu okupiĝis pri disvastigo de elektrolampa lumigado.

La aleo malfermiĝis al larĝa razeno, kaj antaŭ ni troviĝis la domo. Per la velkanta taglumo mi povis vidi, ke la centro estas peza konstrubloko, el kiu etendiĝis portalo. La tutan fronton drapiris hedero, kun ie-tie loko tonde nudigita, kie fenestro aŭ blazono trarompis la malhelan vualon. Super tiu centra dombloko leviĝis du ĝemelaj turoj, antikvaj, krenelitaj kaj trapikitaj de multaj embrazuroj. Dekstre kaj maldekstre de la turoj estis pli modernaj nigragranitaj aloj. Malhela lumo brilis tra la peze fositaj fenestroj, kaj el la altaj fumtuboj, kiuj leviĝis de la apika altangula tegmento, elsaltis unuopa kolono da fumo.

«Bonvenon, kavaliro Henriko! Bonvenon al Baskervila Halo!»

Alta viro elpaŝis el la ombro de la portalo por malfermi la pordon de la kaleŝo. Virina figuro siluetiĝis antaŭ la flava lumo de la vestiblo. Ŝi elvenis kaj helpis la viron elkaleŝigi niajn valizojn.

«Ne ĝenos vin, ĉu, se mi veturos senprokraste hejmen, kavaliro Henriko?» diris doktoro Mortimero. «Mia edzino atendas min.»

«Certe vi restos por iom vespermanĝi, ĉu?»

«Ne, mi devas iri. Probable mi trovos, ke iom da laboro atendas min. Mi restus por montri al vi la domon, sed Barimoro estos pli bona gvidanto ol mi. Ĝis revido, kaj neniam hezitu alvoki min nokte aŭ tage, se mi povos servi.»

Bruo de la radoj formortis tra la elirvojo, dum kavaliro Henriko kaj mi turnis nin en la vestiblon, kaj la pordo peze batfermiĝis post ni. Ni trovis nin en bela ĉambro, granda, alta, kaj peze ĉevronita per enormaj trabegoj el kverkaĵo tempe nigriĝinta. En la granda malnovmoda kameno malantaŭ la altaj feraj bariletoj krakis kaj klakis fajro el ŝtipoj. Kavaliro Henriko kaj mi etendis al ĝi niajn manojn, ĉar ni frostis post la longa veturo. Poste ni ĉirkaŭrigardis al la alta mallarĝa vitralo, la kverkaj paneloj, la cervaj kapoj, la blazonoj sur la muroj, ĉiuj malhelaj kaj sombraj en la sordinita lumo de la centra lampo.

«Ĝi estas ĝuste tia, kiel mi imagis ĝin», diris kavaliro Henriko. «Ĉu ĝi ne estas precize bildo de malnova familia hejmo? Nur pensu, ke ĝi estas tiu sama halo, en kiu loĝis miaj parencoj dum kvincent jaroj! Solenigas min la pripenso.»

Mi vidis lian malhelan vizaĝon prilumita de knabeca entuziasmo, dum li ĉirkaŭrigardis. La lamplumo trafis lin, kie li staris, sed longaj ombroj suben sterniĝis sur la muroj kaj pendis kvazaŭ nigra baldakeno super li. Barimoro revenis, portinte niajn valizojn al niaj ĉambroj. Li staris antaŭ ni nun kun la diskreta mieno de bone edukita servisto. Li estis viro impona, alta, bela, kun kvadrata nigra barbo kaj palaj distingindaj trajtoj.

«Ĉu vi deziras, ke la vespermanĝo estu servata tuj, sinjoro?»

«Ĉu ĝi estas preta?»

«Post nur kelkaj minutoj, sinjoro. Vi trovos varman akvon en viaj ĉambroj. Mia edzino kaj mi kun plezuro, kavaliro Henriko, restos kun vi, ĝis vi faros viajn novajn aranĝojn, sed vi komprenas, ĉu ne, ke la nova situacio en tiu ĉi domo postulos konsiderindan stabon.»

«Kiu nova situacio?»

«Mi volis diri nur, sinjoro, ke kavaliro Karlo vivis tre retiriĝeme, kaj ni povis kontentigi liajn bezonojn. Vi nature volos havi pli da societo, kaj tial vi bezonos novajn ŝanĝiĝojn de via domanaro.»

«Ĉu vi celas diri, ke via edzino kaj vi deziras foriri?»

«Nur kiam tute konvenos al vi, sinjoro.»

«Sed via familio estis ĉe ni dum pluraj generacioj, ĉu ne vere? Mi bedaŭrus komenci mian vivon ĉi tie, rompante la malnovan familian ligon.»

Al mi ŝajnis, ke mi rimarkas signetojn de emocio sur la blanka vizaĝo de la domservisto.

«Ankaŭ mi sentas tion, sinjoro, kaj ankaŭ mia edzino. Sed verdire, sinjoro, ni ambaŭ tre ŝatis kavaliron Karlo, kaj lia morto ŝokis nin kaj igis tre doloriga tiun ĉi ĉirkaŭaĵon. Mi timas, ke neniam plu ni estos mense trankvilaj en Baskervila Halo.»

«Sed kion vi intencas fari?»

«Mi ne dubas, sinjoro, ke ni sukcesos firmigi nin en iu komerco. La malavaro de kavaliro Karlo havigis al ni la rimedojn por tion fari. Kaj nun, sinjoro, eble plej bone mi montru al vi viajn ĉambrojn.»

Kvadrata balustrada galerio ĉirkaŭis la supron de la malnova halo, al kiu kondukis duobla ŝtuparo. De tiu ĉi centra punkto du longaj koridoroj etendiĝis tra la tuta longo de la konstruaĵo, al kiuj malfermiĝis ĉiuj dormoĉambroj. La mia troviĝis en la sama alo kiel tiu de Baskervilo, kaj preskaŭ najbaris ĝin. Tiuj ĉambroj aspektis multe pli modernaj ol la centra domparto, kaj la helaj tapetoj kaj multnombraj kandeloj iom forigis la sombran impreson postlasitan en mia menso de nia alveno.

Sed la manĝoĉambro malfermiĝanta el la vestiblo estis loko ombra kaj sombra. Ĝi estis ĉambro longa kun ŝtupo disiganta la podion, kie sidis la familio, disde la pli malalta parto rezervita por ties dependantoj. Ĉe unu ekstremo alrigardis ĝin menestrela galerio. Nigraj traboj transsaltis super niaj kapoj, kun fumnigrigita plafono super si. Kiam vicoj da flamaj torĉoj lumigus ĝin, kaj la koloroj kaj kruda gajo de malnovmoda bankedo, ĝi eble malseveriĝus; sed nun, kiam du nigre vestitaj sinjoroj sidis en la eta cirklo de lumo provizita de kloŝita lampo, la voĉo sordiniĝis kaj la spirito senentuziasmiĝis. Malhela linio de antaŭuloj, en ĉiuspecaj vestaĵoj, ekde elizabeta kavaliro ĝis bravulo el la tempo de la Regenteco, gapis suben al ni kaj silentigis nin per sia silenta societo. Ni malmulte parolis, kaj minimume mi ĝojis, kiam la manĝado finiĝis kaj ni povis retiriĝi en la modernan bilardejon kaj fumi cigaredon.

«Je mia vorto, ĝi ne estas loko tre gaja», diris kavaliro Henriko. «Mi supozas, ke oni povas agordiĝi al ĝi, sed aktuale mi sentas min iom mankanta. Mi ne miras, ke mia onklo iĝis iomete malkvieta, ĉar li vivis tutsola en tia domo. Tamen, se konvenas al vi, ni frue enlitiĝu hodiaŭ vespere, kaj eble la aferoj ŝajnos pli gajaj en la mateno.»

Mi flankenŝovis miajn kurtenojn antaŭ ol enlitiĝi kaj elrigardis tra mia fenestro. Ĝi malfermiĝis al la razeno, kiu troviĝis antaŭ la dompordo. Pretere, du boskoj da arboj ululis kaj svingiĝis pro fortiĝanta vento. Duonluno puŝiĝis tra la fendoj de rapidantaj nuboj. Per ties malvarma lumo mi vidis post la arboj sporadan rokfranĝon kaj la longan malaltan kurbiĝon de la melankolia erikejo. Mi fermis la kurtenojn sentante, ke mia lasta impreso konformiĝas al la cetero.

Kaj tamen ne precize la lasta. Mi trovis min laca kaj tamen vigla, turniĝante senripoze de flanko al flanko, serĉante la dormon, kiu ne volis veni. En malproksimo sonoranta horloĝo signis la kvaronhorojn, sed escepte de tio morteca silento regis la malnovan domon. Kaj tiam subite, en la mezo mem de la nokto, atingis miajn orelojn sono klara, sonoreca kaj ne miskomprenebla. Temis pri plorsingulto de virino, la sordinita strangola ĝemspiro de iu, kiun ŝiras malĝojo neregebla. Mi sidiĝis sur la lito kaj atente aŭskultis. La sono ne povis esti malproksima, kaj certe estis en la domo. Dum duonhoro mi atendis kun ĉiu nervo vigla, sed aŭdiĝis neniu alia sono ol la sonoranta horloĝo kaj la siblado de hedero sur la muro.

Ĉapitro 7

La Stepeltonoj de Meripita Domo

La freŝa belo de la sekvinta mateno iomete forviŝis de niaj mensoj la mornan kaj grizan impreson postlasitan al ni ambaŭ pro nia unua sperto ĉe Baskervila Halo. Dum kavaliro Henriko kaj mi sidis matenmanĝante, la sunlumo enverŝiĝis tra la altaj fostitaj fenestroj, direktante akvecajn kolormakulojn el la blazonoj kovrantaj ilin. La malhelaj pancloj ardis bronzece sub la oraj radioj, kaj estis malfacile konstati, ke tiu ĉi fakte estas la ĉambro, kiu tiom mornigis niajn animojn en la antaŭa vespero.

«Verŝajne nin mem kaj ne la domon ni devas kulpigi!» diris la kavaliro. «Ni estis lacaj pro la vojaĝo kaj frostigitaj pro la veturo, sekve ni grize kontemplis la lokon. Jam ni estas freŝaj kaj bonstataj, do ĝi estas denove tute agrabla.»

«Kaj tamen ne estis afero komplete fantazia», mi respondis. «Ĉu ekzemple vi hazarde aŭdis iun, mi opinias virinon, ĝemplorantan dum la nokto?»

«Kurioze, ĉar mi duondorme ja supozis, ke mi aŭdas ion tian. Mi atendis dum kelka tempo, sed ĝi ne ripetiĝis, do mi konkludis, ke tio estis nur sonĝa.»

«Mi aŭdis ĝin klare, kaj mi estas certa, ke ĝi vere estis virina ĝemploro.»

«Ni devas tuj enketi pri tio.» Li sonorigis kaj demandis al Barimoro, ĉu tiu povas klarigi nian sperton. Ŝajnis al mi, ke la palaj trajtoj de la domservisto eĉ pli paliĝas, dum li aŭskultas la demandon de sia mastro.

«En la domo estas nur du virinoj, kavaliro Henriko», li respondis. «Unu estas la kuireja servistino, kiu dormas en la alia alo. La alia estas mia edzino, kaj mi povas certigi, ke tiu sono ne originis ĉe ŝi.»

Kaj tamen li mensogis tion dirante, ĉar hazarde post la matenmanĝo mi renkontis sinjorinon Barimoro en la longa koridoro kun plena sunlumo sur ŝia vizaĝo. Ŝi estis senemocia, peztrajta, granda virino kun severa fiksita buŝesprimo. Sed ŝiaj perfidaj okuloj estis ruĝaj kaj rigardis min el sub ŝvelintaj palpebroj. Do estis ŝi, kiu ploris nokte, kaj se ŝi tion faris, ŝia edzo nepre scias pri tio. Tamen li elektis la evidentan riskon esti malkovrita, deklarinte, ke ne estas tiel. Kial li faris tion? Kaj kial ŝi ploris tiel amare? Jam ĉirkaŭ tiu palvizaĝa, bela, nigrabarba viro amasiĝis atmosfero de mistero kaj de morno. Ĝuste li la unua trovis la kadavron de kavaliro Karlo, kaj nur liajn vortojn ni havis pri la cirkonstancoj antaŭ la morto de tiu maljunulo. Ĉu estis eble, ke estas Barimoro, finfine, kiun ni vidis en la fiakro sur Regento-strato? La barbo tre povus esti la sama. La fiakristo priskribis viron iom malpli altan, sed tia impreso povus esti erara. Kiel mi povus decidiĝi pri tiu punkto definitive? Evidente, la unua faro estu konsulti la grimpenan poŝtiston kaj konstati, ĉu la esplora telegramo vere estis metita en la proprajn manojn de Barimoro. Kia ajn estu la respondo, mi almenaŭ havus ion raportindan por Ŝerloko Holmso.

Kavaliro Henriko devis ekzameni multajn paperojn post la matenmanĝo tiel, ke la tempo estis oportuna por mia promeno. Tio estis agrabla kvarmejla promeno laŭlonge de la erikeja rando, kiu venigis min fine al griza vilaĝeto, en kiu du pli grandaj konstruaĵoj, kiuj konfirmiĝis kiel la hotelo kaj la domo de doktoro Mortimero, staris alte super la ceteraj. La poŝtisto, kiu estis ankaŭ la vilaĝa spicisto, klare memoris la telegramon.

«Certe, sinjoro,» li diris, «mi liverigis la telegramon al sinjoro Barimoro ĉe la Halo precize laŭ la instrukcio.»

«Kiu liveris ĝin?»

«Jena mia filo. Jakobo, vi liveris tiun telegramon al sinjoro Barimoro ĉe la Halo pasintsemajne, ĉu ne vere?»

«Jes, patro, mi liveris ĝin.»

«En liajn proprajn manojn, ĉu?» mi demandis.

«Nu, li estis en la subtegmentejo tiumomente, do mi ne povis meti ĝin en liajn proprajn manojn, sed mi transdonis ĝin en la manojn de sinjorino Barimoro, kaj ŝi promesis tuj liveri ĝin.»

«Ĉu vi vidis sinjoron Barimoro?»

«Ne, sinjoro; kiel mi diris, li estis en la subtegmentejo.»

«Se vi ne vidis lin, kiel vi scias, ke li estis en la subtegmentejo?»

«Nu, supozeble, lia propra edzino sciis, kie li troviĝas», diris la poŝtisto incitite. «Ĉu li ne ricevis la telegramon? Se okazis eraro, sinjoro Barimoro mem rajtas plendi.»

Ŝajnis senespere daŭrigi plu la enketon, sed estis klare, ke malgraŭ la ruzaĵo de Holmso ni ne havis pruvon, ke Barimoro ne estis en Londono tiutempe. Supoze, ke tiel estis – supoze, ke la sama homo estis tiu, kiu lastfoje vidis kavaliron Karlo viva, kaj la unua postsekvanto de la nova heredinto, kiam tiu revenis al Anglujo. Kio sekvis? Ĉu li estis agento de aliuloj, aŭ ĉu li havis iun propran minacan planon? Kiun avantaĝon li ricevis, persekutante la familion Baskervilo? Mi pensis pri la stranga averto tondita el la ĉefartikolo en *Tempo*. Ĉu tion faris li, aŭ eble faris ĝin iu celanta kontraŭbati liajn planojn? La sola imagebla motivo estis tiu sugestita de kavaliro Henriko, ke, se la tuta familio estus fortimigita, tio sekurigus komfortan kaj permanentan hejmon por la Barimoroj. Sed certe tia klarigo estus tute nesufiĉa por klarigi la profundan kaj subtilan komplotadon, kiu ŝajnis teksi nevideblan reton ĉirkaŭ la juna kavaliro. Holmso mem diris, ke neniu esploro pli komplikita venis al li dum la longa serio de liaj sensaciaj esploradoj. Mi preĝis, marŝante reen laŭ la griza soleca vojo, ke mia amiko baldaŭ liberiĝu de siaj zorgoj kaj povu alveni por mem surŝultrigi tiun pezan ŝarĝon de respondeco.

Subite miajn pensojn interrompis la bruo de kurantaj piedoj malantaŭ mi kaj voĉo, kiu vokis min laŭnome. Mi turniĝis, atendante vidi doktoron Mortimero, sed surprize al mi tiu estis nekonato, kiu postsekvis min. Li estis malalta, svelta, razita, pudoraspekta viro, kun linkoloraj haroj kaj makzeloj ostecaj, inter tridek- kaj kvardek-jara, vestita en griza kompleto kaj pajla ĉapelo. Stana skatolo por botanikaj specimenoj pendis de lia ŝultro, kaj li portis en unu mano verdan papilireton.

«Vi certe pardonos mian arogantecon, doktoro Vatsono», li diris, atinginte anhele la lokon, kie mi staris. «Ĉi tie sur la erikejo ni estas homoj senpretendaj, kaj ne atendas formalan sinprezenton. Vi eble aŭdis mian nomon de nia komuna amiko Mortimero. Mi estas Stepeltono de Meripita Domo.»

«Tion sciigus al mi viaj reto kaj skatolo,» mi diris, «ĉar mi sciis, ke sinjoro Stepeltono estas naturesploristo. Sed kiel vi rekonis min?»

«Mi vizitis Mortimeron, kaj li indikis vin tra la fenestro de sia konsultejo, kiam vi preterpasis. Ĉar ni iros samdirekte, mi decidis atingi vin kaj min prezenti al vi. Espereble kavaliro Henriko ne iel misfartas post sia veturado, ĉu?»

«Li fartas tre bone, dankon.»

«Ni ĉiuj iom timis, ke post la trista morto de kavaliro Karlo la nova kavaliro eble rifuzos loĝi ĉi tie. Postulas multon de riĉulo, ke li venu entombigi sin en loko kiel ĉi tiu, sed ne necesas, ke mi diru al vi, ke tio signifas multon por la ĉirkaŭaĵo. Kavaliro Henriko supozeble ne havas superstiĉajn timojn pro la afero?»

«Tio ne ŝajnas al mi probabla.»

«Kompreneble vi konas la legendon pri la demona ĉashundo, kiu hantas la familion, ĉu ne?»

«Mi aŭdis pri ĝi.»

«Estas mirige, kiom kredemas la kamparanoj en tiu ĉi regiono! Multaj el ili pretas ĵuri, ke tian kreiton ili vidis sur la erikejo.» Li parolis ridetante, sed mi ŝajnis legi en liaj okuloj, ke li traktas pli serioze la aferon. «Tiu historio tre kaptis la fantazion de kavaliro Karlo, kaj mi ne dubas, ke ĝi kondukis al lia tragika morto.»

«Sed kiel?»

«Liaj nervoj estis tiom incititaj, ke apero de iu ajn hundo povus efiki fatale lian malsanan koron. Mi opinias, ke li efektive vidis ion dum tiu lasta nokto en la taksusa aleo. Mi antaŭtimis similan katastrofon, ĉar mi tre ŝatis la maljunulon kaj sciis, ke lia koro estas malforta.»

«Kiel vi sciis tion?»

«Mia amiko Mortimero sciigis min.»

«Vi opinias do, ke iu hundo persekutis kavaliron Karlo, kaj ke pro tio li mortis je timo, ĉu?»

«Ĉu vi havas preferindan klarigon?»

«Mi atingis nenian konkludon.»

«Ĉu sinjoro Ŝerloko Holmso atingis konkludon?»

Tiuj vortoj momente forrabis mian spiron, sed ekrigardo al la trankvila vizaĝo de mia kunulo vidigis, ke neniu surprizo estis celita.

«Estus vane por ni ŝajnigi, ke ni ne konas vin, doktoro Vatsono», li diris. «La analoj de via detektivo atingis nin ĉi tie, kaj vi ne povus glorigi lin sen tio, ke koniĝu vi mem. Kiam Mortimero sciigis al mi vian nomon, li ne povis negi vian identecon. Ĉar vi estas ĉi tie, sekvas, ke sinjoro Ŝerloko Holmso mem interesiĝas pri la afero, kaj mi kompreneble scivolas, kian vidpunkton li eble havas.»

«Bedaŭrinde mi ne povas respondi tiun demandon.»

«Ĉu mi rajtas demandi, ĉu li mem intencas honorigi nin per vizito?»

«Aktuale li ne povas lasi Londonon. Li havas aliajn esplorojn, kiuj postulas lian atenton.»

«Tre domaĝe! Li eble povus ĵeti lumon sur tion, kio estas por ni malluma. Sed koncerne viajn proprajn esplorojn, se iel ajn mi povos servi al vi, espereble vi komandos min. Se mi havus iun indikon pri la naturo de viaj suspektoj, aŭ kiel vi intencas esp5ori la aferon, mi eble eĉ nun povus havigi al vi iun helpon aŭ konsilon.»

«Mi certigas vin, ke mi estas ĉi tie nur por viziti mian amikon kavaliron Henriko, kaj ke neniun helpon mi bezonas!»

«Bonege!» diris Stepeltono. «Vi tute prave estas singarda kaj diskreta. Mi estas juste admonita pro tio, kion mi sentas entrudiĝo nepravigebla, kaj mi promesas, ke mi ne plu mencios la aferon.»

Ni venis ĝis loko, kie mallarĝa herba pado disiĝis de la vojo kaj serpentumis trans la erikejon. Kruta rokaspergita monteto troviĝis dekstre, kiu en antaŭa tempo estis enfosita kiel granit-minejo. La faco, kiu frontis al ni, formis malhelan klifon, kun filikoj kaj rubusoj kreskantaj en ĝiaj niĉoj. De super la fora deklivo flosis griza fumplumo.

«Modera promeno laŭ tiu ĉi erikeja pado kondukos nin al Meripita Domo», li diris. «Eble vi konsentos dediĉi horon, por ke mi havu la plezuron prezenti vin al mia fratino, ĉu?»

Mi unue pensis, ke mi devus esti apud kavaliro Henriko. Sed poste mi rememoris la amason da paperoj kaj fakturoj, kiuj malordigis lian kabinetan tablon. Estis certe, ke mi ne povus helpi lin pri ili. Kaj Holmso eksplicite diris, ke mi studu la najbarojn erikejajn. Mi akceptis la inviton de Stepeltono, kaj ni turniĝis kune sur la padon.

«Mirinda loko estas la erikejo», li diris, ĉirkaŭrigardante al la ondanta montetaro, longaj verdaj huloj, kun krestoj el zigzaga granito suprenŝaŭmantaj je fantaziaj sputoj. «Oni neniam tediĝas pri la erikejo. Neimageblaj estas la mirindaj sekretoj, kiujn ĝi enhavas. Ĝi estas tiom vasta, tiom malfekunda kaj tiom mistera.»

«Do vi bone konas ĝin?»

«Mi loĝas ĉi tie nur du jarojn. La lokanoj nomus min noveveninto. Ni alvenis, baldaŭ post kiam kavaliro Karlo enloĝiĝis. Sed pro miaj gustoj mi esploris ĉiun parton de la ĉirkaŭa tereno, kaj mi opinias, ke malmultaj estas la homoj, kiuj konas ĝin pli bone ol mi.»

«Ĉu malfacile estas koni ĝin?»

«Tre malfacile. Vidu, ekzemple, tiun grandan ebenaĵon norde de ĉi tie, kun strangaj teramasoj trapuŝiĝantaj el ĝi. Ĉu vi rimarkas ion nekutiman pri ĝi?»

«Ĝi estas admirinda loko por galopado.»

«Vi nature supozus tion, kaj tiu supozo jam antaŭe rabis al homoj la vivon. Vi vidas tiujn helverdajn lokojn dense dismetitaj sur ĝi, ĉu ne?»

«Jes, ili ŝajnas pli fekundaj ol la cetero.»

Stepeltono ridis. «Tio estas la granda Grimpena Marĉo», li diris. «Mispaŝo tie signifas morton al homoj kaj bestoj. Ĝuste hieraŭ mi vidis vagi sur ĝin unu el la erikejaj poneoj. Ĝi neniam elvenis. Mi vidis ĝian kapon dum sufiĉe longa tempo elstreĉiĝi el la marĉa truo, sed fine ĝi ensuĉiĝis suben. Eĉ dum seka sezono estas danĝere iri tie, sed post la nunaj aŭtunaj pluvoj ĝi estas terura loko. Kaj tamen mi kapablas trovi vojon ĝis ties centro mem kaj reveni viva. Je Georgo, jen alia el tiuj mizeraj poneoj!»

Io bruna estis ruliĝanta kaj eksaltanta inter la verdaj kareksoj. Poste ĵetiĝis supren longa, agonia, tordiĝanta kolo, kaj terura krio eĥis tra la erikejo. Ĝi horore frostigis min, sed la nervoj de mia kunulo ŝajnis pli fortaj ol la miaj.

«Ĝi malaperis!» li diris. «La marĉo kaptis ĝin. Du en du tagoj, kaj multaj pliaj, eble, ĉar ili kutimas iri tien dum la seka vetero, kaj neniam rekonas la diferencon, ĝis la marĉo jam kroĉas ilin. Tio estas loko malbona, la granda Grimpena Marĉo.»

«Kaj vi diras, ke vi kapablas penetri ĝin, ĉu?»

«Jes, ekzistas unu-du padoj ireblaj por homo tre lerta. Mi malkaŝis ilin.»

«Sed kial vi dezirus eniri lokon tiom hororan?»

«Nu, ĉu vi vidas la montetojn transe? Ili efektive estas insuloj izolitaj ĉiuflanke de la netrapasebla marĉo, kiu etendiĝis ĉirkaŭ ili dum pasado de la jaroj. Ĝuste tie troviĝas la plantaĵoj raraj kaj la papilioj, se oni sufiĉe lertas por atingi ilin.»

«Iam mi fidos al mia bonŝanco.»

Li rigardis min surprizite. «Pro Dio, formetu el via menso tian ideon», li diris. «Via sango respondecigus min. Mi certigas vin, ke ne ekzistos plej malgranda eblo, ke vi revenos viva. Nur memorante iujn komplikitajn indikilojn mi kapablas tion fari.»

«Hola!» mi kriis. «Kio estas tio?»

Longa malalta ĝemo, nepriskribeble malĝoja, trabalaiĝis sur la erikejo. Ĝi plenigis la tutan aeron, kaj tamen estis neeble difini, de kie ĝi venas. Ekde malklara murmuro ĝi ŝveliĝis je profunda hurlo kaj poste ŝrumpis ree ĝis melankolia pulsa murmuro. Stepeltono rigardis min kun stranga esprimo sur la vizaĝo.

«Stranga loko, la erikejo!» li diris.

«Sed kio estas tio?»

«Laŭ la kamparanoj tiu estas la ĉashundo de la Baskerviloj bojanta al sia predo. Mi jam kelkfoje aŭdis ĝin antaŭe, sed neniam tiom laŭtan.»

Mi ĉirkaŭrigardis kun timfrosto en mia koro, al la enorma dissternita ebenaĵo, makulita de la verdaj junkaroj. Nenio moviĝis tra la vasta etendaĵo krom paro da korvoj, kiuj grakis laŭte de sur monteto malantaŭ ni.

«Vi estas klera homo. Vi ne kredas tian sensencaĵon, ĉu?» mi diris. «Kio, laŭ via opinio, kaŭzas sonon tiel strangan?»

«Marĉoj foje eligas strangajn bruojn. Temas pri la koto subiranta, aŭ akvo leviĝanta, aŭ io.»

«Ne, ne, tio estas voĉo vivanta.»

«Nu, eble. Ĉu vi iam aŭdis la voĉon de botaŭro?»

«Ne, neniam.»

«Tiu estas birdo tre malofta, preskaŭ malaperinta, en la nuntempa Anglujo, sed ĉio eblas sur la erikejo. Jes, ne surprizus min ekscii, ke tio, kion ni aŭdis, estis voĉo de la lasta el la botaŭroj.»

«Ĝi estis la plej stranga, la plej unika bruo, kiun mi aŭdis iam ajn dum mia vivo.»

«Jes, la loko estas entute mistera. Rigardu tien al la monteta flanko. Kiel vi interpretas tiujn?»

La tuta apika deklivo estis kovrita de grizaj rondaj ŝtonringoj, minimume dudeko laŭnombre.

«Kio ili estas? Ĉu ŝafejoj?»

«Ne, ili estas la loĝejoj de niaj admirindaj antaŭuloj. Prahomoj loĝadis dense sur la erikejo, kaj pro tio, ke neniu speciala loĝadis tie poste, ni trovas ĉiujn iliajn etajn aranĝojn precize tiaj, kiaj ili postlasis ilin. Tiuj estas iliaj vigvamoj sen la tegmentoj. Oni povas vidi eĉ iliajn fajrujojn kaj kuŝbretojn, se oni sufiĉe scivolemas por eniri.»

«Sed ĝi estas sufiĉe granda urbo. Kiam oni loĝadis tie?»

«Neolitikuloj – sendate.»

«Pri kio ili okupiĝis?»

«Ili paŝtis siajn brutojn sur tiuj ĉi deklivoj, kaj ili lernis elfosi stanon, kiam bronzaj glavoj komencis anstataŭi ŝtonajn hakilojn. Vidu la grandan sulkegon sur la kontraŭa monteta flanko. Tio estas ilia signo. Jes, vi trovos iujn punktojn tre unikajn pri la erikejo, doktoro Vatsono. Ho, pardonu min momente. Tio sendube estas ciklopido.»

Malgranda muŝo aŭ tineo ĵus flirtis trans nian padon, kaj tuj Stepeltono kuradis laŭ eksterordinaraj energio kaj rapideco sekvante ĝin. Je mia konsterniĝo la insekto flugis rekte al la granda marĉo, sed mia konato neniam paŭzis eĉ momente, saltante de tufo al tufo malantaŭ ĝi, svingante en la aero sian verdan reton. Liaj grizaj vestaĵoj kaj abrupta zigzaga neregula irado sufiĉe similigis lin mem al ia ega tineo. Mi staris rigardante lian persekuton kun miksaĵo de admiro al lia eksterordinara agado kaj de timo, ke li eble mispaŝos en la perfida marĉo, kiam mi aŭdis paŝojn kaj, turniĝinte, konstatis, ke virino estas proksima al mi sur la pado. Ŝi venis el la direkto, kie la fuma plumo indikis la pozicion de Meripita Domo, sed la kaveco de la erikejo kaŝis ŝin, ĝis ŝi sufiĉe proksimis.

Mi ne povis dubi, ke ŝi estas fraŭlino Stepeltono, pri kiu mi estis informita, ĉar virinoj iaj ajn certe malmultis sur la erikejo, kaj mi memoris aŭdi iun, kiu priskribis ŝin kiel belulinon. La virino proksimiĝanta al mi certe estis tia, kaj laŭ speco ege malofta. Ne povis esti pli granda kontrasto inter gefratoj, ĉar Stepeltono estis neŭtralkolora, kun blondetaj haroj kaj grizaj okuloj, dum ŝi estis pli malhela ol ajna brunulino vidita de mi en Anglujo – svelta, eleganta kaj alta. Ŝi havis fieran fajnĉizitan vizaĝon, tiom regulan, ke ĝi povus ŝajni senemocia, se ne troviĝus la sentema buŝo kaj la belaj malhelaj viglaj okuloj. En sia perfekta kaj eleganta robo ŝi vere estis stranga aperaĵo sur soleca erikeja pado. Ŝiaj okuloj rigardis ŝian fraton, kiam mi turnis min, kaj poste ŝi rapidigis siajn paŝojn al mi. Mi levis mian ĉapelon kaj intencis diri rimarkon klarigan, kiam ŝiaj propraj vortoj kondukis ĉiujn miajn pensojn en alian direkton.

«Reiru!» ŝi diris. «Reiru rekte al Londono senprokraste.»

Mi povis nur rigardi ŝin stulte surprizite. Ŝiaj okuloj flamis al mi, kaj ŝi batetis senpacience la teron per sia piedo.

«Kial mi reiru?» mi demandis.

«Mi ne povas klarigi.» Ŝi parolis per mallaŭta vigla voĉo, kun stranga lispo en la prononco. «Sed pro Dio faru laŭ mia peto. Reiru kaj neniam plu paŝu sur la erikejon.»

«Sed mi nur ĵus alvenis.»

«Homo, homo!» ŝi ekkriis. «Ĉu vi ne scias, kiam averto celas vian bonfarton? Reiru al Londono! Ekiru hodiaŭ nokte! Eskapu el tiu ĉi loko ajnarimede! Ĉit, mia frato alvenas! Silentu pri tio, kion mi diris. Ĉu vi volas akiri por mi tiun orkideon inter tiuj hipuridoj? Ni tre riĉas je orkideoj sur la erikejo, kvankam, kompreneble, vi venis iom malfrue por vidi la lokajn belaĵojn.»

Stepeltono jam ĉesigis la persekutadon kaj revenis al ni profunde spirante kaj ruĝiĝinte pro la ekzercado.

«Saluton, Berila!» li diris, kaj ŝajnis al mi, ke la tono de lia saluto ne estas tute kora.

«Nu, Joĉjo, vi tre varmiĝis.»

«Jes, mi ĉasis ciklopidon. Ĝi estas tre malofta, kaj malofte troveblas dum malfrua aŭtuno. Domaĝe, ke mi maltrafis ĝin.» Li parolis senĝene, sed liaj etaj helaj okuloj senĉese turniĝadis de la junulino al mi.

«Vi interprezentiĝis, videble.»

«Jes. Mi diris al kavaliro Henriko, ke li venis iom malfrue por vidi la efektivajn belaĵojn de la erikejo.»

«Nu, kiu vi supozas lin?»

«Mi supozas, ke li devas esti kavaliro Henriko Baskervilo.»

«Ne, ne», mi diris. «Nur humila sentitolulo, sed lia amiko. Mia nomo estas doktoro Vatsono.»

Ruĝiĝo de ĉagreniĝo trapasis sian esprimpovan vizaĝon. «Ni interparolis miskomprenige», ŝi diris.

«Nu, vi ne disponis multe da tempo por interparolado», ŝia frato komentis kun la samaj kuriozaj okuloj.

«Mi parolis, kvazaŭ doktoro Vatsono estus rezidanto anstataŭ nur vizitanto», ŝi diris. «Verŝajne ne multe gravas al li, ĉu estas frue aŭ malfrue por la orkideoj. Sed vi pluiros, ĉu ne, kaj vidos Meripitan Domon?»

Mallonga promeno alvenigis nin tien, al senornama erikeja domo, iam farmdomo de iu paŝtisto dum la malnovaj prosperaj tagoj, sed nun riparita kaj modifita moderna loĝejo. Fruktarbaro ĉirkaŭis ĝin, sed la arboj, kiel kutime sur la erikejo, estis nanaj kaj pinĉitaj, kaj la tuta loko efikis mizere kaj melankolie. Nin enlasis stranga, ŝrumpinta, maljuna servisto en paliĝinta frako, kiu ŝajnis konvena al tiu domo. Interne tamen troviĝis grandaj ĉambroj meblitaj laŭ eleganto, en kiu mi ŝajnis rekoni la guston de la damo. Rigardante tra iliaj fenestroj al la senlima granitmakulita erikejo ondiĝanta seninterrompe ĝis plej fora horizonto, mi ne povis ne scivoli, kio motivigis tiun tre kleran viron kaj tiun belan virinon loĝi en tia loko.

«Stranga loko elektita, ĉu ne?» li diris, kvazaŭ responde al mia penso. «Kaj tamen ni sukcesas sufiĉe feliĉigi nin, ĉu ne, Berila?»

«Ni tute feliĉas», ŝi diris, sed al ŝiaj vortoj mankis tono de konvinkiĝo.

«Mi estris lernejon», diris Stepeltono. «Tio estis en la nordo de la lando. Tiu okupiĝo por viro de mia temperamento estis meĥanika kaj seninteresa, sed la privilegio vivi kun junuloj, muldi tiujn junajn mensojn kaj stampi ilin laŭ miaj karaktero kaj idealoj, estis tre kara al mi. Tamen la sorto malfavoris nin. Grava epidemio erupciis en la lernejo, kaj tri knaboj mortis. Ĝi neniam refortiĝis post tiu bato, kaj multo el mia kapitalo estis nerehaveble englutita. Kaj tamen, se ne temus pri perdo de la agrabla kunestado de la knaboj, min povus ĝojigi la propra misfortuno, ĉar pro mia forta emo al botaniko kaj zoologio mi trovas ĉi tie senliman labor-kampon, kaj mia fratino estas tiel dediĉita al la naturo kiel mi. Ĉio ĉi, doktoro Vatsono, inundas vian kapon pro via mieno, dum vi observis la erikejojn tra nia fenestro.»

«Certe ja venis al mi en la kapon, ke eble ĝi estas iomete teda – malpli al vi, eble, ol al via fratino.»

«Ne, ne, mi neniam tediĝas», ŝi diris rapide.

«Ni havas librojn, ni havas ankaŭ studojn, kaj ni havas interesajn najbarojn. Doktoro Mortimero estas tre klera pri sia propra fako. Ankaŭ kavaliro Karlo estis admirinda kunulo. Ni bone konis lin, kaj li mankas al ni pli, ol mi kapablas priskribi. Ĉu vi opinias, ke mi estus truda, se mi vizitus vin hodiaŭ posttag-meze kaj konatiĝus kun kavaliro Henriko?»

«Mi estas certa, ke li tre ĝojus.»

«Do eble vi bonvolos mencii, ke mi intencas tion fari. Ni eble povos laŭ nia modesta maniero fari ion por faciligi al li aferojn, ĝis li kutimiĝos al sia nova ĉirkaŭaĵo. Ĉu vi volas veni supren por inspekti mian kolekton de lepidopteroj, doktoro Vatsono? Mi opinias, ke ĝi estas la plej kompleta en sud-okcidenta Anglujo. Post kiam vi trarigardos ilin, la tagmanĝo estos preskaŭ preta.»

Sed urĝis al mi reiri al mia prizorgato. La erikeja melankolio, la morto de la misfortuna poneo, la stranga bruo ligita al la trista legendo de la Baskerviloj – ĉio ĉi iom malgajigis miajn pensojn. Poste, aldone al tiuj pli-malpli svagaj impresoj, venis la senhezita kaj klara averto de fraŭlino Stepeltono, elparolita tiel intense serioze, ke mi ne dubis, ke malantaŭ ĝi troviĝas grava kaj profunda motivo. Mi rezistis ĉiun insiston, ke mi restu por tagmanĝi, kaj mi tuj ekiris sur la revenvojo, sekvante la herban padon, laŭ kiu ni alvenis.

Verŝajne tamen estis iu rapidvojo por tiuj, kiuj konis ĝin, ĉar, antaŭ ol mi atingis la vojon, mi konsterniĝis vidante fraŭlinon Stepeltono sidanta sur ŝtono apud la pado. Ŝia vizaĝo estis bele ruĝiĝinta pro la ekzercado, kaj ŝi premis manon al sia flanko.

«Mi kuris la tutan vojon por antaŭi vin, doktoro Vatsono», ŝi diris. «Mankis tempo eĉ por surmeti ĉapelon. Mi devas ne resti, aŭ mia frato eble rimarkos mian foreston. Mi volis diri al vi, kiom mi bedaŭras la stultan eraron, ke mi supozis vin kavaliro Henriko. Bonvolu forgesi la diritajn vortojn, kiuj tute ne aplikiĝas al vi.»

«Sed mi ne kapablas forgesi ilin, fraŭlino Stepeltono», mi diris. «Mi estas amiko de kavaliro Henriko, kaj lia bonfarto tre proksime koncernas min. Diru al mi, kial vi tiel insistis, ke kavaliro Henriko reiru al Londono.»

«Virina kaprico, doktoro Vatsono. Kiam vi pli bone konos

min, vi komprenos, ke ne ĉiam mi povas motivigi tion, kion mi diras aŭ faras.»

«Ne, ne. Mi memoras la tembron de via voĉo. Mi memoras, kiel aspektis viaj okuloj. Mi petas, bonvolu honesti al mi, fraŭlino Stepeltono, ĉar ĉiam, de kiam mi alvenis ĉi tie, mi konscias pri ombroj ĉirkaŭ mi. La vivo iĝis simila al tiu granda Grimpena Marĉo, kun etaj verdaj makuloj ĉie, en kiujn oni povas sinki kaj kun neniu gvidanto por indiki la trapasejon. Diru al mi, kion vi celis diri, kaj mi promesas sciigi al kavaliro Henriko vian averton.»

Esprimo de hezitemo trapasis momente ŝian vizaĝon, sed ŝiaj okuloj denove malmoliĝis, kiam ŝi respondis al mi.

«Vi troigas la aferon, doktoro Vatsono», ŝi diris. «Mian fraton kaj min tre ŝokis la morto de kavaliro Karlo. Ni konis lin tre intime, ĉar lia plej ŝatata promeno estis trans la erikejon al nia domo. Lin profunde impresis la malbeno, kiu minacis lian familion, kaj, kiam okazis tiu tragedio mi nature sentis, ke troviĝas bazo por la timoj, kiujn li esprimis. Mi estis malĝojigita, sekve, kiam alia membro de la familio venis loĝi ĉi tie, kaj mi sentis, ke tiu devus esti avertita pri la danĝero, en kiu li troviĝos. Nur tion mi intencis diri.»

«Sed kio estas tiu danĝero?»

«Vi konas la historion pri la ĉashundo, ĉu?»

«Mi ne kredas tiun sensencaĵon.»

«Sed mi jes. Se vi havas influon ĉe kavaliro Henriko, for-konduku lin el la loko, kiu ĉiam fatalis por lia familio. La mondo estas vasta. Kial li volas vivi en la loko danĝera?»

«Ĝuste pro tio, ke la loko estas danĝera. Tia estas la karaktero de kavaliro Henriko. Mi timas, ke krom se vi povos havigi al mi informon pli definitivan ol ĉi tiun, estos neeble igi lin formoviĝi.»

«Ion pli definitivan mi ne povas diri, ĉar mi scias nenion

definitivan.»

«Mi volas starigi ankoraŭ unu demandon, fraŭlino Stepeltono. Se vi celis nenion plian, kiam vi unuafoje alparolis min, kial vi ne volis, ke via frato aŭdu, kion vi diras? Troviĝas nenio, al kio povus kontraŭdiri li aŭ iu ajn alia.»

«Mia frato tre deziras, ke la Halo estu enloĝata, ĉar li supozas tion bonefika al la malriĉuloj sur la erikejo. Li tre kolerus, se li scius, ke mi diris ion, kio persvadus kavaliron Henriko foriri. Sed nun mi faris mian devon, kaj mi diros nenion plian. Mi devas reiri, aŭ li rimarkos mian foreston kaj suspektos, ke mi renkontis vin. Ĝis la!» Ŝi forturniĝis kaj post kelkaj minutoj malaperis inter la disaj rokegoj, dum mi, kun animo plena je malprecizaj timoj, direktiĝis al Baskervila Halo.

Ĉapitro 8

La unua raporto de doktoro Vatsono

Ekde ĉi tiu punkto mi sekvos la iradon de la okazaĵoj per transskribado de miaj propraj leteroj al sinjoro Ŝerloko Holmso, kiuj kuŝas antaŭ mi sur la tablo. Unu paĝo mankas, sed cetere ili estas precize tiaj, kiaj mi skribis ilin, kaj vidigas miajn sentojn kaj suspektojn aktualajn pli precize, ol kapablus fari mia memoro, malgraŭ ĝia klareco rilate tiujn tragikajn okazaĵojn.

Baskervila Halo. La 13-an de Oktobro.

Mia kara Holmso,

Miaj antaŭaj leteroj kaj telegramoj sufiĉe bone ĝisdatigis vin pri ĉio okazinta en tiu ĉi angulo de la mondo plej forlasita de Dio. Ju pli longe oni restas ĉi tie, des pli sinkas en la animon la spirito de la erikejo, ĝia vasteco, kaj ankaŭ ĝia severa ĉarmo. Tuj kiam oni eliras sur ĝian sinon, oni jam rezignas pri ĉiuj signoj de moderna Anglujo, sed aliflanke oni konscias ĉie pri la hejmoj kaj la laboro de prahistoriuloj. Ĉiuflanke, kiam oni promenas, troviĝas la domoj de tiuj forgesitoj, kun ties tomboj kaj la grandaj monolitoj, kiuj supozeble signis iliajn templojn. Rigardante iliajn grizajn ŝtondomojn sur la cikatritaj montetaj flankoj, oni lasas malantaŭe la propran epokon, kaj se oni vidus felvestitan harkovritan homon elrampi tra la malalta pordo, kiu metus silikpintan sagon al la kordo de sia pafarko, oni sentus, ke lia ĉeesto ĉi tie estas pli natura ol la propra. Plej strange estas, ke ili loĝadis tiel dense sur grundo, kiu certe ĉiam estis malfekunda. Mi neniel estas antikvaĵisto, sed mi povas imagi, ke ili estis nemilitema kaj persekutata raso devigita akcepti tion, kion neniu alia okupis.

Ĉio ĉi tamen fremdas al la komisio, al kiu vi sendis min, kaj tre verŝajne estos tre seninteresa al via severe praktika menso. Mi daŭre memoras vian kompletan indiferenton pri tio, ĉu la suno rivoluas ĉirkaŭ la tero aŭ la tero ĉirkaŭ la suno. Mi revenu do al la faktoj koncernantaj kavaliron Henriko Baskervilo.

Ke vi ne ricevis raporton dum la pasintaj kelkaj tagoj, tion klarigas, ke ĝis hodiaŭ okazis nenio sufiĉe grava por priskribo. Poste okazis tre surpriza cirkonstanco, kiun mi rakontos al vi siatempe. Sed unue mi devas kontaktigi vin al iuj aliaj faktoroj en la situacio.

Unu el ili, pri kiu mi ĝis nun diris malmulton, estas la eskapinta bagnulo sur la erikejo. Ekzistas nun forta motivo supozi, ke li komplete eskapis, kio konsiderinde malŝarĝas la izolitajn loĝantojn en tiu ĉi distrikto. Jam pasis du semajnoj post lia fuĝo, dum kiuj li ne estas vidita kaj oni aŭdis pri li nenion. Estas nekredeble, ĉu ne, ke li povis elteni sur la erikejo dum tiom da tempo. Kompreneble, kiom koncernas lian kaŝiĝon, tute ne ekzistas malfacilo. Iu ajn el la ŝtondomoj havigus al li kaŝejon. Sed troviĝas nenio manĝebla, krom se li kaptus kaj buĉus unu el la erikejaj ŝafoj. Ni supozas, ke li foriris, kaj la disloĝantaj farmantoj dormas pli profunde pro tio.

Ni estas kvar fortikaj viroj en tiu ĉi domanaro, do ni povus tre bone defendi nin, sed konfesinde mi pasigis momentojn maltrankvilajn pensante pri la Stepeltonoj. Ili loĝas mejlojn for de ajna helpo. Ili estas unu servistino, maljuna vira servisto, la fratino kaj la frato, inter kiuj la lasta estas viro ne tre forta. Ili estus senhelpaj en la manoj de senskrupululo tia kiel tiu notingo-monteta krimulo, se li sukcesus eniri. Kavaliro Henriko kaj mi ambaŭ estis maltrankvilaj pri ilia situacio, kaj estis sugestite, ke Perkinzo, la grumo, iru dormi tie, sed Stepeltono tute rifuzis tion.

Estas fakto, ke nia amiko, la kavaliro, komencis vidigi kon-siderindan intereson pri nia ĉarma najbarino. Tio ne estas miriga, ĉar la tempo tre peze pasas en tiu ĉi izolita loko por aktivulo kiel li, kaj ŝi estas virino tre fascina kaj bela. Ĉirkaŭ ŝi ŝvebas io tropika kaj ekzotika, kio elstare kontrastas al ŝia aplomba kaj senemocia frato. Tamen li ankaŭ donas ideon pri kaŝitaj fajroj. Li certe tre forte influas ŝin, ĉar mi vidis ŝin senĉese ekrigardi al li dumparole, kvazaŭ serĉante aprobon pri tio, kion ŝi diris. Mi esperas, ke li traktas ŝin bonkore. En liaj okuloj estas seka ekbrilo, kaj liaj mal-dikaj lipoj firme formiĝas, kio akompanas pozitivan kaj eble mal-mildan karakteron. Vi trovus lin interesa studaĵo.

Li venis viziti Baskervilon je tiu unua tago, kaj la sekvan matenon li gvidis nin por montri la lokon, kie la legendo pri la misfara Hugo supozeble originis. Temis pri promeno kelkmejla trans la erikejon ĝis loko tiel morna, ke ĝi povintus sugesti la historion. Ni trovis mallongan valon inter krudaj rokmontoj, kiu kondukis al aperta herba loko aspergita per la blankaj kotonherboj. En ties mezo leviĝis du ŝtonegoj, trivitaj kaj akrigitaj ĉe la supra ekstremo, ĝis ili aspekte similis la enormajn korodajn dentegojn de iu monstra besto. Ĉiurilate ĝi konformis al la sceno de la malnova tragedio. Kavaliro Henriko multe interesiĝis, kaj pli ol unufoje li demandis al Stepeltono, ĉu tiu vere kredas pri la ebleco de enmiksiĝo de la supernaturo en la homajn aferojn. Li parolis leĝere, sed estis evidente, ke li tre seriozas. Stepeltono respondis singarde, sed facile videblis, ke li diras malpli ol li povas, kaj ke li ne volas esprimi sian tutan opinion pro komplezemo al la sentoj de la kavaliro. Li rakontis al ni pri similaj okazoj, kiam familioj suferis je ia misinfluo, kaj li postlasis al ni impreson, ke li akceptas la popularan vidpunkton pri la afero.

Revenvoje ni restis por tagmanĝi en Meripita Domo, kaj tie kavaliro Henriko konatiĝis kun fraŭlino Stepeltono. Ekde la unua renkontiĝa momento li ŝajnis forte allogita al ŝi, kaj mi tre eraras, se la sento ne estis reciproka. Li menciis ŝin multfoje dum nia promeno hejmen, kaj ekde tiam apenaŭ pasis tago, dum kiu ni ne vidis la gefratojn. Ili vespermanĝos ĉi tie hodiaŭ vespere kaj oni priparolas, ke ni iru al ili en la venonta semajno. Oni supozus, ke tia pariĝo estus tre bonvena al Stepeltono, kaj tamen pli ol unufoje mi ekvidis esprimon forte malaproban sur lia vizaĝo, kiam kavaliro Henriko direktis atenton al lia fratino. Sendube li multe ŝatas ŝin kaj pasigus solecan vivon sen ŝi, sed ŝajnus la zenito de egoismo, se li kontraŭstarus tian brilan edziniĝon por ŝi. Malgraŭe mi estas certa, ke li ne deziras, ke ilia intimeco maturiĝu ĝis amo, kaj mi plurfoje observis, ke li klopodis malhelpi, ke ili restu inter kvar okuloj. Cetere, via instrukcio, ke mi neniam permesu, ke kavaliro Henriko eliru sola, iĝos multe pli peniga, se la amafero aldoniĝos al niaj aliaj malfacilaĵoj. Mia populareco rapide forvelkus, se mi laŭlitere plenumus vian ordonon.

Antaŭ nelonge – ĵaŭde, se diri precize – doktoro Mortimero tagmanĝis ĉe ni. Li prifosadas dolmenon ĉe Longa Monteto, kaj trovis prahoman kranion, kiu plenĝojigas lin. Neniam ekzistis entuziasmulo tiel sendevia kiel li! La Stepeltonoj alvenis poste, kaj la afabla doktoro kondukis nin ĉiujn al la taksusa aleo, pro peto de kavaliro Henriko por montri al ni precize, kiel okazis ĉio dum tiu fatala nokto. La taksusa aleo estas longa morna promenejo inter du altaj bariloj el tondita heĝaĵo, kun mallarĝa strio da herbo ambaŭflanke. Ĉe la fora ekstremo estas malnova kaduka somerdometo. Duonvoje laŭlonge estas la pordeto al la erikejo, kie la maljuna sinjoro postlasis sian cigaran cindron. Ĝi estas blanka ligna pordeto kun klinko. Post ĝi etendiĝas la vasta erikejo. Mi memoris vian teorion pri la afero kaj provis bildigi al mi ĉion, kio okazis. Dum la maljunulo staris tie, li vidis ion venanta trans la erikejon, ion, kio terurigis lin tiel, ke li perdis la sagacon kaj kuris, kuregis, ĝis li mortis pro timego kaj elĉerpiĝo. Jen estis la longa ombreca tunelo, tra kiu li fuĝis. Kaj de kio? Ĉu ŝafhundo de la erikejo? Aŭ fantoma ĉashundo, nigra, silenta kaj monstra? Ĉu en la afero estis homa interveno? Ĉu la pala atenta Barimoro scias pli, ol li diris? Ĉio estis malklara kaj malpreciza, sed ĉiam malantaŭ ĝi estas la malhela ombro de krimo.

Unu alian najbaron mi renkontis, post kiam mi lastfoje skribis. Tiu estas sinjoro Frenklendo de Laftera Halo, kiu loĝas proksimume kvar mejlojn sude de ni. Li estas maljuneta homo, ruĝvizaĝa, blankhara kaj kolerema. Lia ĉefintereso estas la brita juro, kaj li elspezis grandan havaĵon je procesado. Li luktas pro la nura plezuro lukti, kaj egale pretas subteni unu aŭ la alian flankon de demando, tiel, ke ne estas mirige, ke li trovis tion distro multekosta. De tempo al tempo li baras rajtigitan trairejon, kaj defias la parohon devigi lin remalfermi ĝin. Alifoje li propramane detruas pordeton de aliulo kaj deklaras, ke ekzistas tie rajtigita trairejo ekde la pratempo, kaj defias la posedanton procesi kontraŭ lin pro senrajta trairo. Li estas klera pri malnovaj bienaj kaj komunumaj rajtoj, kaj li utiligas sian kleron kelkfoje favore al la vilaĝanoj de Filikindo kaj kelkfoje kontraŭ ilin, tiel, ke de tempo al tempo oni aŭ portas lin triumfe tra la vilaĝa strato aŭ bruligas lian figuraĵon, depende de lia plej lasta heroaĵo. Oni diras, ke li havas proksimume sep procesojn aktualajn, kiuj probable glutos la restaĵon de lia havaĵo, kaj tiel senpikiligos lin kaj lasos lin sendanĝera en la estonteco. Escepte de la juro li ŝajnas bonkora afabla persono, kaj mi mencias lin nur, ĉar vi insistis, ke mi sendu priskribon pri la homoj en nia ĉirkaŭaĵo. Li estas unike okupata nuntempe, ĉar, estante amatora astronomo, li posedas bonegan teleskopon, kun kiu li kuŝas sur la tegmento de sia propra domo kaj observas la erikejon dum la tuta tago, esperante ekvidi la eskapintan bagnulon. Se li limigus sian energion al tio, ĉio estus en ordo, sed disfamiĝas onidiroj, ke li intencas procesi kontraŭ doktoro Mortimero, ĉar tiu malfermis tombon sen konsento de la heredinto, pro tio, ke li elfosis la neolitikan kranion en la dolmeno sur Longa Monteto. Li helpas malmonotonigi niajn vivojn kaj havigas iom da komika malstreĉo, kie tio estas urĝe bezonata.

Kaj nun, ĝisdatiginte vin pri la eskapinta bagnulo, la Stepeltonoj, doktoro Mortimero kaj Frenklendo de Laftera Halo, mi finu per la plej grava, kaj rakontu al vi iom pli pri la Barimoroj, kaj precipe pri la surprizaj okazaĵoj de hieraŭ nokte.

Unue pri la esplora telegramo, kiun vi sendis el Londono por certiĝi, ke Barimoro estas efektive ĉi tie. Mi jam klarigis, ke la atestaĵo de la poŝtisto indikas, ke la provo estis senvalora, kaj ke pruvon ni ne havas el kiu ajn vidpunkto. Mi rakontis al kavaliro Henriko, kiel statas la afero, kaj li tuj laŭ sia senkaŝa maniero alvokis Barimoron kaj demandis, ĉu la telegramon li ricevis propramane. Barimoro diris, ke jes.

«Ĉu la junulo liveris ĝin senpere en viajn manojn?» demandis kavaliro Henriko.

Barimoro aspektis surprizite kaj iomete pripensis.

«Ne, mi estis en la deponejo tiumonente, kaj mia edzino alportis ĝin al mi.»

«Ĉu vi respondis ĝin persone?»

«Ne, mi sciigis al mia edzino, kion respondi, kaj ŝi iris suben por skribi ĝin.»

Tiuvespere li proprainiciate revenis al la temo.

«Mi ne tute komprenis la celon de viaj demandoj hodiaŭ matene, kavaliro Henriko», li diris. «Espereble ili ne signifas, ke mi faris ion, kio perdigis al mi vian fidon?»

Kavaliro Henriko devis certigi al li, ke ne estas tiel, kaj pacigi lin per donaco de granda sortimento de sia malnova vestaĵaro, ĉar la londonaj vestaĵoj jam ĉiuj alvenis.

Sinjorino Barimoro interesas min. Ŝi estas peza, solida persono, tre limigita, intensive respektinda, kaj ema puritani. Vi apenaŭ povus imagi personon malpli emocian. Tamen mi jam sciiĝis al vi, ke dum la unua nokto ĉi tie, mi aŭdis ŝin plorĝemi amare, kaj poste mi pli ol unufoje rimarkis larmospurojn sur ŝia vizaĝo. Ia profunda malĝojo mordas senĉese ŝian koron. Foje mi konjektas, ke ŝi havas kulpan memoron, kiu ŝin hantas, kaj foje mi suspektas, ke Barimoro estas hejma tirano. Mi ĉiam sentis en la karaktero de tiu viro ion apartan kaj dubindan, sed la aventuro de hieraŭ nokte pintigas miajn suspektojn.

Kaj tamen ĝi eble ŝajnos en si mem bagatelo. Vi scias, ke mi ne estas tre profunda dormanto, kaj post kiam mi gardas en tiu ĉi domo, mia dormo estas pli ol iam malprofunda. Hieraŭ nokte, ĉirkaŭ la dua horo, min vekis singardaj paŝoj preterpasantaj mian ĉambron. Mi ellitiĝis, malfermis mian pordon, kaj elrigardis. Longa nigra ombro treniĝis tra la koridoro. Ĝin sternis viro, kiu marŝis mallaŭte trakoridore kun kandelo en la mano. Li portis ĉemizon kaj pantalonon kaj nudpiedis. Mi povis vidi nur la konturon, sed lia altstaturo sciigis min, ke tiu estas Barimoro. Li marŝis tre malrapide kaj singarde, kaj en lia tuta aspekto estis io nepriskribeble kulpa kaj kaŝiĝema.

Mi jam diris al vi, ke la koridoron interrompas la balkono ĉirkaŭ la halo, sed ke ĝi rekomenciĝas ĉe la alia ekstremo. Mi atendis, ĝis li forpasis el mia vidkampo, kaj tiam mi sekvis lin.

Kiam mi ĉirkaŭiris la balkonon, li jam atingis la finon de la fora koridoro, kaj mi povis vidi pro luma ekbrilo tra malfermita pordo, ke li eniris en unu el la ĉambroj. Nu, ĉiuj ĉi ĉambroj estas senmeblaj kaj neokupataj, kaj tial lia ekspedicio iĝis pli ol iam mistera. La lumo brilis senflirte, kvazaŭ li starus senmove. Mi kaŝiris tra la koridoro laŭeble senbrue kaj gvatis ĉirkaŭ la angulon de la pordo.

Barimoro kaŭris apud la fenestro kun la kandelo tenata antaŭ la vitro. Lia profilo estis duonturnita al mi, kaj lia vizaĝo ŝajnis rigida pro anticipo, dum li rigardadis en la nigron de la erikejo. Dum kelkaj minutoj li staris rigardante atente. Poste li eligis profundan ĝemon, kaj per senpacienca gesto li estingis la lumon. Tuj mi reiris al mia ĉambro, kaj tre baldaŭ aŭdiĝis la singardaj paŝoj denove preterpasantaj dum ilia revenvojo. Longe poste, kiam mi leĝere ekdormis, mi aŭdis ŝlosilon turniĝi en seruro ie, sed mi ne povis konstati, de kie venas la brueto. La signifon de ĉio ĉi mi ne povas konjekti, sed iu sekreta afero evoluas en tiu ĉi morna domo, al kies klarigo ni venos pli aŭ malpli baldaŭ. Mi ne volas ĝeni vin per miaj teorioj, ĉar vi petis, ke mi havigu al vi nur faktojn. Mi longe interparolis kun kavaliro Henriko hodiaŭ matene, kaj ni formis planon de kampanjo bazitan sur miaj pasintnoktaj observoj. Mi provizore ne priparolos ĝin, sed ĝi verŝajne igos mian venontan raporton legaĵo interesa.

Ĉapitro 9

La lumo sur la erikejo

Dua raporto de doktoro Vatsono

Baskervila Halo. La 15-an de Oktobro.

Mia kara Holmso,

Kvankam mi estis devigita lasi vin grandparte sen novaĵoj dum la fruaj tagoj de mia komisio, vi devas agnoski, ke mi reakiras perditan tempon, kaj ke okazaĵoj jam premas nin dense kaj ofte. En mia lasta raporto mi finis je plej alta noto kun Barimoro ĉe la fenestro, kaj nun mi havas novaĵaron jam, kiu, se mi ne eraras, konsiderinde surprizos vin. La aferoj evoluis tiel, kiel mi ne povintus anticipi. Dum la pasintaj kvardek ok horoj ili iĝis parte pli klaraj, kaj parte ili iĝis pli komplikaj. Sed mi rakontos al vi ĉion, kaj vi juĝu mem.

Antaŭ matenmanĝo post mia aventuro matene mi trairis la koridoron kaj esploris la ĉambron, en kiu Barimoro estis la pasintan nokton. Mi rimarkis, ke la okcidenta fenestro, tra kiu li rigardadis tiel atentege, havas unu specialaĵon kompare al la aliaj fenestroj en la domo – ĝi posedas la plej proksiman elrigardon sur la erikejon. Troviĝas apertaĵo inter du arboj, kiu ebligas, ke oni de tiu ĉi starpunkto rigardu rekte sur ĝin, dum tra ĉiuj aliaj fenestroj oni povas observi nur malproksiman fragmenton. Sekvas do, ke Barimoro, ĉar nur tiu ĉi fenestro utiliĝas por lia celo, certe serĉis ion aŭ iun sur la erikejo. La nokto estis tre malluma, tiel, ke mi apenaŭ imagas, kial li esperis vidi iun. Mi ekpensis, ke eble disvolviĝas iu amintrigo. Tio klarigus liajn singardajn moviĝojn kaj ankaŭ la maltrankvilon de lia edzino. Tiu viro estas tre impona, tre bone ekipita por ŝteli la koron de kampulino, do tiu ĉi teorio estas apogebla. Tiu malfermiĝo de la pordo, kiun mi aŭdis reveninte el mia ĉambro, eble signifas, ke li eliris al kaŝa rendevuo. Tiel mi private rezonis en la mateno, kaj mi rakontas al vi la direkton de miaj suspektoj, kiom ajn la rezulto eble montris ilin senbazaj.

Sed kia ajn eble estis la vera klarigo pri la moviĝoj de Barimoro, mi sentis netolerebla la respondecon konservi ilin al mi mem, ĝis mi havus klarigon. Mi interparolis kun la kavaliro en lia kabineto post la matenmanĝo, kaj mi rakontis ĉion, kion mi vidis. Li estis malpli surprizita, ol mi atendis.

«Mi scias, ke Barimoro ĉirkaŭvagas dum la noktoj, kaj mi emis paroli al li pri tio», li diris. «Du-trifoje mi aŭdis liajn paŝojn en la koridoro, ire kaj revene, proksimume je la horo difinita de vi.»

«Eble li ĉiunokte vizitas tiun apartan fenestron», mi sugestis.

«Eble tiel. Se jes, ni povos postsekvi lin kaj konstati, kion li celas. Mi scivolas, kion farus via amiko Holmso, se li ĉeestus.»

«Mi opinias, ke li farus ĝuste tion, kion vi proponas», mi diris. «Li postsekvus Barimoron kaj vidus, kion li faras.»

«Do ni faros tion kune.»

«Sed li aŭdos nin, ĉu ne?»

«Tiu viro estas iom surda, kaj ĉiuokaze ni devos riski tion. Ni sidos en mia ĉambro hodiaŭ nokte kaj atendos, ĝis li preterpasos.» Kavaliro Henriko plezure kunfrotis siajn manojn, kaj estis evidente, ke li salutas la aventuron kiel malpeziĝon en lia iom kvieta vivado sur la erikejo.

La kavaliro jam kontaktis la arĥitekton, kiu pretigis la desegnaĵojn por kavaliro Karlo, kaj entrepreniston el Londono, tial ni rajtas anticipi komenciĝon de grandaj ŝanĝoj ĉi tie baldaŭ. Venis dekoraciistoj kaj meblistoj el Plimuto, kaj estas evidente, ke nia amiko havas larĝajn ideojn, kaj li intencas ŝpari nek penojn nek elspezojn por restarigi la grandiozecon de sia familio. Kiam la domo estos renovigita kaj remeblita, li bezonos nur edzinon por kompletigi ĝin. Inter ni dirite, tiu ne mankos, se la damo konsentos, ĉar mi malofte vidis viron pli sorĉitan de virino, ol estas li de nia bela najbarino, fraŭlino Stepeltono. Kaj tamen la evoluo de vera amo ne progresas tiel glate, kiel oni atendus en la cirkonstancoj. Hodiaŭ, ekzemple, ties supraĵon rompis tre neatendita ondeto, kiu kaŭzis al nia amiko konsiderindan perplekson kaj ĉagrenon.

Post la citita konversacio pri Barimoro, kavaliro Henriko surmetis sian ĉapelon kaj pretiĝis eliri. Rutinece mi faris same.

«Kio? Ĉu ankaŭ vi, Vatsono?» li demandis, rigardante min iom strange.

«Tio dependas, ĉu vi iros sur la erikejon», mi diris.

«Jes, mi iros tien.»

«Nu, vi scias pri miaj instrukcioj. Mi bedaŭras entrudiĝi, sed vi aŭdis, kiel emfaze Holmso insistis, ke mi ne forlasu vin, kaj precipe, ke vi ne iru sola sur la erikejon.»

Kavaliro Henriko metis manon sur mian ŝultron kun afabla rideto.

«Kara homo,» li diris, «Holmso, malgraŭ sia saĝeco, ne antaŭvidis kelkajn aferojn, kiuj okazis, de kiam mi estas sur la erikejo. Ĉu vi komprenas min? Mi certas, ke vi la lasta volus esti ĝojestingulo. Mi devas eliri sola.»

Tio starigis min en situacion plej malfacilan. Mi sciis nek kion diri, nek kion fari. Antaŭ ol mi povis decidi, li prenis sian bastonon kaj foriris.

Sed kiam mi ekmeditis pri la afero, mia konscienco riproĉis min tre forte, ĉar pro iu ajn motivo mi permesis al li eliri el mia vidkampo. Mi imagis, kiaj estus miaj sentoj, se mi devus reiri al vi kaj konfesi, ke okazis ia misaĵo pro mia malatento al viaj instrukcioj. Mi certigas vin, ke miaj vangoj ruĝiĝis pro la nura penso. Eble eĉ nun ne estus tro malfrue atingi lin, do mi tuj eliris laŭ la direkto de Meripita Domo.

Mi hastis laŭ la vojo kiel eble plej rapide sen ajna ekvido de kavaliro Henriko, ĝis mi alvenis la lokon, kie la erikeja pado disbranĉiĝas. Tie, timante, ke eble mi malĝuste direktiĝis finfine, mi suriris monteton, de kie mi povis vastigi mian vidkampon – tiun saman monteton, el kiu fosiĝis la malhela ŝtonminejo. Tiam mi tuj vidis lin. Li estis sur la erikeja pado, proksimume kvaronan mejlon for, kaj ĉe lia flanko estis damo, kiu povis esti nur fraŭlino Stepeltono. Estis klare, ke jam ekzistas inter ili interkompreniĝo, kaj ke ili renkontiĝis laŭ aranĝo. Ili marŝis malrapide antaŭen en profunda konversacio, kaj mi vidis ŝin fari etajn rapidajn movojn per la manoj, kvazaŭ ŝi tre serioze parolus, dum li aŭskultis atente kaj unu-dufoje skuis sian kapon je forta malkonsento. Mi staris inter la rokoj rigardante ilin tre perpleksa, kion jam fari. Sekvi ilin kaj rompi ilian intiman interparolon ŝajnis ofendege, kaj tamen mia klara devo estis neniam eĉ momente lasi ilin el mia vidkampo. Spione trakti amikon estis tasko malŝatinda. Tamen, pli bonan agmanieron mi ne trovis, ol observi lin de sur la monteto kaj purigi mian konsciencon per posta konfeso al li pri tio, kion mi faris. Estas vere, ke, se iu subita danĝero minacus lin, mi estus tro malproksima por utili, kaj tamen mi certas, ke vi konsentos, ke la situacio estis tre malfacila, kaj ke nenion plian mi povis fari.

Nia amiko kavaliro Henriko kaj la damo haltis sur la pado kaj staris profundiĝinte en sia konversacio, kiam mi subite konstatis, ke mi estas ne la sola atestanto de ilia renkontiĝo. Io verda, flosanta en la aero, logis miajn okulojn, kaj dua ekrigardo montris al mi, ke ĝin portas sur bastono viro moviĝanta inter la terrompiĝoj. Tiu estis Stepeltono kun sia papilia reto. Li estis multe pli proksima al la paro ol mi, kaj ŝajnis, ke li moviĝas direkte al ĝi. Tiumomente kavaliro Henriko subite tiris fraŭlinon Stepeltono al sia flanko. Lia brako ĉirkaŭis ŝin, sed ŝajnis al mi, ke ŝi streĉiĝas for de li kun vizaĝo forturnita. Li klinis sian kapon al ŝi, kaj ŝi levis unu manon kvazaŭ proteste. La postan momenton mi vidis ilin dissalti kaj haste turniĝi. Stepeltono kaŭzis la interrompon. Li kuris al ili senbride kun la reto absurde pendanta post li. Li gestadis kaj preskaŭ dancis pro ekscitiĝo antaŭ la geamantoj. La signifon de la sceno mi ne povis imagi, sed ŝajnis al mi, ke Stepeltono insultas kavaliron Henriko, kiu proponas klarigojn, kiuj iĝas ĉiam pli koleraj, kiam la alia rifuzas akcepti ilin. La damo staris apude en digna silento. Fine Stepeltono turniĝis abrupte kaj gestis decidige al sia fratino, kiu post hezitema ekrigardo al kavaliro Henriko formarŝis apud la frato. La koleraj gestoj de la naturesploristo montris, ke la damo estis inkluzivita en lia malaprobo. La kavaliro staris momente postrigardante ilin, kaj poste li retromarŝis malrapide laŭ la direkto, de kie li venis, kun la pendanta kapo – bildo de la deprimo mem.

La signifon de ĉio ĉi mi ne povis imagi, sed mi profunde hontis, ke mi vidis scenon tiel intiman sen la scio de mia amiko. Mi do kuris suben laŭ la deklivo, kaj renkontis la kavaliron malsupre.

Lia vizaĝo kolere ruĝis kaj lia frunto estis sulkiĝinta, kiel tiu de homo, kiu komplete ne sciis, kion fari.

«Saluton, Vatsono! De kie vi enfalis?» li diris. «Vi ne volas diri, ĉu, ke vi sekvis min malgraŭ ĉio?»

Mi ĉion klarigis al li: kiel mi trovis neeble resti for, kiel mi sekvis lin, kaj kiel mi vidis ĉion okazintan. Momente liaj okuloj flamis kontraŭ min, sed mia senkaŝeco malarmis lian koleron, kaj finfine li ekridis iom malgaje.

«Oni supozus la mezon de tiu prerio sufiĉe sekura loko por privateco,» li diris, «sed, je la tondro, la tuta najbaraĵo ŝajne eliris por vidi mian amindumon, kaj entute tre magran amindumon! Kie vi luis sidlokon?»

«Mi estis sur tiu monteto.»

«Tute en la lasta vico, ĉu ne? Sed ŝia frato bone proksimis en la antaŭvicoj. Ĉu vi vidis lin elveni kontraŭ nin?»

«Jes, mi vidis.»

«Ĉu li iam ŝajnis al vi freneza – tiu ŝia frato?»

«Mi ne povas diri, ke jes.»

«Supozeble ne. Mi ĉiam taksis lin sufiĉe sanmensa ĝis hodiaŭ, sed vi povas kredi min, ke aŭ li aŭ mi devus esti en frenezejako. Kio misas ĉe mi, ĉiuokaze? Vi loĝis proksime al mi dum kelkaj semajnoj, Vatsono. Diru malkaŝe nun! Ĉu ekzistas io, kio malhelpus min esti bona edzo de la virino, kiun mi amas?»

«Laŭ mia opinio, ne.»

«Li ne povas malaprobi mian situacion en la mondo, do devas esti mi mem, kiun li malakceptas. Kion li havas kontraŭ mi? Mi neniam dolorigis viron aŭ virinon dum mia vivo, laŭ mia scio. Kaj tamen li ne permesis, ke mi tuŝu la pintojn de ŝiaj fingroj.»

«Ĉu tion li diris?»

«Tion, kaj amason pli. Mi diras al vi, Vatsono, ke mi konas

ŝin nur de ĉi kelkaj semajnoj, sed ekde la komenco mi sentis certecon, ke ŝi estas kreita por mi, kaj ankaŭ ŝi estis feliĉa kun mi, kaj tion mi ĵuras. En virinaj okuloj estas lumo, kiu parolas pli laŭte ol vortoj. Sed li neniam permesas al ni duopi, kaj la unuan fojon hodiaŭ mi havis eblon diri al ŝi kelkajn vortojn en solo. Ŝi ĝojis renkonti min, sed farinte tion ŝi ne volis paroli pri amo, kaj ŝi ankaŭ ne permesus, ke mi parolu pri ĝi, se ŝi povus tion malhelpi. Ŝi konstante revenis al tio, ke tiu ĉi loko estas danĝera, kaj ke ŝi neniam estos feliĉa, ĝis mi forlasos ĝin. Mi diris al ŝi, ke vidinte ŝin mi ne rapidemas forlasi ĝin, kaj se ŝi vere volas, ke mi foriru, la sola rimedo aranĝi tion estas, ke ŝi akompanu min. Tion dirinte mi laŭvorte proponis al ŝi geedziĝon, sed antaŭ ol ŝi povis respondi, elvenis tiu ŝia frato, kurante al ni kun la vizaĝo kvazaŭ de frenezulo. Li estis tute blanka pro kolero, kaj liaj helaj okuloj flamis furioze. Kion mi faris pri la damo? Kiel mi aŭdacis dediĉi al ŝi atenton, kiu estas abomena al ŝi? Ĉu mi supozas, ke pro tio, ke mi estas kavaliro, mi rajtas fari, kion ajn mi volas? Se li ne estus ŝia frato, mi scius pli senerare kiel respondi al li. Ĉiuokaze mi diris al li, ke miaj sentoj pri lia fratino estas tiaj, pri kiaj mi ne hontas, kaj mi esperas, ke ŝi honorigos min edziniĝante al mi. Tio ŝajne ne plibonigis la aferon, do poste ankaŭ mi perdis prudenton, kaj mi respondis al li iom pli arde ol mi eble devis, se konsideri, ke ŝi staras proksime. Do finiĝis per lia foriro kun ŝi, kiel vi vidis, kaj jen mi homo tiom perpleksa, kiom iu ajn en la lando. Nur diru al mi, kion signifas ĉio ĉi, Vatsono, kaj mi ŝuldos al vi pli ol mi iam esperos repagi.»

Mi provis unu-du klarigojn, sed efektive mi mem estis tute perpleksigita. La titolo de mia amiko, lia bonhavo, lia aĝo, lia karaktero, kaj lia aspekto ĉiuj favoras lin, kaj mi scias nenion kontraŭ li, krom se temas pri tiu malbela fatalo troviĝanta en

117

lia familio. Ke lia amindumo estis rifuzita tiel bruske sen atento al la opinio de la damo, kaj ke la damo akceptis tiun situacion senproteste, estas vere konsterne. Tamen, niajn konjektojn trankviligis vizito de Stepeltono mem tiun saman posttagmezon. Li venis proponante pardonpeton pro sia malĝentileco matena, kaj post longa privata intervidiĝo kun kavaliro Henriko en ties kabineto, la rezulto de ilia interparolado estis, ke la breĉo estas tute riparita, kaj ke ni vespermanĝos en Meripita Domo je la venonta vendredo kiel signo de tio.

«Mi ne diras nun, ke li ne estas frenezulo», diris kavaliro Henriko. «Mi ne kapablas forgesi la esprimon en liaj okuloj, kiam li alkuris min hodiaŭ matene, sed mi ja konsentas, ke neniu povus pardonpeti pli senrezerve ol li.»

«Ĉu li donis klarigon pri sia konduto?»

«Lia fratino estas ĉio en lia vivo, li diris. Tio estas sufiĉe natura, kaj mi ĝojas, ke li konstatas ŝian valoron. Ili ĉiam vivis kune, kaj laŭ lia rakonto, li estis viro tre soleca kun ŝi kiel sola kunulo, tiel, ke la penso, ke eble li perdos ŝin, estis al li vere terura. Li ja ne komprenis, li diris, ke mi alloĝiĝis al ŝi, sed kiam li vidis propraokule, ke vere estas tiel, kaj ke ŝi eble estos forprenita de li, tio kaŭzis al li tian ŝokiĝon, ke dum kelka tempo li ne respondecis pri siaj diroj kaj faroj. Li tre bedaŭris ĉion okazintan kaj rekonis kiel stulta kaj egoisma estas la supozo, ke li povus reteni al si virinon belan, kia estas lia fratino, dum ŝia tuta vivo. Se necesus, ke ŝi forlasu lin, estus preferinde, ke ŝi iru al najbaro kiel mi, ol al iu ajn alia. Sed ĉiuokaze tio estas bato al li, kaj li bezonus iom da tempo por prepari sin por akcepti. Li nuligus ĉiun kontraŭstaron siaflankan, se mi promesus dum tri monatoj prokrasti la aferon, kaj estus kontenta kultivi la amikecon de la damo sen pretendo al ŝia amo. Tion mi promesis, kaj tia la afero restas.»

Do jen unu el niaj etaj misteroj estas klarigita. Valoras iom, ke fundon ni trovis ie en la marĉo, en kiu ni baraktas. Ni nun scias, kial Stepeltono rigardis malfavore la svatiĝanton de sia fratino – malgraŭ ke tiu svatiĝanto estas tiel admirinda kiel kavaliro Henriko. Kaj nun mi pasas al alia fadeno, kiun mi eltiris el la implikita volvaĵo, la mistero pri la plorĝemoj noktaj, pri la larmospura vizaĝo de sinjorino Barimoro, pri la sekreta aliro de la domservisto al la okcidenta latisfenestro. Gratulu min, mia kara Holmso, kaj diru, ke mi ne seniluziigis vin kiel agento – ke vi ne bedaŭras la fidon montritan pri mi, kiam vi sendis min ĉi tien. Ĉiuj ĉi aferoj estas per ununokta laboro komplete klarigitaj.

Mi ja diris «per ununokta laboro», sed efektive temis pri dunokta laboro, ĉar dum la unua ni tute malprosperis. Mi sidis kun kavaliro Henriko en ties ĉambro ĝis preskaŭ la tria matene, sed nenian bruon ni aŭdis krom sonoro de la horloĝo sur la ŝtuparo. Ĝi estis vigilo plej melankolia, kaj finiĝis, kiam ni ambaŭ ekdormis sur niaj seĝoj. Feliĉe ni ne senkuraĝiĝis, kaj ni decidis provi denove. La postan nokton ni senlumigis la lampon kaj sidis fumante cigaredojn, tute neniom bruante. Estis nekredeble, kiel malrapide preterrampis la horoj, tamen helpis nin travivi ĝin la pacienca intereso, kian spertas ĉasisto gvatante kaptilon, en kiun espereble falos la predo. Sonoris la unua horo, kaj la dua, kaj ni preskaŭ la duan fojon rezignis malespere, kiam subite ni ambaŭ rektiĝis sur niaj seĝoj, kun ĉiuj lacaj sentoj denove atentaj. Ni ja aŭdis grincon de paŝo en la koridoro.

Ni aŭdis la paŝadon tre singarde pluiri, ĝis ĝi formortis en la foro. Tiam la kavaliro tre delikate malfermis sian pordon, kaj ni ekiris persekute. Nia viro jam ĉirkaŭiris la galerion, kaj la koridoro estis tute senluma. Mallaŭte ni ŝteliris, ĝis ni atingis la alian alon. Ni ĝustatempe ekvidis la altan nigrabarban figuron, kun kurbigitaj ŝultroj, iranta piedpinte laŭ la koridoro. Poste li trairis tiun saman pordon kiel antaŭe, kaj la lumo de lia kandelo kadrigis ĝin en la mallumo kaj direktis unuopan flavan radion trans la sombron de la koridoro. Ni glitis singarde al ĝi, esplorante ĉiun tabulon, antaŭ ol ni riskis surmeti al ĝi nian tutan pezon. Ni jam antaŭzorgis lasi poste niajn ŝuojn, sed malgraŭ tio la malnovaj tabuloj kraketis kaj grincis sub nia tretado. Kelkfoje ŝajnis neeble, ke li ne aŭdu nian proksimiĝon. Tamen tiu viro feliĉe estas iom surda, kaj lin tute obsedis tio, kion li faras. Kiam fine ni alvenis la pordon kaj trarigardis, ni trovis lin kaŭranta ĉe la fenestro, kandel-en-mane, kun la blanka atenta vizaĝo premita al la vitro, precize kiel mi vidis lin antaŭ du noktoj.

Ni ne havis antaŭdeciditan planon, sed la kavaliro estas homo, al kiu la plej rekta vojo estas ĉiam la plej natura. Li marŝis en la ĉambron, kaj kiam li faris tion, Barimoro stariĝis ĉe la fenestro kun akra spirosiblo, kaj staris, grizvizaĝa kaj tremanta, antaŭ ni. Liaj malhelaj okuloj, rigardegantaj el la blanka masko de lia vizaĝo, plenis je hororo kaj mirego, dum li rigardis de kavaliro Henriko al mi.

«Kion vi faras ĉi tie, Barimoro?»

«Nenion, sinjoro.» Lia agitiĝo estis tiel forta, ke li apenaŭ kapablis paroli, kaj la ombroj saltis supren-suben pro la tremado de lia kandelo. «Temis pri la fenestro, sinjoro. Mi ĉirkaŭiras nokte por certiĝi, ke ili estas riglitaj.»

«Ĉu sur la dua etaĝo?»

«Jes, sinjoro, ĉiuj fenestroj.»

«Vidu, Barimoro,» diris kavaliro Henriko severe, «ni decidiĝis havigi el vi la veron, do ŝparos al vi ĝenojn, se vi diros ĝin frue prefere ol malfrue. Ek, do! Sen mensogoj! Kion vi faris ĉe tiu fenestro?»

La ulo rigardis nin senhelpe, kaj li kuntordis siajn manojn kiel homo ĉe la fina ekstremo de dubo kaj mizero.

«Mi faris nenion misan, sinjoro. Mi tenis kandelon al la fenestro.»

«Kaj kial vi tenis kandelon al la fenestro?»

«Ne demandu min, kavaliro Henriko, ne demandu min! Mi ĵuras al vi, sinjoro, ke la sekreto ne estas mia, kaj mi ne povas riveli ĝin. Se ĝi tuŝus neniun krom mi mem, mi ne provus kaŝi ĝin antaŭ vi.»

Subita ideo venis al mi en la kapon, kaj mi levis la kandelon de la fenestra sojlo, kien metis ĝin la domservisto.

«Devas esti, ke li tenis ĝin signale», mi diris. «Ni vidu, ĉu venos respondo.» Mi tenis ĝin tiel, kiel li, kaj rigardegis en la noktan mallumon. Svage mi povis vidi la nigran masivon de la arboj kaj la pli helan etendiĝon de la erikejo, ĉar la luno estis malantaŭ nuboj. Kaj tiam mi eligis triumfan krion, ĉar eta pinglopinto da lumo subite trapikis la malluman vualon, kaj ardis senŝancele ĉe la centro de la nigra kvadrato kadrita de la fenestro.

«Jen ĝi!» mi ekkriis.

«Ne, ne, sinjoro, tio estas nenio... Entute nenio», la domservisto enŝovis. «Mi certigas vin, sinjoro—»

«Movu vian lumon trans la fenestron, Vatsono!» kriis la kavaliro. «Vidu, ankaŭ la alia moviĝas! Nun, fripono, ĉu vi neas, ke tio estas signalo? Ek, parolu! Kiu estas via komplico tie ekstere, kaj kia estas la komploto efektiva?»

La esprimo de la viro iĝis malkaŝe defia. «Tio estas mia afero, kaj ne via. Mi rifuzas diri.»

«Do vi forlasos tuj mian servadon.»

«En ordo, sinjoro. Se necesas – necesas.»

«Kaj vi foriros malhonore. Je la tondro, vi nepre devus

honti. Via familio vivis kun la mia dum pli ol cent jaroj sub tiu
ĉi tegmento, kaj jen mi trovas vin profundiĝinta en malluma
komploto kontraŭ mi.»

«Ne, ne, sinjoro; ne kontraŭ vi!» Aŭdiĝis virina voĉo, kaj
sinjorino Barimoro, pli pala kaj terurita ol ŝia edzo, estis staranta
ĉe la pordo. Ŝia peza figuro en ŝalo kaj jupo povus esti komika, se
ne vidiĝus la forta emocio sur ŝia vizaĝo.

«Ni devas foriri, Eliza. Finiĝis tiel la afero. Iru paki niajn
posedaĵojn», diris la domservisto.

«Ho, Johano, Johano, ĉu mi venigis vin al tio ĉi? Estas mia
kulpo, kavaliro Henriko, tute mia. Li faris nenion krom komplezi
al mi, kaj ĉar mi petis tion.»

«Parolu do! Kion ĝi signifas?»

«Mia malfeliĉa frato malsategas sur la erikejo. Ni ne povas
lasi lin perei antaŭ nia pordo mem. La lumo signalas al li, ke
manĝaĵoj estas pretaj por li, kaj lia lumo ekstere montras la lokon,
al kiu ĝi estu portita.»

«Do via frato estas—»

«La eskapinta bagnulo, sinjoro – Seldeno, la krimulo.»

«Tio estas vera, sinjoro», diris Barimoro. «Mi diris, ke ĝi ne
estas mia sekreto, kaj ke mi ne povis malkaŝi ĝin al vi. Sed jam vi
aŭdis ĝin, kaj vi konstatos, ke, se ekzistas komploto, ĝi ne estas
direktita kontraŭ vi.»

Tia do estis la klarigo pri la kaŝaj noktaj eliroj kaj la lumo ĉe la
fenestro. Kavaliro Henriko kaj mi ambaŭ gapis al la virino mirante.
Ĉu eble, ke tiu senemocia respektindulino estas samsanga kun
unu el la plej misfamaj krimuloj en la lando?

«Jes, sinjoro, mia nomo estis Seldeno, kaj li estas mia pli juna
frato. Ni tro dorlotis lin, kiam li estis knabo, kaj ni permesis al li
ĉion, kion li volis, ĝis li venis al supozo, ke la mondo estis kreita

por plezurigi lin, kaj li rajtas fari laŭvole. Poste, pliaĝiĝinte, li renkontis misajn kunulojn, kaj la diablo eniris lin, ĝis li rompis la koron de mia patrino kaj trenis nian nomon en la koton. De krimo al krimo li pli kaj pli alfundiĝis, ĝis nur la Dia kompato savis lin de eŝafodo; sed al mi, sinjoro, li ĉiam estis la eta buklokapa knabo, kiun mi vartis kaj kunludigis, kiel pliaĝa fratino kutimas. Tial li forkuris el la karcero, sinjoro. Li sciis, ke mi estas ĉi tie, kaj ke ni ne povus rifuzi al li helpon. Kiam iun nokton li trenis sin ĉi tien, laca kaj malsata, kun la provosoj dense persekutantaj, kion ni povis fari? Ni enlasis lin kaj nutris lin kaj prizorgis lin. Poste vi revenis, sinjoro, kaj mia frato opiniis, ke estos pli sekure por li sur la erikejo ol aliloke, ĝis finiĝos la fervora serĉado, do li kaŝis sin tie. Sed ĉiun duan nokton ni certiĝis, ke li estas daŭre tie, per meto de lumo en la fenestro, kaj kiam venis respondo, mia edzo portis por li iom da pano kaj viando. Ĉiutage ni esperis, ke li jam foriris, sed dum li estis tie, ni ne povis forlasi lin. Tio estas la tuta vero, laŭ mi kiel honesta kristanino, kaj vi vidos, ke, se en la afero estas kulpo, ĝi ne troviĝas ĉe mia edzo, sed ĉe mi, por kiu li faris ĉion faritan.»

La vortoj de la virino aŭdiĝis tiel streĉe serioze, ke ili kunportis kun si konvinkon.

«Ĉu vere, Barimoro?»

«Jes, kavaliro Henriko. Ĉiuvorte.»

«Nu, mi ne povas kulpigi vin pro subtenado de la propra edzino. Forgesu, kion mi diris. Iru al via ĉambro, vi du, kaj ni plu priparolos la aferon matene.»

Kiam ili foriris, ni denove rigardis tra la fenestro. Kavaliro Henriko ĵetmalfermis ĝin, kaj malvarma nokta vento enbatiĝis al niaj vizaĝoj. Fore en la nigra malproksimo daŭre ardis tiu unuopa punkto de flava lumo.

«Mi miras pri lia riskemo», diris kavaliro Henriko.

«Eble ĝi estas tiel metita, ke ĝi videblas nur de ĉi tie.»

«Tre verŝajne. Kiom ĝi distancas, laŭ via takso?»

«Apud la Fendita Monteto, mi opinias.»

«Ne pli ol unu-du mejloj.»

«Apenaŭ tiom.»

«Nu, ne povas esti malproksime, se Barimoro devis porti tien la manĝaĵon. Kaj li atendas, tiu kanajlo, apud la kandelo. Je la tondro, Vatsono, mi eliros por kapti tiun viron!»

La sama penso estis veninta en mian kapon. Ne temis pri tio, ke la Barimoroj konfidis al ni. Ilia sekreto estis elpremita el ili. Tiu viro estis danĝero al la komunumo, absoluta kanajlo, por kiu ekzistas nek kompato nek pravigo. Ni nur farus nian devon, akceptante la eblon remeti lin tien, kie li ne povos fari misaĵojn. Pro lia bruta kaj violenta karaktero, aliaj devus pagi la prezon, se ni retenus niajn manojn. Iunokte, ekzemple, niaj najbaroj Stepeltonoj eble estos atakotaj de li, kaj eble ĝuste tiu penso tiom entuziasmigis kavaliron Henriko pri la aventuro.

«Mi kuniros», mi diris.

«Do prenu vian revolveron kaj surmetu viajn botojn. Ju pli frue ni komencos, des pli bone, ĉar tiu ulo eble estingos sian lumon kaj forkuros.»

Post kvin minutoj ni estis ekstere, komencante nian ekspedicion. Ni rapidis tra la malhela arbustaro, meze de la obtuza ĝemado de la aŭtuna vento kaj la siblo de la falantaj folioj. Sur la nokta aero pezis la odoro de malseketo kaj putro. De tempo al tempo la luno elgvatis momente, sed nuboj drivis trans la ĉielon, kaj ĝuste kiam ni eliris sur la erikejon, maldensa pluvo ekfalis. La lumo daŭre brulis senŝancele antaŭ ni.

«Ĉu vi estas armita?» mi demandis.

«Mi havas rajdvergon.»

«Ni devas enfermi lin rapide, ĉar laŭdire li estas violenta ulo. Ni surprizos lin kaj tenos lin je nia dispono, antaŭ ol li povos rezisti.»

«Aŭdu, Vatsono,» diris la kavaliro, «kion dirus Holmso pri ĉio ĉi? Kiel statas pri tiu malluma horo, dum kiu la malica potenco ekzaltiĝas?»

Kvazaŭ responde al liaj vortoj, leviĝis subite el la vasta malhelo de la erikejo tiu stranga krio, kiun mi pli frue aŭdis rande de la granda Grimpena Marĉo. Ĝi venis sur la vento tra la nokta silento, longa profunda murmuro, poste fortiĝanta hurlo, kaj poste la malĝoja ĝemo, laŭ kiu ĝi forvelkis. Ĉiam denove ĝi resonis, dum la tuta aero pulsis je ĝi, strida, sovaĝa kaj minaca. La kavaliro kaptis mian manikon, kaj lia vizaĝo ekbrilis blanke tra la mallumo.

«Bona ĉielo, kio estas tio, Vatsono?»

«Mi ne scias. Ĝi estas sono, kiun oni havas sur la erikejo. Mi aŭdis ĝin unu fojon antaŭe.»

Ĝi formortis, kaj absoluta silento enfermis nin. Ni staris streĉante nian aŭdon, sed nenio aŭdiĝis.

«Vatsono,» diris la kavaliro, «tio estis bleko de ĉashundo.»

Mia sango fridiĝis en miaj vejnoj, ĉar aŭdiĝis hezito en lia voĉo, kiu sentigis la subitan hororon, kiu kaptis lin.

«Kiel oni nomas tiun sonon?» li demandis.

«Kiuj?»

«La homoj en la najbaraĵo.»

«Ho, ili estas malkleraj. Kial atenti tion, kiel ili nomas ĝin?»

«Diru al mi, Vatsono. Kion oni diras pri ĝi?»

Mi hezitis, sed ne povis eviti la demandon.

«Oni diras, ke tio estas bleko de la Baskervila Ĉashundo.»

Li ĝemis, kaj silentis kelkajn momentojn.

«Ĝi ja estis ĉashundo,» li diris finfine, «sed ĝi ŝajnis origini je mejloj for, tiudirekte mi opinias.»

«Estis malfacile juĝi, kie ĝi originas.»

«Ĝi fortiĝis kaj malfortiĝis laŭ la vento. Ĉu ne kuŝas tiudirekte la granda Grimpena Marĉo?»

«Jes, vere.»

«Nu, ĝi venis el tie supre. Diru, Vatsono, ĉu vi mem ne opinias, ke tio estis bleko de ĉashundo? Infano mi ne estas. Ne necesas, ke vi timu diri la veron.»

«Stepeltono estis kun mi, kiam mi aŭdis ĝin antaŭe. Li diris, ke ĝi eble estas krio de iu stranga birdo.»

«Ne, ne, tio estis ĉashundo. Dio mia, ĉu eble estas iom da vero en tiuj rakontoj? Ĉu eblas, ke mi vere estas en danĝero pro kialo tiom malhela? Tion vi ne kredas, Vatsono, ĉu?»

«Ne, ne.»

«Kaj tamen unu afero estas priridi ĝin en Londono, kaj tute alia stari ĉi tie en la erikeja mallumo kaj aŭdi tian krion. Kaj mia onklo! Piedsigno de la ĉashundo apudis lin kuŝantan. Ĉio kongruas. Mi ne supozas min malkuraĝulo, Vatsono, sed tiu sono ŝajnis frostigi mian sangon mem. Palpu mian manon!»

Ĝi estis tiel malvarma kiel bloko marmora.

«Morgaŭ ĉe vi estos en ordo.»

«Laŭ mia opinio mi ne sukcesos forigi el mia kapo tiun krion. Kion vi konsilas, ke ni faru nun?»

«Ĉu ni returniĝu?»

«Ne, je la tondro, ni elvenis por kapti nian ĉasaĵon, kaj tion ni faros. Ni persekutas la bagnulon, kaj infera ĉashundo, tre probable, persekutas nin. Ek do. Ni persistos ĝisfine, eĉ se ĉiuj demonoj en la infero estus liberaj sur la erikejo.»

Ni stumblis antaŭen malrapide en la mallumo, kun la nigra

baŭmo de la rokecaj montetoj ĉirkaŭ ni, kaj la flava punkto da lumo brulanta senŝancele antaŭ ni. Nenio estas tiel trompa kiel la distanco de lumo en peĉnigra nokto, kaj jen la ekbrilo ŝajnis malproksima ĉe la horizonto kaj jen ĝi povis esti nur kelkajn metrojn for. Sed finfine ni povis vidi, de kie ĝi lumas, kaj tiam ni sciis, ke ni efektive tre proksimas. Flagranta kandelo estis fiksita en rokfendeto, kiu ŝirmis ĝin ambaŭflanke de la ventoblovo, kaj ankaŭ malhelpis, ke ĝi estu videbla, krom el la direkto de Baskervila Halo. Rokego granita kaŝis nian alproksimiĝon, kaj kaŭrante malantaŭ ĝi, ni transrigardis ĝin al la signallumo. Estis strange vidi tiun unuopan kandelon tie flamanta meze de la erikejo, kun neniu vivosigno en la proksimo – nur unu rektan flavan flamon kaj la rebrilon de la roko ambaŭflanke.

«Kion ni faru nun?» flustris kavaliro Henriko.

«Ni atendu ĉi tie. Li nepre apudas sian lumon. Ni provu ekvidi lin.»

Apenaŭ miaj vortoj eliris el mia buŝo, ni ambaŭ ekvidis lin. Trans la rokojn, ĉe la fendeto, en kiu flamis la kandelo, elŝoviĝis malbonema flava vizaĝo, terure bruteca vizaĝo, tute trasulkita kaj makulita je mispasioj. Kotoŝmirita, kun hirta barbo, kaj franĝita je kungluiĝintaj haroj, ĝi tre bone povus aparteni al iu el la prasovaĝuloj, kiuj loĝis en la montflankaj truoj. La lumo sub li respeguliĝis en liaj ruzaj okuletoj, kiuj gvatis feroce dekstren kaj maldekstren en la mallumon, kvazaŭ lerta sovaĝulo aŭdinta la paŝojn de ĉasantoj.

Evidente io vekis lian suspektemon. Eble Barimoro disponis iun privatan signalon, kiun ni ne uzis, aŭ la ulo havis iun alian motivon por supozi, ke ne estas ĉio en ordo, sed mi povis legi liajn timojn sur la malbonema vizaĝo. Iumomente li eble puŝestingos la lumon kaj malaperos en la mallumon. Sekve mi saltis antaŭen, kaj samon faris kavaliro Henriko. Sammomente la bagnulo elkriĉis sakron kontraŭ ni kaj ĵetegis ŝtonegon, kiu disfrakasiĝis sur la rokego ŝirminta nin. Mi unufoje ekvidis lian malaltan stumpan fortikan figuron, kiam li saltleviĝis kaj forturniĝis por fuĝi. Sammomente pro feliĉa hazardo la luno trarompis la nubaron. Ni kuris trans la verton de la monteto, kaj jen estis nia celato kuranta rapidege suben laŭ la alia flanko, transsaltante la rokojn survojajn per la vigleco de monta kapro. Bonŝanca pafo per mia revolvero eble lamigus lin, sed mi kunportis ĝin nur por defendi min atakatan, sed ne por pafi forkurantan senarmilulon.

Ni ambaŭ estis rapidaj kurantoj kaj bonsanaj, sed ni baldaŭ konstatis, ke ni ne havis eblon atingi lin. Ni longatempe vidis lin en la lunlumo, ĝis li iĝis nura punkto moviĝanta rapide inter la rokegoj flanke de fora monteto. Ni kuris, kuregis, ĝis tute mankis al ni la spiro, sed la distanco inter ni senĉese pligrandiĝis. Fine ni haltis kaj sidis anhelante sur du rokoj, dum ni rigardis lin mal-aperanta en la foro.

Ĝuste tiumomente okazis io stranga kaj neatendita. Ni jam stariĝis de sur niaj rokoj kaj turnis nin por hejmeniri, rezigninte pri la senespera persekuto. La luno malaltis dekstre, kaj la segilforma pinto de granita montosupro elstaris antaŭ la suba kurbiĝo de ĝia arĝenta disko. Tie, sur la montopinto antaŭ la brila fono, mi vidis la figuron de viro konturita nigre, kiel ebona statuo. Ne supozu tion iluzio, Holmso. Mi certigas vin, ke mi neniam en mia vivo ion pli klare vidis. Kiom mi kapablis juĝi, la figuro estis tiu de viro alta, svelta. Li staris kun la kruroj iom disigitaj, kun la brakoj kunfalditaj, la kapo klinita, kvazaŭ li meditus pri tiu enorma sovaĝejo torfa kaj granita, kiu etendiĝis antaŭ li. Li povus esti la spirito mem de tiu terura loko. Tiu ne estis la bagnulo. Tiu viro troviĝis malproksime de la loko, kie tiu lasta malaperis. Cetere, li estis viro multe pli alta. Kun surprizokrio mi indikis lin por la kavaliro, sed dum la momento, en kiu mi turnis min por kapti ties brakon, la viro jam estis for. Jen estis la akra pinto granita plu tranĉanta la suban randon de la luno, sed ĝia supro portis neniun postsignon de tiu silenta kaj senmova figuro.

Mi volis iri tien kaj espori la montopinton, sed ĝi iom foris. La nervoj de la kavaliro ankoraŭ tremetis pro tiu bleko, kiu revokis la malhelan historion de lia familio, kaj li ne emis al pluaj aventuroj. Li ne vidis tiun unuopulon sur la pinto, kaj ne povis sperti la sorĉon, kiun ties stranga ĉeesto kaj komanda sinteno vekis en mi. «Provoso, sendube», li diris. «La erikejo svarmas je ili, de kiam tiu ulo eskapis.» Eble lia klarigo estas ĝusta, sed mi ŝatus havi iom pli da pruvo pri tio. Hodiaŭ ni intencas komuniki al la homoj en Princurbo, kie ili serĉu sian mankanton, sed estas domaĝe, ke ni ne travivis la veran triumfon rekonduki lin kiel nian propran kaptiton. Tiaj estis la aventuroj de hieraŭ nokte, kaj vi devas agnoski, mia kara Holmso, ke mi bone regalis vin rilate raporton. Multo el tio, kion mi sciigas al vi, estas sendube tute senrilata, sed tamen mi opinias, ke pli bone mi sciigu al vi ĉiujn faktojn kaj lasu, ke vi elektu mem tiujn, kiuj plej servos al vi por helpi al viaj konkludoj. Ni certe iom progresas. Kiom koncernas la Barimorojn, ni trovis la motivon de ilia agado, kaj tio multe klarigis la situacion. Sed la erikejo kaj ties misteroj kaj strangaj loĝantoj restas tiel nepenetreblaj kiel antaŭe. Eble en mia venonta raporto mi povos ĵeti iom da lumo ankaŭ sur tion. Plej bone el ĉio estus, se vi povus veni al ni. Ĉiuokaze mi kontaktos vin dum la venontaj kelkaj tagoj.

Ĉapitro 10

Eltiraĵo el la taglibro
de doktoro Vatsono

Ĝis nun mi povis citi el la raportoj, kiujn mi sendis dum tiuj tagoj al Ŝerloko Holmso. Nun tamen mi alvenis ĝis tiu punkto en mia rakontado, kie mi estas devigata rezigni pri tiu metodo kaj fidi ankoraŭfoje mian memoron, helpate de la taglibro, kiun mi tiutempe skribis. Kelkaj eltiraĵoj el ĝi portos min al tiuj scenoj, kiuj estas neforviŝeble fiksitaj ĉiudetale en mia memoro. Mi daŭrigas do ekde la mateno sekvinta nian abortitan ĉasadon de la bagnulo kaj niaj aliaj strangaj spertoj sur la erikejo.

La 16-an de Oktobro.

Tago nuba kaj nebuleca, kun senĉesa pluveto. La domo estas enfermita de ruliĝantaj nuboj, kiuj leviĝas de tempo al tempo por vidigi la mornajn kurbiĝojn de la erikejo, kun maldensaj arĝentaj vejnoj flanke de la montetoj, kaj la foraj rokegoj ekbrilantaj, kie la lumo trafas iliajn malsekajn facojn. Estas melankolie ekstere kaj interne. La kavaliro troviĝas en nigra reago post la noktaj ekscitiĝoj. Mi mem konscias pri pezo ĉe mia koro kaj sento de minacanta danĝero – ĉiam ĉeesta, kiu tiom pli teruras, ĉar mi ne kapablas difini ĝin.

Kaj ĉu mi ne havas kialon por tiel senti? Pripensu la longan sinsekvon de okazaĵoj, kiuj senescepte indikis al iu sinistra influo efikanta ĉirkaŭ ni. Kontribuas la morto de la lasta loĝanto de la Halo, plenumanta tiel ekzakte la kondiĉojn de la familia legendo, kaj ankaŭ la ripetitaj raportoj de kamparanoj pri la apero de stranga kreaĵo sur la erikejo. Dufoje mi propraorele aŭdis la sonon similan al fora blekado de ĉashundo. Estas nekredeble, neeble, ke ĝi estu ekster la normalaj leĝoj de la naturo. Fantoma ĉashundo, kiu postlasas materialajn piedsignojn kaj plenigas la aeron je hurlado estas, ĉu ne, nepripensinda. Stepeltono eble akceptu tian superstiĉon, kaj ankaŭ Mortimero; sed se mi posedas iun kvaliton en la mondo, tio estas ordinara sagaco, kaj nenio kredigos al mi tian aferon. Kredi tion signifus malleviĝi al la nivelo de tiuj kompatindaj kampuloj, kiuj ne kontentas pri nura hundo demona, sed sentas necesa priskribi ĝin kun infera fajro elsputiĝanta tra ĝiaj buŝo kaj okuloj. Holmso rifuzus aŭskulti tiajn fantaziaĵojn, kaj mi estas lia agento. Sed faktoj faktas, kaj mi dufoje aŭdis tiun hurladon sur la erikejo. Supozu, ke vere estus ia ĉashundego libera sur ĝi; tio multe kontribuus al klarigo pri ĉio. Sed kie povus tia ĉashundo resti kaŝita? Kie ĝi trovas sian nutraĵon? De kie ĝi venis? Kiel estas, ke neniu vidis ĝin tage? Konfesendas, ke natura klarigo proponas preskaŭ tiom da malfacilaĵoj, kiom la alia. Kaj ĉiam, senkonsidere pri la ĉashundo, temis pri la fakto de la homa interveno en Londono, la viro en la fiakro kaj la letero, kiu avertis kaviliron Henriko kontraŭ la erikejo. Almenaŭ tiu realis, sed ĝi povus esti ago de protekta amiko, tiel facile kiel de malamiko. Kie estas tiu amiko aŭ malamiko nun? Ĉu li restis en Londono, aŭ sekvis nin ĉi tien? Ĉu li povus esti la nekonato, kiun mi vidis sur la montopinto?

Estas vere, ke nur unu ekvidon al li mi havis, kaj tamen pri kelkaj aferoj mi estas preta ĵuri. Li estas neniu, kiun mi vidis ĉi tie, kaj mi jam renkontis ĉiujn najbarojn. Tiu figuro estis multe pli alta ol Stepeltono, multe pli svelta ol Frenklendo. Ĝi eble povus esti Barimoro, sed ni lin lasis poste, kaj mi certas, ke li ne kapablis sekvi nin. Fremdulo do plu spuras nin, samkiel spuris nin fremdulo en Londono. Ni neniam forskuis lin. Se mi povus submanigi tiun homon, tiam fine ni eble troviĝus je la fino de ĉiuj niaj malfacilaĵoj. Al tiu sola celo mi devas jam dediĉi tutan mian energion.

Mia unua impulso estis sciigi al la kavaliro Henriko miajn planojn. Mia dua kaj plej saĝa estis ludi propran ludon kaj paroli laŭeble malmulte al iu ajn. Li estas silenta kaj distrita. Liajn nervojn strange skuis tiu sono sur la erikejo. Mi diros nenion, kio pliigus liajn zorgojn, sed mi agos proprapaŝe por atingi mian propran celon.

Okazis malgranda disputo hodiaŭ matene post la matenmanĝo. Barimoro petis permeson interparoli kun kavaliro Henriko, kaj ili estis enfermitaj en lia kabineto dum kelka tempo. Sidante en la bilardejo, mi pli ol unufoje aŭdis la sonon de laŭtigitaj voĉoj, kaj mi sufiĉe bone komprenis, kiu afero estas pritraktata. Post iom da tempo la kavaliro malfermis sian pordon kaj alvokis min.

«Barimoro opinias, ke li rajtas plendi», li diris. «Li opinias, ke niaflanke estis mallojale persekuti lian bofraton, kiam li propravole sciigis al ni la sekreton.»

La domservisto staris antaŭ ni tre pala, sed tre sinrega.

«Eble mi esprimis min tro arde, sinjoro,» li diris, «kaj se jes, mi certe petas vian pardonon. Samtempe mi tre surpriziĝis, kiam mi aŭdis vin du sinjorojn reveni hodiaŭ matene, kaj mi sciiĝis, ke vi ĉasis Seldenon. La kompatindulo havas jam sufiĉe da kontraŭluktaĵo sen tio, ke mi havigu al li pliajn spurantojn.»

«Se vi sciigus nin propravole, tio estus alia afero», diris la kavaliro. «Vi nur sciigis nin, aŭ prefere via edzino nur sciigis nin, kiam vi estis devigita kaj vi ne povis tion eviti.»

«Mi ne supozis, ke vi profitos el tio, kavaliro Henriko, vere ne.»

«Tiu homo endanĝerigas la publikon. Troviĝas izolitaj domoj dise tra la erikejo, kaj li estas ulo, kiun hezitigus nenio. Sufiĉas vidi lian vizaĝon por konstati tion. Pripensu la domon de sinjoro Stepeltono, ekzemple, kun neniu krom li por defendi ĝin. Neniu estos sekura, ĝis li estos en prizono.»

«Li entrudiĝos en neniun domon, sinjoro. Mi donas al vi mian solenan ĵuron tiurilate. Kaj li neniam plu ĝenos iun ajn en tiu ĉi lando. Mi certigas vin, kavaliro Henriko, ke post tre malmultaj tagoj la necesaj aranĝoj estos kompletaj kaj li estos survoje al Suda Ameriko. Pro Dio, sinjoro, mi petegas vin, ke vi ne sciigu al la polico, kie li estas sur la erikejo. Ili rezignis pri la tiea persekutado, kaj li povas kuŝi trankvile ĝis la ŝipo pretos akcepti lin. Vi ne povas raporti pri li, ne enproblemigante mian edzinon kaj min. Mi petegas vin, sinjoro, diru nenion al la polico.»

«Kion vi opinias, Vatsono?»

Mi levis la ŝultrojn. «Se li estus sendomaĝe ekster la lando, tio iom malŝarĝus la impostitojn.»

«Sed kio pri la eblo, ke li embuskos iun antaŭ ol foriri?»

«Li ne farus ion tiel frenezan, sinjoro. Ni provizis al li ĉion dezirindan. Fari krimon signifus indiki lian kaŝlokon.»

«Tio estas vera», diris kavaliro Henriko. «Nu, Barimoro—»

«Dio benu vin, sinjoro, kaj dankon el mia koro! Mortigus

mian kompatindan edzinon lia rekaptiĝo.»

«Supozeble ni helpas kaj subtenas krimon, Vatsono, ĉu? Sed post ĉio aŭskultita mi ne sentas, ke ni povus transdoni la ulon, do jen finita la afero. En ordo, Barimoro, vi rajtas foriri.»

Post kelkaj balbutaj dankvortoj la homo sin turnis, sed li hezitis kaj poste revenis al ni.

«Vi tiom bonkoris al ni, sinjoro, ke mi ŝatus laŭeble komplezi al vi reciproke. Mi scias ion, kavaliro Henriko, kaj eble mi devis ĝin diri pli frue, sed longe post la mortenketo mi eltrovis ĝin. Mi neniam ĝis nun elspiris vorton tiurilate al ajna mortemulo. Temas pri la morto de kompatinda kavaliro Karlo.»

La kavaliro kaj mi ambaŭ stariĝis. «Ĉu vi scias, kiel li mortis?»

«Ne, sinjoro, tion mi ne scias.»

«Kion, do?»

«Mi scias, kial li estis ĉe la pordeto je tiu horo. Por renkonti virinon.»

«Por renkonti virinon? Ĉu li?»

«Jes, sinjoro.»

«Kaj la nomo de tiu virino?»

«Mi ne povas sciigi la nomon, sinjoro, sed mi povas sciigi al vi la inicialojn. Ŝiaj inicialoj estas L. L.»

«Kiel vi scias tion, Barimoro?»

«Nu, kavaliro Henriko, via onklo ricevis leteron tiumatene. Li kutime ricevis multajn leterojn, ĉar li estis publika viro kaj bone konata pro sia bonkoreco, tiel, ke ĉiu ĉagrenito volonte turnis sin al li. Sed tiumatene, hazarde, alvenis nur unu letero, do mi tiom pli atentis ĝin. Ĝi venis el Kum-Tresio, kaj ĝi estis adresita laŭ virina manskribo.»

«Nu?»

«Nu, sinjoro, mi ne plu pensis pri la afero, kaj neniam pensus

sen interveno de mia edzino. Antaŭ nur kelkaj semajnoj ŝi purig-
adis la kabineton de kavaliro Karlo – ĝi estis komplete netuŝita de
post lia morto – kaj ŝi trovis la cindron de bruligita letero funde
de la kameno. Ĝia pliparto estis brule dispecigita, sed unu peceto,
la fino de paĝo, kunkroĉiĝis, kaj la skribo estis ankoraŭ legebla,
kvankam griza sur nigra fono. Ĝi ŝajnis al ni esti postskribo fine
de la letero kaj ĝi legiĝis: ‹Bonvolu, mi petas, estante ĝentlemano,
bruligi tiun ĉi leteron, kaj estu apud la pordeto je la dudek-dua
horo.› Sube estis subskribite per la inicialoj L. L.»

«Ĉu vi havas tiun peceton?»

«Ne, sinjoro, ĝi tute dispeciĝis, post kiam mi movis ĝin.»

«Ĉu kavaliro Karlo pli frue ricevis aliajn leterojn laŭ la sama
manskribo?»

«Nu, sinjoro, mi ne aparte atentis liajn leterojn. Mi ne
rimarkus tiun ĉi, se ĝi hazarde ne venus sola.»

«Kaj vi tute ne scias, kiu estas L. L.?»

«Ne, sinjoro. Ne pli ol vi mem. Sed mi supozas, ke, se ni povus
submanigi tiun damon, ni jam scius pli pri la morto de kavaliro
Karlo.»

«Mi ne komprenas, Barimoro, kiel okazis, ke vi kaŝis tiun
gravan informon.»

«Nu, sinjoro, tuj post tio venis al ni nia propra problemo. Kaj
cetere, sinjoro, ni ambaŭ tre ŝatis kavaliron Karlo, kiel konvenas
pro ĉio, kion li faris por ni. Elrasti tion ne helpus nian kompatindan
mastron, kaj indas esti singarda, kiam temas pri damo en la afero.
Eĉ la plej virta el ni...»

«Ĉu vi pensis, ke tio eble lezus lian reputacion?»

«Nu, sinjoro, mi pensis, ke sekvus nenio bona. Sed nun vi
estis bonkora al ni, kaj mi sentas, ke mi traktus vin nelojale, se mi
ne sciigus al vi ĉion, kion mi scias pri la afero.»

«En ordo, Barimoro, vi rajtas foriri.» Post kiam la domservisto forlasis nin, kavaliro Henriko sin turnis al mi. «Nu, Vatsono, kion vi opinias pri tiu ĉi nova lumo?»

«Ĝi ŝajnas lasi la mallumon pli nigra ol antaŭe.»

«Tion ankaŭ mi pensas. Sed se nur ni povus spuri L. L., tio devus klarigi la tutan aferon. Tiom ni gajnis. Ni scias, ke ekzistas iu, kiu konas la faktojn, se nur ni povos trovi ŝin. Kion laŭ via opinio ni faru?»

«Ni sciigu ĉion al Holmso senprokraste. Tio havigos al li la indikon, kiun li serĉis. Mi multe eraras, se tio ne alkondukos lin.»

Mi iris tuj al mia ĉambro kaj verkis mian raporton pri la matena konversacio por Holmso. Estis klare al mi, ke li lastatempe estas tre okupata, ĉar la leteretoj el Bakerstrato estis maloftaj kaj mallongaj, sen komentoj pri la informoj, kiujn mi sendis, kaj apenaŭ aludis mian taskon. Sendube lia ĉantaĝa kazo absorbas ĉiujn liajn kapablojn. Kaj tamen tiu ĉi nova faktoro certe devos kapti lian atenton kaj renovigi lian intereson. Mi volas, ke li estu ĉi tie.

La 17-an de Oktobro.

La tutan hodiaŭan tagon la pluvo faladis, siblante sur la hedero kaj gutante de la tegmentorando. Mi pensis pri la bagnulo ekstere sur la senkolora, malvarma, senŝirma erikejo. La kompatinda! Kiel ajn li krimis, li iom suferas por kompensi tion. Kaj poste mi pensis pri tiu alia: la vizaĝo en la fiakro, la figuro antaŭ la luno. Ĉu ankaŭ li estas ekstere en tiu diluvo – la nevidata gvatanto, la viro malluma? Vespere mi surmetis mian pluvmantelon kaj mi promenis larĝe sur la tramalseka erikejo, plena je malhelaj imagoj, dum la pluvo batis en mian vizaĝon kaj vento fajfis ĉirkaŭ miaj oreloj. Dio helpu tiujn, kiuj vagas nun en la grandan marĉon, ĉar eĉ la firmaj altejoj iĝas marĉoj. Mi trovis la nigran pinton, sur kiu mi vidis la solecan gvatanton, kaj de sur ĝia rokeca supro mi mem elrigardis al la melankolia montetaro. Pluvskualoj drivis trans ties ruĝbrunan facon, kaj la pezaj ardezkoloraj nuboj pendis malalte super la pejzaĝo, treniĝantaj grizgirlande suben sur la flankoj de la fantaziecaj montetoj. En la malproksima kavaĵo maldekstre, duone kaŝitaj en la nebuleto, la du maldikaj turoj de Baskervila Halo leviĝis super la arboj. Tiuj estis la solaj signoj de homa vivo, kiujn mi povis vidi, krom nur tiuj prahistoriaj kabanoj dense kuŝantaj sur la montetaj deklivoj. Nenie estis signo pri tiu soleca viro, kiun mi vidis samloke antaŭ du noktoj.

Dum mi retropromenis, min atingis doktoro Mortimero veturanta en sia kariolo sur malglata erikeja pado, kiu kondukis el la periferia farmdomo de Kotaĉo. Li tre zorgis pri ni, kaj apenaŭ pasis tago, en kiu li ne vizitus la Halon por konstati, kiel ni fartas. Li insistis, ke mi grimpu sur lian kariolon kaj li veturigis min hejmen. Mi trovis lin ĉagrenita pro la malapero de lia spanieleto. Ĝi vagis sur la erikejon kaj neniam revenis. Mi konsolis lin laŭeble, sed mi pensis pri la poneo sur la Grimpena Marĉo, kaj mi ne supozas, ke li revidos sian hundeton.

«Cetere, Mortimero,» mi diris, dum ni skuiĝis sur la malglata pado, «mi supozas, ke loĝas en veturdistanco de ĉi tie malmultaj homoj, kiujn vi ne konas, ĉu?»

«Apenaŭ unu, supozeble.»

«Ĉu vi povas sciigi al mi la nomon de virino, kies inicialoj estas L. L.?»

Li pripensis kelkajn minutojn.

«Ne», li diris. «Troviĝas kelkaj ciganoj kaj laboristoj, pri kiuj mi ne povas atesti, sed inter la farmistoj kaj sinjoroj estas neniu kun tiuj inicialoj. Momenton, tamen», li aldonis post paŭzo.

«Troviĝas Laŭra Liono, kies inicialoj estas L. L., sed ŝi loĝas en Kum-Tresio.»

«Kiu ŝi estas?» mi demandis.

«Ŝi estas filino de Frenklendo.»

«Kio? Ĉu maljuna Frenklendo la manietulo?»

«Ĝuste. Ŝi edziniĝis al artisto nomata Liono, kiu venis skizi sur la erikejo. Li pruviĝis kanajlo kaj forlasis ŝin. La kulpo, laŭ miaj informoj, eble ne estis tute unuflanka. Ŝia patro rifuzis reakcepti ŝin, ĉar ŝi edziniĝis sen lia konsento, kaj eble pro unu-du aliaj kialoj krome. Do inter la maljuna pekulo kaj la juna la knabino spertis sufiĉe malfavoran sorton.»

«Kiel ŝi subtenas sin?»

«Mi konjektas, ke maljuna Frenklendo havigas al ŝi sumeton, sed tio ne povas esti multa, ĉar liaj propraj aferoj estas konsiderinde komplikitaj. Kion ajn ŝi meritis, oni ne povis permesi, ke ŝi komplete ruiniĝu. Ŝia historio diskoniĝis, kaj pluraj el la lokaj homoj faris ion por ebligi al ŝi perlaboron de honesta pano. Ekzemple, Stepeltono helpis, kaj ankaŭ kavaliro Karlo. Mi mem aldonis obolon. Tio estis, por ke ŝi starigu tajpistinan servon.»

Li volis scii la celon de miaj demandoj, sed mi sukcesis kontentigi lian scivolemon ne tro informinte lin, ĉar neniu kialo estas por konfidi al iu ajn. Morgaŭ matene mi vojos al Kum-Tresio, kaj se mi povos renkonti tiun sinjorinon Laŭra Liono, dube reputacia, longa paŝo estos farita al klarigo de unu okazaĵo en tiu ĉi ĉeno da misteroj. Mi certe akiris la saĝon de la serpento, ĉar kiam doktoro Mortimero persistis per siaj demandoj ĝis maloportuna kvanto, mi demandis al li senemfaze, al kiu speco apartenas la kranio de Frenklendo, kaj tial aŭdis pri nenio krom kraniologio dum la cetero de nia veturado. Mi ne vane kunvivis dum jaroj kun Ŝerloko Holmso.

Mi devas registri nur unu plian okazaĵon dum tiu ĉi tempesta kaj melankolia tago. Tio estis mia ĵusa interparolo kun Barimoro, kiu donas al mi ankoraŭ unu fortan karton, per kiu mi povos siatempe ludi.

Mortimero restis por vespermanĝi, kaj li kaj la kavaliro ludis poste ekarteon.[8] La domservisto alportis al mi kafon en la biblioteko, kaj mi trafis la okazon por starigi al li kelkajn demandojn.

«Nu,» mi diris, «ĉu tiu misa parenco via jam foriris, aŭ ĉu li ankoraŭ sin kaŝas tie ekstere?»

«Mi ne scias, sinjoro. Mi esperas je la ĉielo, ke li iris, ĉar li alportis ĉi tien nenion krom ĝenoj! Mi nenion aŭdis de li, post kiam mi lastfoje elmetis por li nutraĵon, kaj tio estis antaŭ tri tagoj.»

«Ĉu tiam vi vidis lin?»

«Ne, sinjoro, sed la nutraĵo estis for, kiam poste mi laŭiris tiun vojon.»

«Do li certe estis tie, ĉu?»

«Tiel oni supozus, sinjoro, krom se prenis ĝin la alia viro.»

Mi sidis kun mia kafotaso duonvoje al mia buŝo kaj gapis al Barimoro. «Ĉu vi scias, ke ekzistas alia viro?»

«Jes, sinjoro, alia viro estas sur la erikejo.»

«Ĉu vi vidis lin?»

«Ne, sinjoro.»

«Sed kiel vi scias pri li?»

«Seldeno informis min pri li, sinjoro, antaŭ unu semajno aŭ pli frue. Ankaŭ li sin kaŝas, sed li ne estas bagnulo, laŭ mia supozo. Tio ne plaĉas al mi, doktoro Vatsono; mi diras al vi rekte,

---

8 Speco de kartludo.

sinjoro, ke tio ne plaĉas al mi.» Li parolis laŭ maniero subite pasie serioza.

«Nu, aŭskultu min, Barimoro! Min ne koncernas tiu ĉi afero, krom rilate vian mastron. Mi venis ĉi tien nur kun la celo helpi lin. Diru al mi, vere, kio ne plaĉas al vi.»

Barimoro hezitis momente, kvazaŭ li bedaŭrus sian eksplodon, aŭ trovus malfacile esprimi vorte la proprajn sentojn.

«Temas pri ĉiuj ĉi okazaĵoj, sinjoro», li ekkriis finfine, gestante per sia mano al la pluvdraŝata fenestro, kiu frontis la erikejon. «Misagado troviĝas ie, kaj nigra kanajlaĵo infuziĝas, tion mi ĵuras! Tre ĝoja mi estus, sinjoro, vidante kavaliron Henriko survoje al Londono!»

«Sed kio precize alarmas vin?»

«Vidu la morton de kavaliro Karlo! Tio estis sufiĉe malbona malgraŭ la diroj de la mortenketisto. Pensu pri la noktaj bruoj sur la erikejo. Neniu konsentus transiri ĝin post la sunsubiro, eĉ pagite. Pensu pri tiu fremdulo kaŝiĝanta tie ekstere, rigardanta kaj atendanta! Kion li atendas? Kion tio signifas? Ĝi signifas nenion bonan al iu ajn, kiu nomiĝas Baskervilo, kaj tre kontente mi forlasos ĉion en la tago, kiam la novaj servistoj de kavaliro Henriko estos pretaj transpreni la Halon.»

«Sed kio pri tiu fremdulo?» mi demandis. «Ĉu vi povas diri al mi ion pri li? Kion diris Seldeno? Ĉu li trovis ties kaŝlokon, aŭ kion li faras?»

«Li vidis lin unu-dufoje, sed tiu estas ruzulo kaj nenion perfidas. Komence Seldeno supozis lin policano, sed baldaŭ li konstatis, ke li havas iun propran projekton. Speco de ĝentlemano li estas, kiom li povis juĝi, sed kion li faras, Seldeno ne povas diveni.»

«Kaj kie, laŭ li, tiu loĝas?»

«Inter la malnovaj domoj sur la monteta flanko – la ŝtonkabanoj, kie la prauloj kutimis loĝi.»

«Sed kio pri ties nutraĵo?»

«Seldeno eltrovis, ke li havas junulon, kiu laboras por li kaj alportas al li ĉiujn bezonaĵojn. Supozeble li iras al Kum-Tresio por ĉio, kion li deziras.»

«Tre bone, Barimoro. Ni eble pli parolos pri tio ĉi alian fojon.» Post la foriro de la domservisto mi iris al la nigra fenestro, kaj mi trarigardis nebuligitan vitron al la peliĝintaj nuboj kaj la skuiĝanta konturo de la ventoblovataj arboj. Eĉ de interne temas pri nokto sovaĝa, kaj kia ĝi nepre estas en ŝtona kabano sur la erikejo? Kia pasia malamo motivas homon kaŝiĝi en tia loko kaj je tia tempo? Kaj kiun profundan kaj seriozan celon povas havi tiu, kiu postulas tian aflikton? Tie, en tiu kabano sur la erikejo, ŝajnas kuŝi la centro mem de tiu problemo, kiu tiel dolorige ĝenis min. Mi ĵuras, ke ne forpasos alia tago, ĝis mi estos farinta ĉion en homa kapablo por atingi la kernon de la mistero.

Ĉapitro 11

La viro ĉe la monteta pinto

La eltiraĵo el mia privata taglibro, kiu formas la pasintan ĉapitron, kondukis mian rakonton ĝis la 18-a de Oktobro, je kiu tempo la okazaĵoj komencis moviĝi rapide al siaj teruraj konkludoj. La okazaĵoj de la postaj kelkaj tagoj estas neforviŝeble gravuritaj sur mia memoro, kaj mi povas rakonti ilin sen relego de la notoj faritaj tiutempe. Do mi komencas ekde la tago sekvinta tiun, en kiu mi konfirmis du faktojn tre gravajn: unue, ke sinjorino Laŭra Liono el Kum-Tresio skribis al kavaliro Karlo Baskervilo kaj starigis rendevuon kun li en la loko kaj horo mem de lia morto; due, ke la sinkaŝulo sur la erikejo troveblas inter la ŝtonaj kabanoj sur la monteta flanko. Posedante tiujn du faktojn mi sentis, ke aŭ mia inteligento aŭ mia kuraĝo devas esti mankhava, se mi ne povos ĵeti pli da lumo sur tiujn malhelajn lokojn.

Mi ne havis okazon sciigi al kavaliro Henriko, kion mi eksciis pri sinjorino Liono la antaŭan vesperon, ĉar doktoro Mortimero restis kartludante kun li ĝis tre malfrua horo. Ĉe la matenmanĝo mi tamen informis lin pri mia eltrovo kaj demandis, ĉu li ŝatus akompani min al Kum-Tresio. Komence li tre deziris kuniri, sed laŭ posta pripenso al ni ambaŭ ŝajnis, ke la rezulto eble estus pli kontentiga, se mi irus sola. Ju pli formala la vizito, des malpli da informoj ni eble ricevus. Sekve mi postlasis kavaliron Henriko ne sen iom da konsciencriproĉo, kaj forveturis por mia nova esploro.

Alveninte al Kum-Tresio mi ordonis al Perkinzo enstaligi la ĉevalojn, kaj mi enketis pri la damo, kiun mi venis demandi. Ne estis malfacile trovi ŝian ĉambraron, kiu estis centra kaj bone ekipita. Servistino senceremonie enlasis min, kaj kiam mi eniris en la salonon la virino sidanta antaŭ tajpilo Remingtona saltleviĝis kun agrable bonveniga rideto. Ŝia esprimo tamen desapontiĝis, kiam ŝi vidis nekonaton, kaj ŝi residiĝis kaj demandis pri la celo de mia vizito.

La unua impreso postlasita de sinjorino Liono estis pri ekstrema belo. Ŝiaj okuloj kaj haroj estis same avelkoloraj, kaj ŝiaj vangoj, kvankam konsiderinde lentugaj, estis ardaj je la rava velureco de brunulino, tiu delikata ruĝeto sinkaŝinta en la koro de sulfurrozo. Admiro estis, mi ripetas, la unua impreso. Sed la dua estis kritikemo. Io subtile misis pri la vizaĝo, ia krudeco de esprimo, ia malmoleco, eble, de la okuloj, ia malstrikto de lipoj, difektanta ĝian belperfekton. Sed tiuj, kompreneble, estas postpensoj. Tiumomente mi simple konsciis, ke mi staras antaŭ virino tre bela, kaj ke ŝi demandas min pri la motivoj de mia vizito. Mi ne tute komprenis ĝis tiu momento, ĝuste kiom delikata estas mia komisio.

«Mi havas la plezuron koni vian patron», mi diris.

Tio estis enkonduko mallerta, kaj la damo sentigis tion al mi. «Nenio komuna ekzistas inter mia patro kaj mi», ŝi diris. «Mi ŝuldas al li nenion, kaj liaj amikoj ne estas miaj. Sen la forpasinta kavaliro Karlo kaj kelkaj aliaj bonkoruloj mi povis malsatadi sen zorgigo de mia patro.»

«Ĝuste pro la forpasinta kavaliro Karlo Baskervilo mi venis viziti vin.»

La lentugoj videbliĝis sur la dama vizaĝo.

«Kion mi povas sciigi al vi pri li?» ŝi demandis, kaj ŝiaj fingroj palpetis nervoze la klavojn de ŝia tajpilo.

«Vi konis lin, ĉu ne?»

«Mi jam diris, ke mi ŝuldas al li multon pro lia bonkoreco. Se mi kapablas vivteni min, tio ŝuldiĝas grandparte al lia intereso pri mia malfeliĉa situacio.»

«Ĉu vi korespondis kun li?»

La damo rapide suprenrigardis kun kolera ekbrilo en la avelaj okuloj.

«Kion celas tiuj demandoj?» ŝi akre demandis.

«La celo estas eviti publikan skandalon. Estas preferinde, ke mi demandu ĉi tie, ol ke la afero pasu ekster nian regatecon.»

Ŝi silentis, kaj ŝia vizaĝo estis tre pala. Fine ŝi suprenrigardis kun malprudento kaj defio en sia sinteno.

«Nu, mi respondos», ŝi diris. «Kiaj estas viaj demandoj?»

«Ĉu vi korespondis kun kavaliro Karlo?»

«Mi certe skribis al li unu-dufoje por agnoski lian delikatecon kaj lian malavaron.»

«Ĉu vi konas la datojn de tiuj leteroj?»

«Ne.»

«Ĉu vi iam renkontis lin?»

«Jes, unu-dufoje, kiam li venis al Kum-Tresio. Li estis homo tre retiriĝema, kaj li preferis bonfari kaŝe.»

«Sed se vi vidis lin tiel malofte kaj skribis tiel malofte, kiel li sciis sufiĉe pri viaj aferoj por helpi vin, kiel laŭ vi li faris?»

Ŝi renkontis mian demandon tute senhezite.

«Troviĝis kelkaj sinjoroj, kiuj konis mian malĝojan historion

144

kaj unuiĝis por helpi min. Unu el ili estis sinjoro Stepeltono, najbaro kaj intima amiko de kavaliro Karlo. Li estis elstare afabla, kaj pere de li kavaliro Karlo eksciis pri miaj aferoj.»

Mi jam sciis, ke kavaliro Karlo Baskervilo utiligis Stepeltonon kiel peranton plurokaze, tial la deklaro de la damo portis la stampon de vereco.

«Ĉu vi iam skribis al kavaliro Karlo petante, ke li renkontu vin?» mi daŭrigis.

Sinjorino Liono denove ruĝiĝis kolere. «Vere, sinjoro, tio estas tre eksterordinara demando.»

«Mi bedaŭras, sinjorino, sed mi devas ripeti ĝin.»

«Do mi respondas: nepre ne.»

«Ĉu ne en la tago mem de la morto de kavaliro Karlo?»

La ruĝiĝo forvelkis tuj, kaj mortpala vizaĝo vidiĝis antaŭ mi. Ŝiaj sekaj lipoj ne kapablis prononci la «Ne», kiun mi pli vidis ol aŭdis.

«Certe via memoro perfidas vin», mi diris. «Mi povas eĉ citi parton el via letero. Ĝi legiĝis: ‹Bonvolu, mi petas, estante ĝentlemano, bruligi tiun ĉi leteron kaj estu apud la pordeto je la dudek-dua horo.›»

Mi pensis, ke ŝi svenis, sed per ekstrema klopodo ŝi refortiĝis.

«Ĉu neniu estas ĝentlemano?» ŝi spasme eligis.

«Vi traktas maljuste kavaliron Karlo. Li ja bruligis la leteron. Sed kelkfoje letero legeblas eĉ bruligite. Vi konsentas, ke vi skribis ĝin, ĉu?»

«Jes, mi skribis ĝin», ŝi ekkriis, elverŝante sian animon en vorttorento. «Mi skribis ĝin. Kial nei tion? Mi ne havas motivon honti pri tio. Mi deziris, ke li helpu min. Mi opiniis, ke per interparolado mi povus gajni lian helpon, do mi petis, ke li renkontu min.»

«Sed kial je tia horo?»

«Ĉar mi nur tiam sciiĝis, ke li iros al Londono la postan tagon kaj eble forestos dum monatoj. Ekzistis kialoj, ke mi ne povis aliri pli frue.»

«Sed kial rendevuo en la ĝardeno anstataŭ en la domo?»

«Ĉu vi supozas, ke virino povus iri sola je tia horo al la domo de fraŭlo?»

«Nu, kio okazis, kiam vi venis tien?»

«Mi neniam venis.»

«Sinjorino Liono!»

«Ne, mi ĵuras al vi je ĉio sankta al mi. Mi neniam iris. Io intervenis por malhelpi mian iron.»

«Kio estis tio?»

«Tio estas afero privata. Mi ne povas sciigi ĝin.»

«Vi konsentas, do, ke vi starigis rendevuon kun kavaliro Karlo je la precizaj horo kaj loko, en kiuj li renkontis sian morton, sed vi neas, ke vi aliris la rendevuon, ĉu?»

«Tio estas vera.»

Ĉiam denove mi pridemandis ŝin, sed mi neniam sukcesis pasi tiun punkton.

«Sinjorino Liono,» mi diris stariĝante post tiu longa kaj senkonkluda intervidiĝo, «vi akceptas gravan respondecon kaj metas vin en pozicion tre falsan, ne deklarante ĉion, kion vi scias. Se mi devos alvoki helpon de la polico, vi trovos, kiel grave vi estas kompromitita. Se via pozicio estas senkulpa, kial vi unuavice neis, ke vi skribis al kavaliro Karlo je tiu dato?»

«Ĉar mi timis, ke iu falsa konkludo estus tirita el tio, kaj ke mi eble envolviĝus en iu skandalo.»

«Kaj kial vi tiom insistis, ke kavaliro Karlo detruu vian leteron?»

146

«Se vi legis la leteron, vi scias tion.»

«Mi ne diris, ke mi legis la tutan leteron.»

«Vi citis el ĝi.»

«Mi citis la postskribon. La letero estis, kiel mi diris, bruligita, kaj la tuto ne estis legebla. Mi demandas vin ankoraŭfoje, kial vi tiom insistis, ke kavaliro Karlo detruu tiun leteron, kiun li ricevis en la tago de sia morto.»

«La afero estas tre privata.»

«Tiom pli grave, ke vi evitu publikan esploradon.»

«Mi sciigos vin, do. Se vi aŭdis ion pri mia malfeliĉa historio, vi scias, ke mi malprudente edziniĝis kaj havis kaŭzon bedaŭri tion.»

«Mi aŭdis tion.»

«Mia vivo estis senĉesa persekutado fare de la edzo, kiun mi abomenas. La juro subtenas lin, kaj ĉiutage mi frontas la eventualaĵon, ke eble li devigos min vivi kun li. Samtempe kiam mi skribis tiun leteron al la kavaliro Karlo, mi sciiĝis, ke ekzistas eblo, ke mi regajnu mian liberecon, se certaj elspezoj estu pageblaj. Tio signifis al mi ĉion: kontentan menson, feliĉon, memrespekton – ĉion. Mi konis la bonfaremon de kavaliro Karlo, kaj mi pensis, ke, se li aŭdus mian situacion el mia propra buŝo, li helpus min.»

«Do kial okazis, ke vi ne iris?»

«Ĉar mi intertempe ricevis helpon el alia fonto.»

«Kial do vi ne skribis al kavaliro Karlo por klarigi tion?»

«Tion mi ja farus, se mi ne legus pri lia morto en ĵurnalo la postan matenon.»

La rakonto de la virino koheriĝis kaj ĉiuj miaj demandoj ne sukcesis ŝanceli ĝin. Mi povus kontroli ĝin nur per esploro, ĉu ŝi fakte komencis eksedziniĝan proceson je aŭ ĉirkaŭ la tempo de la tragedio.

Estis neverŝajne, ke ŝi riskus diri, ke ŝi ne iris al Baskervila Halo, se vere ŝi iris, ĉar kabrioleto necesus por veturigi ŝin tien, kaj ne povus reveni al Kum-Tresio ĝis frua matena horo. Tia ekskurso ne estus kaŝebla. Estis do verŝajne, ke ŝi rakontis la veron, aŭ almenaŭ parton de la vero. Mi foriris perpleksigite kaj malkuraĝigite. Mi denove atingis tiun barilon, kiu ŝajnis konstruita trans ĉiun padon, laŭ kiu mi provis kontakti la celon de mia komisio. Kaj tamen ju pli mi pensis pri la vizaĝo kaj la sinteno de la damo, des pli mi sentis, ke io estas rifuzita al mi. Kial ŝi tiel paliĝis? Kial ŝi luktis kontraŭ ĉiu konfeso, ĝis ĝi estis devige eltrenita? Kial ŝi estis tiel silentema, kiam la tragedio okazis? Certe la klarigo pri ĉio ĉi ne povis esti tiel senkulpa, kiel ŝi volis kredigi al mi. Dume mi ne povis pluiri tiudirekten, sed devis returniĝi al tiu alia indiko serĉota inter la ŝtonaj kabanoj sur la erikejo.

Kaj tio estis direkto plej malpreciza. Tion mi konstatis, dum mi veturis reire kaj notis, kiel monteto post monteto vidigis postsignojn de la antikva popolo. La sola indiko de Barimoro estis, ke la nekonato loĝas en unu el la forlasitaj kabanoj, kaj plurcento da ili estis dismetita tra la longo kaj larĝo de la erikejo. Sed mi havis mian propran sperton kiel gvidilon, ĉar tiu vidigis al mi la viron mem staranta ĉe la supraĵo de la Nigra Pinto. Tie do estu la centro de mia serĉado. Ekde tie mi esploru ĉiun kabanon sur la erikejo, ĝis mi trovos la ĝustan. Se tiu viro estas interne, mi ekscios de liaj propraj lipoj, se necese per alcelo de mia revolvero, kiu li estas, kaj kial li tiel longe postsekvas nin. Li forglitis de ni en la homamaso sur Regentostrato, sed perpleksigus lin fari tion sur la soleca erikejo. Aliflanke, se mi trovus la kabanon kaj ĝia loĝanto ne enestus, mi devus resti tie, kiom ajn longa estos la vigilo, ĝis li revenos. Holmso maltrafis lin en Londono. Estus por mi vera triumfo, se mi povus finspuri lin post la malsukceso de mia mastro.

Malbonŝanco ĉiam trafis nin dum tiu ĉi enketo, sed nun finfine la ŝanco favoris min. Kaj la mesaĝisto de la favora fortuno estis neniu alia ol sinjoro Frenklendo, kiu staris, grizbarba kaj ruĝvizaĝa, apud sia ĝardenpordeto, kiu malfermiĝis al la ĉefvojo, laŭ kiu mi veturis.

«Bonan tagon, doktoro Vatsono,» li kriis kun nekutima bonhumoro, «vi vere devas ripozigi viajn ĉevalojn kaj enveni por trinki glason da vino kaj por gratuli min.»

Miaj sentoj pri li tute ne estis amikaj post tio, kion mi aŭdis pri lia traktado de la filino, sed mi tre deziris sendi hejmen Perkinzon kaj la kabrioleton, kaj la eblo estis oportuna. Mi eliris kaj sendis mesaĝon al kavaliro Henriko, ke mi almarŝos por la vespermanĝo. Poste mi sekvis Frenklendon en lian manĝoĉambron.

«Hodiaŭ estas tago grandioza por mi, sinjoro, unu el la elstaraj tagoj en mia vivo», li ekkriis kun multaj ridglugloj. «Mi sukcesis pri duobla evento. Mi intencas instrui al la homoj en tiu ĉi regiono, ke leĝo estas leĝo, kaj ke ĉi tie estas homo, kiu ne timas apelacii ĝin. Mi konfirmis irorajton tra la centro de la parko de la maljuna Mideltono, rekte tra ĝi, sinjoro, malpli ol cent metrojn for de lia dompordo. Kion vi opinias pri tio? Ni instruos al tiuj magnatoj, ke ili ne povas trampli la rajtojn de la ordinaruloj, damnu ilin! Kaj mi fermis la arbaron, kie la homoj en Filikindo kutimis pikniki. Tiuj inferuloj ŝajnas supozi, ke ne ekzistas propraĵrajtoj, kaj ke ili povas svarmi laŭplaĉe kun siaj paperoj kaj boteloj. Ambaŭ kazoj deciditaj, doktoro Vatsono, kaj ambaŭ miafavore. Tian tagon mi ne pasigis, de kiam mi kulpigis kavaliron Johano Morlando pri senrajta eniro, ĉar li sportpafis ĉe sia propra kuniklejo.»

«Kiel diable vi faris tion?»

«Legu pri ĝi en la arĥivoj, sinjoro. Vi profitos el la legado de ‹Frenklendo kontraŭ Morlando, Kortumo de la Reĝina Juĝistaro›. Tio kostis al mi 200 pundojn, sed mi akiris mian verdikton.»

«Ĉu ĝi iel utilis al vi?»

«Neniel, sinjoro, neniel. Mi fieras diri, ke mi estis senpartia en la afero. Mi agas tute pro sento pri publika devo. Mi ne dubas, ekzemple, ke la homoj en Filikindo hodiaŭ nokte bruligos mian pajlofiguron. Mi diris al la polico, kiam lastfoje oni faris tion, ke ili devos ĉesigi tiujn hontindajn elmontradojn. La graflanda polic-istaro statas skandale, sinjoro, kaj ĝi ne provizis al mi la protekton, al kiu mi rajtas. La kazo de ‹Frenklendo kontraŭ Reĝino› atentigos la publikon pri la afero. Mi ja diris al ili, ke ili havos okazon bedaŭri sian traktadon de mi, kaj jam miaj vortoj realiĝis.»

«Kiel do?» mi demandis.

La maljunulo mienis tre sĉioplene. «Ĉar mi povus sciigi al ili, kion ili avidas scii; sed nenio persvados min helpi iel ajn tiujn friponojn.»

Mi estis pripensanta iun pretekston, per kiu mi povus eskapi lian klaĉadon, sed nun mi komencis deziri aŭdi pli el ĝi. Mi jam sufiĉe konstatis la kontraŭeman naturon de la maljuna pekulo por kompreni, ke forta signo de interesiĝo estus la plej certa maniero haltigi liajn konfidencojn.

«Iu kazo de ŝtelĉaso, sendube?» mi diris kun indiferenta mieno.

«Ha ha, junulo mia, afero multe pli grava ol tio! Kio pri la bagnulo sur la erikejo?»

Mi gapis. «Ĉu vi volas diri, ke vi scias, kie li estas?» mi diris.

«Mi eble ne scias precize, kie li estas, sed mi tute certas, ke mi povus helpi la policon kapti lin. Ĉu vi neniam ekpensis, ke por trovi tiun viron oni malkovru, de kie li akiras sian nutraĵon, kaj tiel spuri ĝin al li?»

Li certe ŝajnis tre senkomfortige proksimiĝi al la vero. «Sendube,» mi diris, «sed kiel vi scias, ke li estas ie sur la erikejo?»

«Mi scias tion, ĉar mi vidis propraokule la komisiiton, kiu portas al li lian manĝaĵon.»

Mia koro tremis pro Barimoro. Estis serioza afero troviĝi sub la potenco de tiu malica maljuna trudulo. Sed lia posta komento malŝarĝis mian menson.

«Surprizos vin aŭdi, ke lian manĝaĵon al li portas infano. Mi vidas lin ĉiutage tra mia teleskopo sur la tegmento. Li iras laŭ la sama pado je la sama horo, kaj al kiu li irus, se ne al la bagnulo?»

Jen efektive estis bonŝanco! Kaj tamen mi subpremis ĉiun signon de interesiĝo. Infano! Barimoro ja diris, ke nian nekonaton provizas knabo. Ties spuron, kaj ne tiun de la bagnulo, Frenklendo hazarde trafis. Se mi povus akiri lian scion, tio eble ŝparus al mi longan kaj lacigan serĉadon. Sed nekredemo kaj indiferento estis evidente miaj plej valoraj kartoj.

«Mi emas diri, ke multe pli verŝajne temas pri filo de unu el la erikejaj ŝafpaŝtistoj, kiu portas la tagmanĝon al sia patro.»

Plej malgranda supozo pri kontraŭdiremo fajrigis la maljunan aŭtokraton. Liaj okuloj rigardis min malice, kaj lia griza barbo hirtiĝis kvazaŭ sur kolera kato.

«Ĉu vere, sinjoro!» li diris, indikante la larĝe etenditan erikejon. «Ĉu vi vidas tie tiun Nigran Pinton? Nu, ĉu vi vidas trans ĝi la malaltan monteton kun la dornarbustoj sure? Tio estas la plej ŝtona parto de la tuta erikejo. Ĉu en tia loko ŝafpaŝtisto verŝajne postenigus sin? Via sugesto, sinjoro, estas tute absurda.»

Mi humile respondis, ke mi parolis ne sciante ĉiujn faktojn. Mia submetiĝo plaĉis al li kaj spronis lin al pliaj konfidencoj.

«Vi povas esti certa, sinjoro, ke mi disponas pri tre bona

fundamento antaŭ ol formi opinion. Mi vidis la knabon ĉiam denove kun sia pakaĵo. Ĉiutage, kaj iam dufoje tage, mi povis… Sed momenton, doktoro Vatsono. Ĉu miaj okuloj trompas min, aŭ ĉu ĝuste nun io moviĝas sur tiu monteta flanko?»

Ĝi malproksimis kelkajn mejlojn, sed mi povis klare vidi etan malhelan punkton kontraŭ la obtuzaj verdo kaj grizo.

«Venu, sinjoro, venu!» kriis Frenklendo, kurante supren laŭ la ŝtuparo. «Vi vidos propraokule kaj juĝos mem.»

La teleskopo, instrumento respektinda, starigita sur stativo, troviĝis sur la plataj ardezaĵoj de la domo. Frenklendo ŝovis okulon al ĝi kaj eligis kontentan krieton.

«Rapidu, doktoro Vatsono, rapidu, antaŭ ol li transpasos la deklivon!»

Jen li, efektive, malgranda bubo kun eta pakaĵo surŝultre, penanta malrapide supren sur la deklivo. Kiam li atingis la verton, mi vidis la ĉifonan maldelikatan figuron momente konturita antaŭ la malvarma blua ĉielo. Li ĉirkaŭrigardis, kun mieno kaŝiĝema kaj ŝtelira, kvazaŭ li timus persekuton. Poste li malaperis trans la montoverton.

«Nu! Ĉu mi ne pravas?»

«Certe, ekzistas knabo, kiu ŝajnas havi sekretan mision.»

«Kaj kio estas la misio, eĉ kampara policano kapablas diveni. Sed eĉ unu vorton ili ne ricevos de mi, kaj mi ligas ankaŭ vin al la sekreteco, doktoro Vatsono. Neniun vorton! Ĉu komprenite?»

«Laŭ via volo.»

«Oni traktis min hontinde… hontinde. Kiam la faktoj riveliĝos en ‹Frenklendo kontraŭ Reĝino›, mi riskas supozi, ke ondo da indigniĝo trakuros la landon. Nenio persvados min helpi iel ajn la policon. Ne ĝenus ilin, se estus mi anstataŭ mia pajlofiguro, kiun tiuj friponoj bruligus sur ŝtiparo. Sed vi ne iras, ĉu? Vi helpos min malplenigi la karafon honore al tiu ĉi grandioza okazaĵo!»

Sed mi rezistis ĉiujn liajn invitojn kaj sukcesis forturni lin de lia anoncita intenco akompani min hejmen. Mi restis sur la vojo tiel longe, kiel li rigardis min, kaj poste mi deviis sur la erikejon kaj direktiĝis al la ŝtona monteto, trans kiu la knabo malaperis. Ĉio energie favoris min, kaj mi ĵuris, ke mi ne maltrafos pro manko de energio aŭ de obstino la eblon, kiun la fortuno ĵetis sur mian vojon.

La suno estis jam subiranta, kiam mi venis al la supraĵo de la monteto, kaj la longaj deklivoj sub mi estis ore-verdaj unu-flanke kaj grizombraj aliflanke. Nebuleto kuŝis malalte ĉe la fora horizonto, el kiu elstaris la fantaziaj formoj de Belivero kaj Vulpina Pinto. Tra la vasta etendaĵo okazis nek sono nek moviĝo. Unusola granda griza birdo, mevo aŭ numenio, soris alte en la blua ĉielo. Ĝi kaj mi ŝajnis la solaj vivantaĵoj inter la enorma arkaĵo de la ĉielo kaj la dezerto sube. La malfekunda scenejo, la sento pri izoleco, kaj la mistero kaj urĝeco de mia tasko, ĉiuj frostigis mian koron. La knabo estis nenie videbla. Sed sube de mi en fendaĵo de la montetoj staris cirklo de la ŝtonaj prakabanoj, kaj meze de ili estis unu, kiu retenis sufiĉe da tegmento por roli ŝirmilon kontraŭ la vetero. Mia koro eksaltis, kiam mi vidis ĝin. Tio nepre estis la truo, en kiu la nekonato kaŝis sin. Finfine mia piedo estis antaŭ la sojlo de lia kaŝloko. Lia sekreto estis trovota.

Almarŝante la kabanon tiel singarde, kiel paŝus Stepeltono, kiam li kun levita reto proksimiĝus al sidanta papilio, mi konfirmis al mi, ke tiu loko efektive estas uzata kiel loĝejo. Svaga padeto inter la rokoj kondukis al la kaduka malfermaĵo, kiu rolis pordon. Ĉio silentis interne. La nekonato eble embuskis tie, aŭ li eble vagis sur la erikejo. Miaj nervoj vibris pro la sento de aventuro. Forĵetinte mian cigaredon, mi manpremis la tenilon de mia revolvero, kaj marŝinte rapide ĝis la pordo mi enrigardis. La kabano estis senhoma.

Sed vidiĝis sufiĉe da indikoj, ke mi ne sekvis falsan spurodoron. Certe ĉi tie loĝis la viro. Kelkaj lankovriloj volvitaj en akvoimuna tolo kuŝis sur ĝuste tiu ŝtona plato, sur kiu iam dormis neandertala homo. La cindroj de la fajro estis amasigitaj en kruda kameno. Apud ĝi kuŝis kelkaj kuiriloj kaj sitelo duonplena je akvo. Rubaĵo de malplenaj ladskatoloj montris, ke la loko estis okupita jam de kelka tempo kaj mi vidis, kiam miaj okuloj kutimiĝis al la obtuza lumo, poteton kaj duonplenan botelon da alkoholaĵo starantajn en angulo. Meze de la kabano plata ŝtono uziĝis table, kaj sur ĝi staris eta tola pakaĵo – tiu sama, sendube, kiun mi vidis per la teleskopo sur la ŝultro de la knabo. Ĝi enhavis panbulkon, ladskatolon da langaĵo, kaj du ladskatolojn da konservitaj persikoj. Kiam mi remetis ĝin, mia koro saltis vidante, ke sub ĝi kuŝis paperfolio, sur kiu estis skribaĵo. Mi levis ĝin, kaj jen kion mi legis krude skribaĉitan krajone:

Dum unu minuto mi staris kun la papero en la manoj, cerbumante pri la signifo de tiu kurta mesaĝo. Do estis ĝuste mi, sed ne kavaliro Henriko, kiu estis sekvata de tiu sekreta viro. Li ne sekvis min mem, sed li postirigis agenton, eble la knabon, por sekvi min, kaj tio ĉi estis ties raporto. Eble mi faris neniun paŝon, de kiam mi troviĝis sur la erikejo, kiu ne estis observita kaj transkonigita. Ĉiam sentiĝis ia forto nevidata, delikata reto tirita ĉirkaŭ ni per senfinaj lerto kaj malpezo, tenanta nin tiom leĝere, ke nur je iu kriza momento oni konstatis, ke oni fakte estas implikita en ties maŝo.

154

Ĉar troviĝis unu raporto, povus troviĝi aliaj, do mi ĉirkaŭ-rigardis la kabanon serĉante ilin. Mankis signo tamen de io ajn simila, kiel mi ankaŭ ne trovis indikon, kiu eble difinus la karakteron aŭ la intencojn de la viro, kiu loĝis en tiu eksterordinara loko, krom ke liaj moroj nepre estis spartecaj, kaj li malmulte zorgas pri la vivkomforto. Kiam mi pensis pri la pluvegoj kaj rigardis la gapan tegmenton, mi komprenis, kiom forta kaj neŝancelebla devas esti la celo, kiu tenis lin en tiu malgastigema loĝejo. Ĉu li estis nia malicega malamiko, aŭ ĉu eble li estis nia gardanĝelo? Mi ĵuris, ke mi ne forlasos la lokon, ĝis mi scios.

Ekstere la suno subeniĝis kaj la okcidento flamis skarlate kaj ore. Ties spegulaĵon repuŝis en ruĝecaj pecoj la foraj flakegoj kuŝantaj sur la granda Grimpena Marĉo. Jen la du turoj de Baskervila Halo, kaj jen iu fora fumnebulaĵo signanta la vilaĝon Grimpeno. Inter la du, malantaŭ la monteto, estis la domo de la Stepeltonoj. Ĉio estis dolĉa, matura kaj trankvila en la ora vespera lumo, kaj tamen, kiam mi rigardis ilin, mia animo neniom partoprenis la naturtrankvilon, sed tremetis pro la malprecizeco kaj la timego de tiu intervidiĝo, kiun ĉiu momento proksimigis. Kun vibraj nervoj, sed kun fiksita celo, mi sidis en la malhela interno de la kabano kaj atendis sombre pacience la alvenon de ĝia loĝanto.

Kaj tiam finfine mi aŭdis lin. Fore aŭdiĝis la akra sono de boto frapiĝanta sur ŝtono. Poste alia kaj ankoraŭ alia, venantaj ĉiam pli proksimen. Mi retrokaŭris en la plej malhelan angulon kaj armis la pistolon en mia poŝo, firme decidinte, ke mi ne rivelos min, ĝis mi havos okazon iom vidi la nekonaton. Sekvis longa paŭzo, kiu pruvis, ke li haltis. Poste denove la paŝoj alproksimiĝis, kaj ombro falis sur la aperturon de la kabano.

«Estas bela vespero, mia kara Vatsono», diris bone konata

voĉo. «Mi vere opinias, ke vi sentos vin pli komforta ekstere ol interne.»

Ĉapitro 12

Morto sur la erikejo

Momenton aŭ du mi sidis senspira, apenaŭ kapabla kredi al miaj oreloj. Poste miaj sentoj kaj mia voĉo revenis, dum premego de respondeco ŝajnis tuj leviĝi de sur mia animo. Tiu malvarma, tranĉa, ironia voĉo povis aparteni al nur unu viro en la tuta mondo.

«Holmso!» mi ekkriis. «Holmso!»

«Elvenu,» li diris, «kaj bonvolu atenti pri la revolvero.»

Mi kliniĝis sub la kruda lintelo, kaj jen li sidis ekstere sur ŝtonego, kun la grizaj okuloj dancantaj amuzite, kiam ili trafis mian mirigitan mienon. Li estis svelta kaj eluzita, sed klara kaj vigla, la akra vizaĝo brunigita de la suno kaj malglatigita de la vento. En sia skotdrapa kompleto kaj tola kaskedo li aspektis kiel aliaj turistoj sur la erikejo, kaj li sukcesis, per tiu kateca ŝato al persona higieno, kiu karakterizis lin, ke lia mentono estu tiel glata kaj lia tolaĵo tiel senmanka, kvazaŭ li estus en Bakerstrato.

«Mi neniam estis pli kontenta vidante iun ajn dum mia vivo», mi diris, vringante lian manon.

«Aŭ pli mirigita, ĉu?»

«Nu, tion mi devas konfesi.»

«La surprizo ne estas tute unuflanka, mi certigas. Mi ne konjektis, ke vi trovis mian okazan ŝirmejon, tiom malpli, ke vi estas en ĝi, ĝis mi troviĝis malpli ol dudek paŝojn de la enirejo.»

«Miaj piedsignoj, supozeble?»

«Ne, Vatsono, mi timas, ke mi ne akceptus rekoni vian piedsignon inter ĉiuj piedsignoj de la mondo. Se vi serioze deziros trompi min, vi devos ŝanĝi vian tabakiston; ĉar kiam mi vidas cigaredstumpon signitan Bradleo, Oksfordostrato, mi scias, ke mia amiko Vatsono troviĝas en la najbaraĵo. Vi vidas ĝin tie apud la pado. Vi forĵetis ĝin, sendube, en tiu zenita momento, kiam vi eksturmis la senhoman kabanon.»

«Ĝuste.»

«Tion mi supozis kaj, konante vian admirindan persistemon, mi estis konvinkita, ke vi sidas embuske kun armilo enmanigebla, atendante la revenon de la loĝanto. Do vi fakte supozis min krimulo?»

«Mi ne sciis, kiu vi estas, sed mi firme intencis eltrovi.»

«Bonege, Vatsono! Kaj kiel vi trovis la lokon? Vi vidis min, eble, dum la nokto de la bagnula persekuto, kiam mi tiel malprudente permesis, ke la luno leviĝu malantaŭ mi.»

«Jes, mi vidis vin tiam.»

«Kaj traserĉis, sendube, ĉiujn kabanojn, ĝis vi atingis tiun ĉi?»

«Ne, via knabo estis observita, kaj tio havigis al mi gvidilon, kie esplori.»

«La maljuna sinjoro kun la teleskopo, sendube. Mi ne povis kompreni, kiam mi la unuan fojon vidis la lumon flagri sur la lenso.» Li stariĝis kaj enrigardis la kabanon. «Ha, mi vidas, ke Kartrajto alportis kelkajn provizojn. Kio estas tiu ĉi papero? Do vi iris al Kum-Tresio, ĉu?»

«Jes.»

«Ĉu por viziti sinjorinon Laŭra Liono?»

«Ĝuste.»

«Bone farite! Niaj esploroj evidente kuris paralele, kaj kiam ni kunmetos niajn rezultojn, ni posedos relative plenan konon pri la kazo.»

«Nu, mi ĝojas en mia koro, ke vi ĉeestas, ĉar vere la respondeco kaj la mistero ambaŭ agacis miajn nervojn. Sed kiel, je la nomo de mirindaĵoj, vi venis ĉi tien, kaj kion vi faris? Mi supozis vin esti en Bakerstrato solvanta tiun kazon ĉantaĝan.»

«Mi deziris, ke vi tion supozu.»

«Do vi utiligas min, kaj tamen ne fidas min!» mi ekkriis iom amare. «Mi opinias, ke mi meritis de vi pli bonan rilaton, Holmso.»

«Kara homo, vi estis tiel nemalhavebla por mi en tiu ĉi kazo, kiel en multaj aliaj kazoj, kaj mi petas, ke vi pardonu min, se mi ŝajnis trompi vin. Efektive, parte pro via sekureco mi faris tion, kaj ĝuste mia kompreno pri la danĝero, en kiu vi troviĝis, emigis min veni kaj esplori la aferon proprapersone. Se mi estus kun kavaliro Henriko kaj vi, estas klare, ke mia vidpunkto estus la sama kiel la via, kaj mia ĉeesto avertus niajn kapablegajn kontraŭulojn, ke ili gardu sin. En la nuna stato mi povis ĉirkaŭiri, kiel ne estus eble, se mi loĝus en la Halo, kaj mi restas nekonata faktoro en la afero, preta enĵeti mian tutan pezon en kriza momento.»

«Sed kial teni min neinformita?»

«Se vi scius, tio ne helpus nin, kaj eble povus konduki al malkovro de mi. Vi volus sciigi al mi ion, aŭ pro bonkoreco vi alportus al mi iun frandaĵon, kaj tiel starigus nenecesan riskon. Mi kunuligis Kartrajton – vi memoras la etulon el la mesaĝista oficejo – kaj li prizorgis miajn simplajn bezonojn: panbulko kaj pura kolumo. Kion plian deziru homo? Li havigis al mi kroman okulparon sur tre agema piedparo, kaj ambaŭ estis netakseble valoraj.»

«Do ĉiuj miaj raportoj estis vanaj!» Mia voĉo tremis, kiam mi rememoris la penojn kaj la fieron, per kiuj mi verkis ilin.

Holmso elpoŝigis faskon da paperoj.

«Jen viaj raportoj, kara homo, kaj tre atente fingrumitaj, mi certigas. Mi starigis bonegan aranĝon, kaj ili malfruas nur unu tagon survoje. Mi devas tre varme gratuli vin pro la entuziasmo kaj la inteligento, kiujn vi sentigis pri la kazo eksterordinare malfacila.»

Mi estis ankoraŭ iom ofendiĝema pro la trompo direktita al mi, sed la varma laŭdo de Holmso forpelis la koleron. Mi sentis en mia koro, ke tio, kion li diris, estas prava, kaj ke tio vere plej konvenis al nia celo, ke mi ne sciu, ke li estas sur la erikejo.

«Jam pli bone», li diris, vidante la ombron forpasi de mia mieno. «Kaj nun sciigu al mi la rezulton de via vizito al sinjorino Laŭra Liono – ne estis malfacile diveni, ke por viziti ŝin vi iris, ĉar mi jam scias, ke ŝi estas la sola persono en Kum-Tresio, kiu povas servi al ni en tiu ĉi afero. Fakte, se vi ne irus hodiaŭ, tre verŝajne morgaŭ mi irus.»

La suno jam subiris, kaj krepusko mantelis la erikejon. La aero iĝis malvarma, kaj ni eniris la kabanon por iom varmiĝi. Tie, sidante kune en la duonlumo, mi informis Holmson pri mia interparolo kun la damo. Li estis tiom interesita, ke mi devis dufoje ripeti parton, antaŭ ol li kontentiĝis.

«Tio estas tre grava», li diris, kiam mi finis. «Tio plenigas breĉon, kiun mi ne povis traponti en tiu plej komplikita afero. Vi scias, eble, ke densa intimeco ekzistas inter tiu damo kaj Stepeltono, ĉu?»

«Mi ne sciis pri densa intimeco.»

«Ne povas esti dubo pri tio. Ili renkontiĝas, ili korespondas, ekzistas kompleta interkompreniĝo. Nu, tio donis al ni tre potencan armilon. Se mi povus uzi ĝin por malligi lian edzinon—»

«Lian edzinon?»

«Nun mi havigas al vi iom da informo, kompense pro tio, kion vi donis al mi. Tiu damo, kiu akceptiĝis ĉi tie kiel lia fratino, estas reale lia edzino.»

«Bona ĉielo, Holmso! Ĉu vi certas pri via diro? Kiel li povis permesi, ke kavaliro Henriko enamiĝu al ŝi?»

«La enamiĝo de kavaliro Henriko povus malutili al neniu krom al kavaliro Henriko. Li aparte zorgis, ke kavaliro Henriko ne amindumu ŝin, kiel vi mem observis. Mi ripetas, ke la damo estas lia edzino sed ne fratino.»

«Sed por kio la komplikita trompado?»

«Ĉar li antaŭvidis, ke ŝi pli utilus al li kiel virino libera.»

Ĉiuj miaj neelparolitaj instinktoj, miaj svagaj suspektoj, subite unuformiĝis kaj centriĝis al la naturesploristo. En tiu senpasia, senkolora viro, kun la pajla ĉapelo kaj papilia reto, mi ŝajnis vidi teruran kreaĵon senfine paciencan kaj ruzan, kun rideta vizaĝo kaj murdema koro.

«Ĝuste li do estas nia malamiko, ĝuste li postsekvis nin en Londono, ĉu?»

«Tiel mi deĉifras la enigmon.»

«Kaj la averto... ĝi certe venis de ŝi?»

«Ĝuste.»

La formo de iu monstra miseco, duone vidita, duone divenita, baŭmis tra la mallumo, kiu ĉirkaŭis min tiel longe.

«Sed ĉu vi certas pri tio, Holmso? Kiel vi scias, ke ŝi estas lia edzino?»

«Ĉar li sufiĉe malatentis por sciigi al vi veran pecon da aŭtobiografio, kiam li la unuan fojon renkontis vin, kaj tre verŝajne li multfoje bedaŭris tion poste. Li ja estis iam lerneja instruisto en Norda Anglujo. Nu, neniu pli facile spureblas ol instruisto. Ekzistas lernejaj agentejoj, per kiuj oni povas identigi iun ajn homon, kiu partoprenis la profesion. Iom da esploro sciigis al mi, ke iu lernejo fiaskis en abomenaj cirkonstancoj, kaj ke la posedinto – la nomo malsamis – malaperis kun sia edzino. La priskribo konfirmis. Kiam mi eksciis, ke la malaperinto estis dediĉinta sin al la entomologio, la identigo estis kompleta.»

La mallumo iom heliĝis, sed multo restis kaŝita de la ombroj.

«Se tiu virino vere estas lia edzino, kie envenas sinjorino Laŭra Liono?» mi demandis.

«Tio estas unu el la punktoj, kiujn viaj esploroj lumigis. Via interparolo kun la damo tre multe klarigis la situacion. Mi ne sciis pri planata divorco inter ŝi kaj ŝia edzo. Tiuokaze, supozante Stepeltonon needziĝinta, ŝi sendube antaŭvidis iĝi lia edzino.»

«Kaj kiam ŝi estos maltrompita?»

«Nu, tiam ni eble trovos la damon utila. Nia unua devo estas viziti ŝin morgaŭ. Ĉu vi ne opinias, Vatsono, ke vi forestas tro longe de via prizorgato? Via lokiĝo devus esti ĉe Baskervila Halo.»

La lastaj ruĝaj strioj jam forvelkis en la okcidento kaj nokto surkuŝis la erikejon. Kelkaj malfortaj steloj briletis sur viola ĉielo.

«Unu lasta demando, Holmso», mi diris stariĝante. «Verŝajne ne necesas sekretoj inter ni. Kion signifas ĉio ĉi? Kion li celas?»

La voĉo de Holmso mallaŭtiĝis, kiam li respondis: «Temas pri murdo, Vatsono, rafinita, fridsanga, intencita murdo. Ne petu de mi detalojn. Miaj retoj proksimiĝas al li, ĝuste kiel la liaj proksimiĝas al kavaliro Henriko, kaj kun via helpo li estas jam preskaŭ sub mia potenco. Nur unu danĝero povas minaci nin. Tio estas, ke li povas frapi, antaŭ ol ni estos pretaj tion fari. Post ankoraŭ unu tago, maksimume post du, mia enketo estos kompleta, sed ĝis tiam gardu vian prizorgaton tiel atente, kiel iam ajn amanta patrino gardis sian malsanan infanon. Via hodiaŭa komisio pravigis vin, kaj tamen mi preskaŭ volus, ke vi ne forlasus lian flankon… Aŭskultu!»

Terura kriĉo, longa krio de teruro kaj angoro, eksplodis el la silento de la erikejo. Tiu timiga krio glaciigis la sangon en miaj vejnoj.

«Ho, Dio mia!» mi ekspasmis. «Kio estas tio? Kion ĝi signifas?»

Holmso salte stariĝis, kaj mi vidis lian malhelan atletan konturon ĉe la kabana pordo, kun ŝultroj klinitaj, la kapo antaŭenŝovita, la vizaĝo gapanta en la mallumon.

«Ĉit!» li flustris. «Ĉit!»

La krio estis laŭta pro sia emfazego, sed ĝi elsonoris ie fore sur la ombreca ebenaĵo. Nun ĝi eksplodis al niaj oreloj, pli proksime, pli laŭte, pli urĝe ol antaŭe.

«Kie ĝi estas?» Holmso flustris; kaj mi sciis pro la vibro de lia voĉo, ke li, la fera homo, estis skuita ĝisanime. «Kie ĝi estas, Vatsono?»

«Tie, mi opinias.» Mi indikis en la mallumon.

«Ne, tie!»

Denove la agonia krio trabalais la silentan nokton, pli laŭta kaj pli proksima ol iam. Kaj kun ĝi almiksiĝis nova sono, profunda balbuta murmuro, muzikeca kaj tamen minaca, leviĝanta kaj malleviĝanta kiel la malakra konstanta murmuro de la maro.

«La ĉashundo!» kriis Holmso. «Venu, Vatsono, venu! Je la granda ĉielo, se ni tro malfruos!»

Li komencis kuregi rapidege trans la erikejon, kaj mi sekvis lin proksime. Sed nun de ie sur la malebena tero tuj antaŭ ni aŭdiĝis lasta senespera krio, kaj poste obtuza peza bato. Ni haltis kaj aŭskultis. Neniu alia bruo rompis la pezan silenton de la senventa nokto.

Mi vidis Holmson meti manon al sia frunto, kiel homo distrita. Li batis la teron per siaj piedoj.

«Li venkis nin, Vatsono. Ni tro malfruis.»

«Ne, ne, certe ne!»

«Mi stultule retenis mian manon. Kaj vi, Vatsono, vidas la rezulton de forlaso de via prizorgito! Sed, je la ĉielo, se okazis la plej malbona, ni venĝos lin!»

Blinde ni kuris tra la sombro, karambolante kontraŭ ŝtonegoj, ŝovante nin tra dornarbustoj, anhelante supren kaj kurante suben laŭ deklivoj, celante ĉiam la direkton, de kie venis tiuj timigaj bruoj. Sur ĉiu monteto Holmso avide ĉirkaŭrigardis, sed la ombroj densis sur la erikejo, kaj nenio moviĝis sur ĝia morna supraĵo.

«Ĉu vi vidas ion?»

«Nenion.»

«Sed aŭskultu, kio estas tio?»

Mallaŭta ĝemo trafis niajn orelojn. Jen ĝi denove je nia maldekstro! Tiuflanke rokfirsto finiĝis per apika klifo, kiu frontis al ŝtonplena deklivo. Sur ĝia zigzaga supraĵo estis sternita iu malhela neregula objekto. Kiam ni alkuris ĝin, la svaga konturo malsvagiĝis je difinita formo. Tio estis viro sternita vizaĝaltere, kun la kapo faldita sub li je horora angulo, la ŝultroj kurbiĝintaj kaj la korpo kunkaŭrinta, kvazaŭ transkape saltanta. Tiel groteska estis la sinteno, ke mi ne tuj komprenis, ke la ĝemo signis la forpason de lia animo. Neniu flustro, neniu susuro, leviĝis jam el la malhela figuro, super kiu ni kliniĝis. Holmso metis manon sur lin kaj suprenigis ĝin denove, kun krio de teruriĝo. La brilo de fajrigita alumeto lumigis liajn sangumitajn fingrojn kaj la hororan flakon malrapide disvastiĝantan el la kunpremita kranio de la viktimo. Kaj ĝi lumigis ankoraŭ ion, kio febligis kaj svenemigis niajn korojn – la korpon de kavaliro Henriko Baskervilo!

Ne eblis al iu el ni forgesi tiun apartan ruĝecan skotdrapan kompleton – ĝuste tiun, kiun li portis je tiu mateno, kiam ni vidis lin en Bakerstrato. Ni unu fojon klare ekvidis ĝin, kaj poste la alumeto flagris kaj estingiĝis, same kiel espero estingiĝis en niaj animoj. Holmso ĝemis, kaj lia vizaĝo briletis blanke en la mallumo.

«Bruto! Bruto!» mi ekkriis pugniginte la manojn. «Ho, Holmso, mi neniam pardonos min, ke mi lasis lin al la sorto.»

«Mi kulpas pli ol vi, Vatsono. Por ke mia kazo estu tute rondigita kaj kompleta, mi forĵetis la vivon de mia kliento. Ĝi estas la plej forta bato, kiun mi spertis dum mia kariero. Sed kiel mi povis scii, ke li riskos sian vivon sola sur la erikejo fronte al ĉiuj miaj avertoj?»

«Ni aŭdis liajn kriĉojn – Dio mia, tiuj kriĉoj! – kaj tamen ni ne povis savi lin! Kie estas tiu bruta hundo, kiu pelis lin al la morto? Ĝi eble embuskas ĉi-momente inter jenaj ŝtonegoj. Kaj Stepeltono, kie li estas? Li estos juĝita pro tiu ĉi faro.»

«Li jes. Mi certigos tion. La onklo kaj nevo estas murditaj: la unua ĝismorte timigita per ekvido mem de la besto, kiun li supozis supernatura, la alia pelita al sia fino dum la senespera fuĝo por eskapi ĝin. Sed nun ni devas pruvi la ligatecon inter la homo kaj la besto. Krom per tio, kion ni aŭdis, ni eĉ ne rajtas ĵuri pri la ekzisto de tiu lasta, ĉar kavaliro Henriko evidente mortis pro la falo. Sed, je la ĉielo, malgraŭ sia ruzeco, tiu ulo estos en mia potenco, antaŭ ol pasos alia tago!»

Kun amaraj koroj ni staris ambaŭflanke de la difektita kadavro, subigitaj de tiu subita kaj nenuligebla katastrofo, kiu alportis al la kompatinda fino niajn longajn kaj lacigajn penojn. Poste, dum la luno leviĝis, ni grimpis al la supro de la ŝtonegoj, trans kiujn nia povra amiko falegis, kaj de la kresto ni elrigardis trans la ombrecan erikejon, duone arĝentan kaj duone sombran. Malproksime, mejlojn for, laŭ la direkto de Grimpeno, unu flava lumo brilis. Tiu povis veni nur de la soleca loĝejo de la Stepeltonoj. Amare sakrante, mi skuis mian pugnon al ĝi, dum mi rigardis.

«Kial ni ne kaptu lin tuj?»

«Nia kazo ne estas preta por proceso. Tiu ulo estas singarda kaj ruza ĝis lasta grado. Ne temas pri tio, kion ni scias, sed pri tio, kion ni povas pruvi. Se ni faros unu malĝustan moviĝon, la kanajlo eble tamen eskapos.»

«Kion ni povas fari?»

«Ni povos fari abundon morgaŭ. Hodiaŭ nokte ni povas nur provizi la lastajn ritojn al nia povra amiko.»

Ni kune descendis la krutan deklivon kaj proksimiĝis al la kadavro, nigra kaj klare videbla kontraŭ la arĝentaj ŝtonoj. La agonio de tiuj distorditaj membroj frapis min per spasma doloro, kaj larmoj nebuligis miajn okulojn.

«Ni devos alvoki helpon, Holmso! Ni ne povos porti lin la tutan vojon ĝis la Halo. Bona ĉielo, ĉu vi freneziĝis?»

Li ĵus eligis krion kaj kliniĝis al la kadavro. Nun li dancis kaj ridis kaj vringis mian manon. Ĉu tiu povus esti mia severa sinrega amiko? Jen fajroj kaŝitaj efektive!

«Barbo! Barbo! Tiu homo havas barbon!»

«Ĉu barbon?»

«Li ne estas la kavaliro... Li estas... nu, li estas mia najbaro, la bagnulo!»

Febre rapide ni renversis la kadavron, kaj ties gutanta barbo direktiĝis al la malvarma klarluma luno. Ne povis esti dubo pri la superpenda frunto kaj la enfalintaj brutaj okuloj. Tio estis la sama vizaĝo, kiu gapis al mi en la kandela lumo el trans la ŝtonego – la vizaĝo de la krimulo Seldeno.

Tuj ĉio klariĝis al mi. Mi rememoris, ke la kavaliro sciigis min, ke li transdonis al Barimoro siajn malnovajn vestaĵojn. Barimoro pluen transdonis ilin por helpi la eskapon de Seldeno. Botoj, ĉemizo, kaskedo – ĉio estis de kavaliro Henriko. La tragedio estis ankoraŭ sufiĉe nigra, sed tiu homo almenaŭ meritis morton laŭ la leĝoj de lia lando. Mi informis Holmson, kiel statas la afero, dum mia koro bobelis transranden pro dankemo kaj ĝojo.

«Do la vestaĵoj kaŭzis la morton de la povrulo», li diris. «Estas sufiĉe evidente, ke la ĉashundo estis stimulita per iu posedaĵo de kavaliro Henriko, verŝajne la boto ŝtelita en la hotelo, kaj tial persekutis tiun ĉi homon. Restas tamen io eksterordinara: kiel Seldeno en la mallumo sciis, ke la ĉashundo persekutas lin?»

«Li aŭdis ĝin.»

«Aŭdi ĉashundon sur la erikejo ne tiom paroksisme terurigus durulon, kia estas tiu ĉi bagnulo, ke li riskus rekaptiĝi pro frenezaj helpokrioj. Laŭ liaj krioj li certe longe kuris, post kiam li eksciis, ke la besto persekutas lin. Kiel li sciis tion?»

«Pli granda mistero por mi estas, kial tiu ĉashundo, supoze, ke niaj konjektoj estas pravaj—»

«Mi supozas nenion.»

«Nu, do, kial tiu ĉashundo estis libera hodiaŭ vespere. Mi supozas, ke ne ĉiam ĝi kuras libere sur la erikejo. Stepeltono ne liberigus ĝin, krom se li havus motivon por opinii, ke kavaliro Henriko estas tie.»

«Mia malfacilaĵo estas la pli necedema el la du, ĉar mi opinias, ke tre baldaŭ ni ricevos klarigon pri la via, dum la mia eble restos mistera por ĉiam. La nuna demando estas, kion ni faru pri la kadavro de la povrulo? Ni ne povas lasi ĝin ĉi tie al la vulpoj kaj korvoj.»

«Mi proponas, ke ni metu ĝin en unu el la kabanoj, ĝis ni povos komunikiĝi kun la polico.»

«Ĝuste. Mi ne dubas, ke vi kaj mi kapablas porti ĝin tien. Ha, Vatsono, kio estas? Jen la homo mem, je ĉio mirinda kaj aŭdaca! Neniu vorto montru viajn suspektojn! Neniu vorto, aŭ miaj planoj diseriĝos teren.»

Figuro proksimiĝis al ni el la erikejo, kaj mi vidis la malhelan ardon de cigaro. La luno lumis al li, kaj mi povis konstati la netan formon kaj gajecan marŝadon de la naturesploristo. Li haltis vidante nin kaj poste pluiris.

«Nu, doktoro Vatsono, ne temas pri vi, ĉu? Vi estas la lasta persono, kiun mi atendus vidi sur la erikejo je ĉi tiu nokta horo. Ho ve, kio estas tio? Ĉu iu vundiĝis? Ne... Ne diru al mi, ke temas pri nia amiko kavaliro Henriko!» Li rapidis preter min kaj kliniĝis super la mortinto. Ni aŭdis siblan enspiron kaj la cigaro falis el liaj fingroj.

«Kiu... kiu estas?» li balbutis.

«Li estas Seldeno, la viro, kiu eskapis el Princurbo.»

Stepeltono turnis al ni la teruritan vizaĝon, sed per ekstrema klopodo li venkis sian miron kaj sian desapontiĝon. Li rigardis akre al Holmso kaj al mi. «Ho ve! Kia tre ŝoka okazaĵo! Kiel li mortis?»

«Ŝajnas, ke li rompis sian kolon per falo trans tiujn ŝtonegojn. Mia amiko kaj mi promenis sur la erikejo, kiam ni aŭdis krion.»

«Ankaŭ mi aŭdis krion. Ĝuste tio eldomigis min. Mi estis maltrankvila pri kavaliro Henriko.»

«Kial ĝuste pri kavaliro Henriko?» mi ne povis ne demandi.

«Ĉar mi proponis, ke li venu al ni. Kiam li ne venis, mi surpriziĝis, kaj mi nature maltrankviliĝis pri lia sekureco, kiam mi aŭdis kriojn sur la erikejo. Cetere,» liaj okuloj saltis de mia vizaĝo al tiu de Holmso, «ĉu vi aŭdis ion alian krom krio?»

«Ne,» diris Holmso, «ĉu vi?»

«Ne.»

«Do, kion vi aludas?»

«Ho, vi konas la rakontojn de la kampuloj pri la fantoma ĉashundo, kaj tiel plu. Oni diras, ke ĝi aŭdeblas nokte sur la erikejo. Mi scivolis, ĉu atesteblas tia bruo hodiaŭ nokte.»

«Ni aŭdis nenion similan», mi diris.

«Kaj kio estas via teorio pri la morto de tiu ĉi povrulo?»

«Mi ne dubas, ke frenezigis lin maltrankvilo kaj senŝirmeco. Li trakuris la erikejon laŭ malprudenta maniero kaj fine transfalis ĉi tie kaj rompis sian kolon.»

«Tio ŝajnas la plej racia teorio», diris Stepeltono kaj eligis suspiron, kiu laŭ mia interpreto signis malŝarĝiĝon. «Kion vi opinias pri tio, sinjoro Ŝerloko Holmso?»

Mia amiko kliniĝis salute. «Vi rapide identigas», li diris.

«Ni atendis vin en la regiono, de kiam alvenis doktoro Vatsono. Vi venis ĝustatempe por vidi tragedion.»

«Jes, efektive, mi ne dubas, ke la klarigo de mia amiko kovros la faktojn. Mi kunprenos malagrablan memoraĵon al Londono morgaŭ.»

«Ho, vi reiros morgaŭ, ĉu?»

«Tion ni intencas.»

«Mi esperas, ke via vizito ĵetis iom da lumo sur la okazaĵojn, kiuj perpleksigis nin?»

Holmso ŝultrotiris. «Oni ne ĉiam povas havi la esperitan sukceson. Esploranto bezonas faktojn sed ne legendojn, nek onidirojn. Tiu ĉi kazo ne estis kontentiga.»

Mia amiko parolis laŭ sia plej verema kaj plej senkoncerna maniero. Stepeltono daŭre rigardis lin akre. Poste li turnis sin al mi.

«Mi proponus porti tiun ĉi povrulon al mia domo, sed tio timigus mian fratinon kaj mi ne sentus min pravigita, tion farante. Mi opinias, ke, se ni kovros lian vizaĝon, li estos sekura ĝis la mateno.»

Kaj tiel estis aranĝite. Rezistinte la gastigan proponon de Stepeltono, Holmso kaj mi ekiris al Baskervila Halo, lasante la naturesploriston iri hejmen sola. Rerigardante ni vidis tiun figuron moviĝi malrapide for trans la larĝan erikejon, kaj malantaŭ li la unusolan nigran makulon sur la arĝenteca deklivo, kiu montris, kie kuŝas la viro, kiu tiel hororige trafis sian finon.

«Finfine ni proksime luktas», diris Holmso, dum ni marŝis kune trans la erikejon. «Kiajn nervojn havas tiu ulo! Kiel li regajnis sian sinregon fronte al io, kio certe estis paraliziga ŝoko, kiam li trovis, ke malĝusta homo viktimiĝis pro lia komploto. Mi diris al vi en Londono, Vatsono, kaj nun mi diros al vi denove, ke ni neniam havis kontraŭulon pli indan je nia skermado.»

«Mi bedaŭras, ke li vidis vin.»

«Kaj ankaŭ mi komence. Sed tio estis neevitebla.»

«Kiel laŭ via opinio tio efikos al liaj planoj, ke li scias pri via ĉeesto?»

«Ĝi eble igos lin pli singarda, aŭ ĝi eble pelos lin senprokraste al malprudentaj rimedoj. Kiel la plimultaj lertaj krimuloj, li eble tro fidos al la propra lerteco kaj imagos, ke li tute trompis nin.»

«Kial ni ne arestu lin senplue?»

«Mia kara Vatsono, vi naskiĝis viro agema. Via instinkto estas ĉiam fari ion energian. Sed supozu, pro la argumento, ke ni arestigu lin hodiaŭ nokte, kiel diable tio profitus al ni? Ni povus pruvi nenion kontraŭ li. Jen la diabla ruzeco de la afero! Se li agus pere de homa agento, ni povus akiri iom da atesto, sed se ni trenus tiun hundegon en la taglumon, tio ne helpus meti ŝnuron ĉirkaŭ la kolon de ĝia mastro.»

«Sed ni havas kazon, ĉu ne?»

«Eĉ ne ombron de ĝi... nur supozojn kaj konjektojn. Kortumo priridus nin, se ni venus kun tia rakonto kaj tia atestaĵo.»

«Atestas la morto de kavaliro Karlo.»

«Trovita mortinta sen vundo. Vi kaj mi scias, ke li mortis pro teruriĝo, kaj ni ankaŭ scias, kio timigis lin; sed kiel ni aranĝu, ke dek du senemociaj ĵurianoj sciu tion? Kiaj postsignoj estas de ĉashundo? Kie estas la postsignoj de ĝiaj dentoj? Kompreneble, ni scias, ke ĉashundo ne mordas kadavron, kaj ke kavaliro Karlo estis mortinta, antaŭ ol la besto atingis lin. Sed ĉion ĉi ni devas pruvi, kaj nia pozicio ne ebligas tion.»

«Nu, do, hodiaŭ nokte?»

«Hodiaŭ nokte ni ne multe pli bone statas. Denove, ne estis rekta ligo inter la ĉashundo kaj la morto de la viro. Ni neniam vidis la ĉashundon. Ni aŭdis ĝin; sed ni ne povus pruvi, ke ĝi kuris persekute al tiu viro. Komplete malestas motivo. Ne, mia kara homo, ni devas akordigi nin al la fakto, ke provizore kazon ni ne havas, kaj ke valoras al ni riski ion ajn por starigi kazon.»

«Kaj kiel vi intencas fari tion?»

«Mi forte esperas pri tio, kion faros por ni sinjorino Laŭra Liono, kiam la stato de la afero estos klarigita al ŝi. Kaj krome mi havas propran planon. Sufiĉas al morgaŭ ties misaĵoj, sed mi esperas antaŭ la forpaso de la tago havi finfine la avantaĝon.»

Mi povis eligi el li nenion plian, kaj li marŝis, droninte en pensoj, ĝis la baskervila enirejo.

«Ĉu vi eniros?»

«Jes, mi ne trovas kialon por plua sinkaŝado. Sed unu lasta vorto, Vatsono. Diru nenion al kavaliro Henriko pri la ĉashundo. Li supozu, ke la morto de Seldeno okazis tiel, kiel Stepeltono deziras kredigi al ni. Li havos pli fortan kuraĝon por la aflikto, kiun li devos sperti morgaŭ, kiam, se mi ĝuste memoras vian raporton, li estos devigita vespermanĝi kun tiuj homoj.»

«Kaj ankaŭ mi.»

«Do vi devos pardonpeti, kaj li devos iri sola. Tio estos facile aranĝebla. Kaj nun, se ni tro malfruas por la vespermanĝo, mi opinias, ke ni ambaŭ pretas noktomanĝi.»

Ĉapitro 13

Fiksado de la retoj

Al kavaliro Henriko pli plaĉis ol surprizis vidi Ŝerlokon Holmson, ĉar jam de kelkaj tagoj li atendis, ke la lastaj okazaĵoj logos lin el Londono. Li tamen levis la brovojn, kiam li konstatis, ke mia amiko havas nek valizojn nek klarigon pri ties malesto. Inter ni ni baldaŭ havigis al li la bezonaĵojn, kaj poste dum malfrua noktomanĝo ni klarigis al la kavaliro tiom el niaj spertoj, kiom ŝajnis dezirinde, ke li sciu. Sed unue mi havis la malagrablan devon informi Barimoron kaj ties edzinon pri la morto de Seldeno. Por li tio eble estis absoluta malŝarĝiĝo, sed ŝi ploris amare en sian antaŭtukon. Al la tuta mondo li estis viro violenta, duone bruto kaj duone demono; sed al ŝi li restis ĉiam la obstina knabeto en ŝia propra knabinepoko, la infano, kiu kroĉis ŝian manon. Vere misegulo estas viro, kiun funebras neniu virino.

«Mi malgajumis endome la tutan tagon, de kiam Vatsono foriris matene», diris la kavaliro. «Supozeble mi meritas iom da kredito, ĉar mi plenumis mian promeson. Se mi ne ĵurus ne eliri sola, mi eble spertus pli viglan vesperon, ĉar mi ricevis mesaĝon de Stepeltono, kiu invitis min tien.»

172

«Mi ne dubas, ke vi spertus pli viglan vesperon», diris Holmso seke. «Cetere, supozeble vi ne scias, ke ni funebris vin kiel nukrompinton, ĉu?»

Kavaliro Henriko malfermegis siajn okulojn. «Kial do?»

«Tiu povrulo estis vestita per viaj vestaĵoj. Mi timas, ke via servisto, kiu transdonis ilin al li, eble havos malagrablaĵojn ĉe la polico.»

«Tio estas neverŝajna. Neniu marko estis sur ili, miascie.»

«Feliĉe por li – feliĉe por vi ĉiuj, ĉar vi ĉiuj troviĝas malĝustaflanke de la leĝoj en tiu ĉi afero. Mi ne certas, sed eble kiel konscienca detektivo mi devus unue aresti la tutan domanaron. La raportoj de Vatsono estas dokumentoj tre krimuligaj.»

«Sed kio pri la enketo?» demandis la kavaliro. «Ĉu vi eligis ion el la implikaĵo? Ŝajnas al mi, ke Vatsono kaj mi ne estas multe pli informitaj, ol kiam ni alvenis.»

«Mi opinias, ke baldaŭ mi povos iom pli klarigi al vi la situacion. Tiu ĉi afero estis treege malfacila kaj plej komplikita. Ekzistas pluraj punktoj, pri kiuj ni ankoraŭ bezonas lumigon, sed tio tamen venas.»

«Ni travivis unu sperton, kiel supozeble Vatsono sciigis al vi. Ni aŭdis la ĉashundon sur la erikejo, do mi povas ĵuri, ke ne temas tute pri malplena superstiĉo. Mi iom kontaktiĝis kun hundoj, kiam mi estis en la okcidento, kaj mi rekonas hundon, kiam mi aŭdas ĝin. Se vi povos buŝumi kaj ĉeni ĝin, mi pretos ĵuri, ke vi estas la plej granda detektivo iam ekzistinta.»

«Mi kredas, ke mi buŝumos ĝin kaj ĉenos ĝin enorde, se vi havigos al mi vian helpon.»

«Kion ajn vi instrukcios al mi, mi tion faros.»

«Tre bone, kaj mi ankaŭ petas, ke vi faru tion blinde, ne ĉiam postulante la kialon.»

«Laŭ via plaĉo.»

«Se vi tion faros, mi opinias, ke tre verŝajne nia eta problemo baldaŭ estos solvita. Mi ne dubas—»

Li ĉesis subite kaj rigardis fikse super mian kapon en la aeron. La lamplumo trafis lian vizaĝon, kaj tiel atenta kaj senmova ĝi estis, ke ĝi povus esti vizaĝo de klare ĉizita klasika statuo, personigo de viglo kaj anticipo.

«Kio estas?» ni ambaŭ ekkriis.

Mi povis vidi, kiam li mallevis la okulojn, ke li subpremas iun internan emocion. Liaj trajtoj estis ankoraŭ regataj, sed liaj okuloj brilis je amuzita ekzaltiĝo.

«Pardonu la admiremon de artŝatanto», li diris, gestante per sia mano al la vico de portretoj, kiu kovris la kontraŭan muron. «Vatsono ne volas konsenti, ke mi iom komprenas la arton, sed tion kaŭzas nura ĵaluzo, ĉar niaj vidpunktoj pri la temo malsamas. Nu, tiu vere estas belega serio da portretoj.»

«Nu, mi ĝojas aŭdi vin diri tion», diris kavaliro Henriko, ekrigardante iom surprizite mian amikon. «Mi ne pretendas scii multon pri tiaj aferoj, kaj mi pli kompetentas juĝi ĉevalon aŭ virbovon ol bildon. Mi ne sciis, ke vi trovas tempon por tiaj aferoj.»

«Mi rekonas bonaĵon, kiam mi vidas ĝin, kaj mi vidas ĝin nun. Tion pentris Knelero[9], mi pretas ĵuri, tiun damon en la blua silkaĵo, kaj la dika sinjoro en peruko devas esti de Renoldzo[10]. Ili ĉiuj estas familiaj portretoj, mi supozas?»

---

9   Godfrey Kneller (germane: Gottfried Kniller, 1646–1723), germana kaj brita pentristo, fama portretisto, en 1674 ekloĝinta en Londono. Li pentris portretojn de multaj nobeloj kaj reĝoj, ankaŭ de Petro la Granda.

10   Joshua Reynolds (1723–1792), brita pentristo, aŭtoro de multaj portretoj kaj de historiaj pentraĵoj, la unua prezidanto de la brita Reĝa Akademio. Eble Dojlo menciis lin pro tio, ke Reynolds naskiĝis en Devono.

«Ĉiuj.»

«Ĉu vi konas la nomojn?»

«Barimoro instruis min pri ili, kaj mi kredas, ke mi povas sufiĉe bone ripeti miajn lecionojn.»

«Kiu estas la sinjoro kun teleskopo?»

«Vicadmiralo Baskervilo, kiu servis sub Rodneo[11] en la Okcidentaj Indioj. La viro en la blua frako kun volvaĵo da papero estas kavaliro Vilhelmo Baskervilo, kiu estis komitata prezidanto de la parlamento sub Pito[12].»

«Kaj la kavaliro kontraŭ mi – tiu en nigra veluro kaj puntoj?»

«Ha, vi rajtas scii pri li. Tiu estas la kaŭzo de la tuta misfarado, la malvirtega Hugo, kiu komencis la Ĉashundon de la Baskerviloj. Ne tre verŝajne ni forgesos lin.»

Mi rigardis interesite kaj iom surprizite la portreton.

«Dio mia!» diris Holmso. «Li ŝajnas homo sufiĉe kvieta kaj humilmora, sed supozeble troviĝis embuska diablo en liaj okuloj. Mi bildigis lin al mi kiel personon pli fortikan kaj banditan.»

«Ne estas dubo pri la aŭtenteco, ĉar la nomo kaj la dato 1647 estas sur la reverso de la tolo.»

Holmso diris malmulton plian, sed la bildo de la malnova diboĉulo ŝajnis fascini lin, kaj liaj okuloj konstante fiksiĝis al ĝi dum la manĝo. Nur poste, kiam kavaliro Henriko jam iris al sia dormoĉambro, mi povis sekvi la direkton de liaj pensoj. Li rekondukis min en la bankedan salonon, kun la dormoĉambra kandelo en la mano, kaj li levis ĝin al la tempomakulita portreto

---

11 George Brydges Rodney (1719–1792), brita admiralo, komandanto de la brita mararmeo, venkinta la mararmeon de Francujo en la Dominika batalo (1782), kiu estis la plej granda marbatalo en la 18-a jarcento.

12 William Pitt (1708–1778), brita konservativa politikisto, ŝtatsekretario en la Sepjara Milito (1756–1763) ĝis 1761, ĉefministro (1766–1768), realiganto de la kolonia politiko de Brituio.

sur la muro.

«Ĉu vi vidas tie ion?»

Mi rigardis la larĝan plumhavan ĉapelon, la buklojn, la blankan puntan kolumon, kaj la rektan severan vizaĝon kadritan inter ili. Ĝi ne estis bruta vizaĝo, sed ĝi estis rigida, malmola kaj severa, kun firma maldiklipa buŝo, kaj malvarme netoleremaj okuloj.

«Ĉu ĝi similas iun konaton al vi?»

«Ĝi iom similas kavaliron Henriko ĉirkaŭ la makzelo.»

«Nur sugestete, eble. Sed atendu momenton!» Li stariĝis sur seĝo, kaj tenante la lumon per sia maldekstra mano, li kurbigis sian dekstran brakon antaŭ la larĝa ĉapelo kaj ĉirkaŭ la longaj bukloj.

«Bona ĉielo!» mi ekkriis mirigite.

La vizaĝo de Stepeltono aperis de la tolo.

«Ha, jam vi vidas tion. Miaj okuloj estas trejnitaj por espori vizaĝojn kaj ne ties ornamaĵojn. La unua kvalito de krimesploranto estas, ke li travidu maskaĵojn.»

«Sed tio estas miriga. Tio povus esti lia portreto.»

«Jes, ĝi estas interesa specimeno de retroturniĝo, kiu ŝajnas samtempe fizika kaj spirita. Studado de familiaj portretoj sufiĉas por konverti homon al la doktrino de reenkarniĝo. La ulo estas iu Baskervilo... Tio estas evidenta.»

«Kun projekto pri la heredado.»

«Ĝuste. Tiu ĉi hazardo de la bildo havigis al ni unu el niaj plej evidente mankintaj ĉeneroj. Ni jam havas lin, Vatsono, ni havas lin, kaj tutcerte antaŭ la morgaŭa nokto li flirtados en nia reto tiel senhelpa kiel unu el liaj propraj papilioj. Pinglo, korko kaj slipo, kaj ni aldonos lin al la Bakerstrata kolekto!»

Li eksplodis al unu el siaj maloftaj ridoj, dum li forturnis sin de la bildo. Ne ofte mi aŭdis lin ridi, kaj tio ĉiam antaŭdiris malbonon al iu.

Mi ellitiĝis akurate en la mateno, sed Holmso estis eĉ pli frue aktiva, ĉar mi vidis lin alvenanta laŭ la alirejo, kiam mi vestis min.

«Jes, ni devos havi zorgoplenan tagon hodiaŭ», li komentis kaj kunfrotis siajn manojn pro la ĝojo de agado. «Ĉiuj retoj estas lokitaj, kaj la ĉasado estas komencota. Ni scios antaŭ la tagfino, ĉu ni kaptis nian grandan sveltmakzelan ezokon, aŭ ĉu ĝi sukcesis tramaŝiĝi.»

«Ĉu vi jam estis sur la erikejo?»

«Mi sendis raporton de Grimpeno al Princurbo pri la morto de Seldeno. Mi opinias promesi, ke neniu el vi estos ĝenata pri la afero. Kaj mi kontaktis mian fidelan Kartrajton, kiu certe forvelkus antaŭ la pordo de mia kabano, kiel faras hundo ĉe la tombo de sia mastro, se mi ne trankviligus lin pri mia sekureco.»

«Kia estas la venonta movo?»

«Vidi kavaliron Henriko. Ha, jen li!»

«Bonan matenon, Holmso», diris la kavaliro. «Vi aspektas kiel generalo, kiu planas batalon kun sia stabestro.»

«Precize tia estas la situacio. Vatsono petis ordonojn.»

«Kaj ankaŭ mi.»

«Tre bone. Estas aranĝite, laŭ mia kompreno, ke vi vespermanĝu kun niaj geamikoj Stepeltonoj hodiaŭ vespere.»

«Mi esperas, ke ankaŭ vi venos. Ili estas homoj tre gastamaj, kaj mi certas, ke ili tre ĝojus akcepti vin.»

«Bedaŭrinde Vatsono kaj mi devas iri al Londono.»

«Ĉu? Al Londono?»

«Jes, mi opinias, ke ni pli utilos tie en la nuna konjunkturo.»

La vizaĝo de la kavaliro videble plilongiĝis. «Mi esperis, ke vi intencas subteni min dum tiu ĉi afero. La Halo kaj la erikejoj ne estas tre agrablaj, kiam oni estas sola.»

«Mia kara homo, vi devas fidi min senŝancele kaj fari precize tion, kion mi instrukcias. Vi povos diri al viaj geamikoj, ke ni tre ĝoje akompanus vin, sed ke urĝa afero postulis, ke ni estu en la ĉefurbo. Ni esperas tre baldaŭ reveni al Devono. Ĉu vi memoros transdoni al ili tiun mesaĝon?»

«Se vi insistas.»

«Mankas alternativo, mi certigas vin.»

Mi konstatis pro la nubeca frunto de la kavaliro, ke lin plorige vundis tio, kion li taksis nia dizerto.

«Kiam vi deziras iri?» li malvarme demandis.

«Tuj post la matenmanĝo. Ni veturos al Kum-Tresio, sed Vatsono postlasos siajn posedaĵojn kiel garantiaĵon, ke li revenos al vi. Vatsono, sendu noton al Stepeltono por informi lin, ke bedaŭrinde vi ne povos veni.»

«Mi tre ŝatus akompani vin al Londono», diris la kavaliro. «Kial mi restu sola ĉi tie?»

«Ĉar ĉi tie estas via posteno. Ĉar vi promesis al mi, ke vi faros laŭ la instrukcioj, kaj mi diras, ke vi restu.»

«Do bone, mi restos.»

«Ankoraŭ unu instrukcio! Mi deziras, ke vi veturu al Meripita Domo. Resendu tamen vian kabrioleton, kaj sciigu al ili, ke vi intencas marŝi hejmen.»

«Ĉu marŝi trans la erikejon?»

«Jes.»

«Sed ĝuste tion vi oftege avertis min ne fari.»

«Ĉi-foje vi povos fari tion sendanĝere. Se mi ne tute fidus viajn nervojn kaj vian kuraĝon, mi ne proponus tion, sed estas necesege, ke vi tion faru.»

«Do mi faros ĝin.»

«Kaj se via vivo valoras al vi, ne transiru la erikejon laŭ alia direkto ol sur la rekta pado kondukanta de Meripita Domo al la Grimpena Vojo, kiu estas via natura vojo hejmen.»

«Mi faros precize laŭ via instrukcio.»

«Tre bone. Mi estus kontenta foriri laŭeble baldaŭ post la matenmanĝo, por atingi Londonon posttagmeze.»

Min tre konsternis tiu programo, kvankam mi memoris, ke Holmso diris al Stepeltono je la antaŭa nokto, ke lia vizito finiĝos je la posta tago. Ne venis al mi en la kapon tamen, ke li deziros, ke mi akompanu lin, kiel mi ankaŭ ne povis kompreni, kiel ni ambaŭ povus foresti en la momento, kiun li mem deklaris kriza. Nenio eblis tamen krom senhezita obeo; do ni adiaŭis nian malgajan amikon, kaj post du horoj ni troviĝis en la stacidomo de Kum-Tresio kaj resendis la veturilon hejmen. Malgranda junulo atendis nin sur la perono.

«Kion vi ordonos, sinjoro?»

«Veturu per tiu ĉi trajno al la ĉefurbo, Kartrajto. Tuj post via alveno sendu telegramon al kavaliro Henriko Baskervilo, mianome, dirante, ke, se li trovos la poŝlibron, kiun mi perdis, li sendu ĝin per registrita poŝto al Bakerstrato.»

«Jes, sinjoro.»

«Kaj demandu ĉe la stacidoma oficejo, ĉu troviĝas mesaĝo por mi.»

La junulo revenis kun telegramo, kiun Holmso transdonis al mi. Ĝi legiĝis:

```
TELEGRAMO RICEVITA. VENOS KUN
NESUBSKRIBITA RAJTIGILO. ALVENO JE
LA DEK-SEPA KVARDEK. LESTRADO.
```

«Tiu respondas al la mia de hodiaŭ matene. Li estas la plej kapabla el profesiuloj, ŝajnas al mi, kaj ni eble bezonos lian helpon. Nun, Vatsono, mi opinias, ke ni ne povos pli profite okupi nian tempon ol per vizito al via konatino, sinjorino Laŭra Liono.»

Lia kampanja plano komencis evidentiĝi. Li utiligos la kavaliron por konvinki la Stepeltonojn, ke ni fakte foriris, dum ni vere revenos en la momento, kiam ni plej verŝajne estos bezonataj. Tiu telegramo el Londono, se kavaliro Henriko mencios ĝin al la Stepeltonoj, forigos el iliaj mensoj la lastan suspekton. Jam mi ŝajnis vidi niajn retojn proksimiĝantaj al tiu sveltmakzela ezoko.

Sinjorino Laŭra Liono estis en sia oficejo, kaj Ŝerloko Holmso komencis sian intervjuon laŭ malkaŝemo kaj rekteco, kiuj konsiderinde mirigis ŝin.

«Mi esploras la cirkonstancojn, kiuj ĉirkaŭis la morton de kavaliro Karlo Baskervilo», li diris. «Mia jena amiko, doktoro Vatsono, jam informis min pri tio, kion vi komunikis, kaj ankaŭ pri tio, kion vi kaŝis rilate tiun aferon.»

«Kion mi kaŝis?» ŝi defie demandis.

«Vi konfesis, ke vi petis, ke kavaliro Karlo estu ĉe la pordeto je la dudek-dua horo. Ni scias, ke tiuj estis la loko kaj horo de lia morto. Vi kaŝis la ligon inter tiuj du okazaĵoj.»

«Ligo ne estas.»

«Tiukaze la koincido nepre estas eksterordinara. Sed mi opinias, ke ni finfine sukcesos pruvi la ligon. Mi volas esti senkaŝa kun vi, sinjorino Liono. Mi traktas tiun kazon kiel murdon, kaj la atestaĵo eble implikos ne nur vian amikon sinjoron Stepeltono, sed ankaŭ lian edzinon.»

La damo eksaltis de sur la seĝo.

«Lia edzino!» ŝi ekkriis.

«Tiu fakto ne plu estas sekreta. La persono, kiu ŝajnigas sin lia fratino, estas vere lia edzino.»

Sinjorino Liono residiĝis. Ŝiaj manoj kroĉis la apogilojn de la seĝo, kaj mi vidis, ke la rozkoloraj ungoj blankiĝis pro la premo de la kroĉado.

«Lia edzino!» ŝi diris denove. «Lia edzino! Li ne estas edziĝinta.»

Ŝerloko Holmso levis la ŝultrojn.

«Pruvu tion al mi! Pruvu tion al mi! Kaj se vi tion povas...!» la flama ardo de ŝiaj okuloj diris pli, ol povus diri la vortoj.

«Mi venis preparita», diris Holmso, elpoŝigante plurajn paperojn. «Jen foto de la paro farita en Jorko antaŭ kvar jaroj. Sur ĝi estas skribite ‹gesinjoroj Vandeluroj›, sed vi ne havos malfacilaĵojn rekoni lin kaj ŝin, se vi konas ŝin laŭaspekte. Jen tri priskriboj, subskribitaj de fidindaj atestantoj, pri gesinjoroj Vandeluroj, kiuj tiam estris privatan lernejon ĉe Sankta Olivero. Legu ilin, kaj vidu, ĉu vi povas dubi pri la identeco de tiuj homoj.»

Ŝi ekrigardis ilin, kaj poste suprenrigardis al ni kun la senesprima rigida mieno de senesperulino.

«Sinjoro Holmso,» ŝi diris, «tiu homo proponis al mi geedziĝon kondiĉe, ke mi sukcesu eksedzigi mian edzon. Li mensogis al mi, tiu kanajlo, laŭ ĉiu pensebla maniero. Eĉ unu veran vorton li ne diris al mi. Kaj kial – kial? Mi supozis, ke ĉio celis avantaĝe al mi. Sed nun mi konstatas, ke mi neniam estis alia ol ilo en liaj manoj. Kial mi rilatu fidinde al tiu, kiu neniam rilatis fidinde al mi? Kial mi provu ŝirmi lin antaŭ la sekvoj de liaj propraj misegaj agoj? Demandu, kion vi volas, kaj nenion mi kaŝos. Unu aferon mi ĵuras al vi, kaj tio estas, ke mi neniam eĉ sonĝis pri malutilo al tiu maljuna sinjoro, kiu estis mia plej bonkora amiko.»

«Mi tute kredas vin, sinjorino», diris Ŝerloko Holmso. «La rakonto pri tiuj okazaĵoj certe devas tre dolorigi vin, kaj eble faciligos tion por vi, se mi diros al vi, kio okazis, kaj vi povos korekti min, se mi kulpos gravan eraron. La sendon de tiu letero sugestis al vi Stepeltono, ĉu?»

«Li diktis ĝin.»

«Mi supozas, ke la kialo, kiun li donis al vi, estis, ke vi ricevos helpon de kavaliro Karlo pri la juraj elspezoj ligitaj al via eksedziniĝo, ĉu?»

«Ĝuste.»

«Kaj poste, kiam vi jam sendis la leteron, li persvadis vin ne iri al la rendevuo?»

«Li diris al mi, ke ĝenus lian memrespekton, se alia viro trovus la monon por tia celo, kaj ke, kvankam li estas malriĉa, li mem dediĉos sian lastan pencon al forigo de la obstakloj disigantaj nin.»

«Li ŝajnas havi tre konsekvencan karakteron. Kaj poste vi aŭdis nenion, ĝis vi legis raportojn pri la morto en ĵurnalo, ĉu?»

«Ne.»

«Kaj li devigis vin diri nenion pri via rendevuo kun kavaliro Karlo?»

«Tiel estis. Li diris, ke la morto estas tre mistera, kaj ke oni nepre suspektus min, se la faktoj diskoniĝus. Li per timo silentigis min.»

«Ĝuste. Sed ĉu vi ion suspektis?»

Ŝi hezitis kaj rigardis suben.

«Mi konis lin», ŝi diris. «Sed se li fidelus al mi, mi ĉiam fidelus al li.»

«Mi opinias, ke entute vi travivis bonŝancan eskapon», diris Ŝerloko Holmso. «Vi tenis lin sub via potenco, kaj tion li sciis, kaj tamen vi pluvivas. Vi promenis dum kelkaj monatoj tre proksime al la rando de abismo. Ni devas nun deziri al vi bonan matenon, sinjorino Liono, kaj tre verŝajne vi baldaŭ aŭdos de ni denove.»

«Nia kazo finrondiĝas, kaj malfacilo post malfacilo maldens-
iĝas antaŭ ni», diris Holmso, dum ni staris atendante la alvenon
de la ekspresa trajno el la ĉefurbo. «Mi baldaŭ estos en pozicio
kunmeti je unuopa konektita rakonto unu el la plej eksterordinaraj
kaj sensaciaj krimoj de la moderna epoko. Studantoj de
krimscienco memoros pri la analogaj okazaĵoj en Grodno, en
Belarusio, en la jaro 1866, kaj kompreneble estis la andersonaj
murdoj en Norda Karolino, sed tiu ĉi kazo havas kelkajn trajtojn,
kiuj estas tute propraj. Ankaŭ nun ni havas neniun klaran pruvon
kontraŭ tiu tre ruza homo. Sed mi ege surpriziĝos, se ĝi ne estos
sufiĉe klara, antaŭ ol ni enlitiĝos hodiaŭ vespere.»

La londona ekspreso alvenis muĝe al la stacio, kaj malgranda
forta buldogsimila viro elsaltis el unuaklasa kupeo. Ni ĉiuj man-
premis, kaj mi tuj konstatis per la respekta rigardo, kiun Lestrado
direktis al mia kunulo, ke li multon lernis, de kiam ili kunlaboris
la unuan fojon. Mi tre bone memoras la malestimon, kiun la
teorioj de la rezonisto kutimis tiam veki en la praktikulo.

«Ĉu io bona?» li demandis.

«La plej grandioza afero jam de jaroj», diris Holmso. «Ni
disponas pri du horoj, antaŭ ol necesos pensi pri komencado.
Mi opinias, ke ni pasigu ĝin ĉe iom da vespermanĝo, kaj poste,
Lestrado, ni forigos el via gorĝo la londonan nebulon donante al
vi enspiron de la pura nokta aero de la Darta Erikejo. Ĉu vi neniam
vizitis ĝin? Ha, nu, supozeble, vi ne forgesos vian unuan viziton.»

Ĉapitro 14

La Ĉashundo de la Baskerviloj

Unu el la neperfektaĵoj de Ŝerloko Holmso – se fakte oni rajtas nomi tion neperfektaĵo – estis, ke li ege malvolis komuniki siajn plenajn planojn al alia persono ĝis la momento mem de la realigo. Parte tio sendube devenis de lia mastrema naturo, kiu ŝatis superregi kaj surprizi tiujn, kiuj ĉirkaŭis lin. Parte ankaŭ pro lia profesia singardemo, kiu urĝis lin neniam riski. La rezultoj tamen estis tre ĉagrenaj al tiuj, kiuj rolis kiel liaj perantoj kaj asistantoj. Mi ofte suferis tion, sed neniam pli ol dum tiu longa veturo en la mallumo. La granda aflikto estis antaŭ ni; finfine ni estis farontaj nian lastan klopodon, kaj tamen Holmso diris nenion, kaj mi povis nur konjekti pri lia estonta agado. Miaj nervoj vibris anticipe, kiam finfine la malvarma vento sur niaj vizaĝoj kaj la malhelaj vakaj spacoj ambaŭflanke de la vojo sciigis, ke ni estas denove sur la erikejo. Ĉiu paŝo de la ĉevaloj kaj ĉiu turniĝo de la radoj pliproksimigis nin al nia superega aventuro.

Nian interparoladon malhelpis la ĉeesto de la veturigisto de la luita kaleŝo tiel, ke ni devige parolis pri bagatelaĵoj, kiam niaj nervoj estis emocie kaj anticipe streĉitaj. Mi estis malŝarĝita, post tiu nenatura sindeteno, kiam finfine ni preterpasis la domon de Frenklendo kaj sciis, ke ni proksimiĝas al la Halo kaj al la scenejo de la agado. Ni ne veturis ĝis la pordo, sed elkaleŝiĝis proksime al la avenua enirejo. La kaleŝo estis pagita kaj ordonita reiri tuj al Kum-Tresio, dum ni komencis marŝi al Meripita Domo.

«Ĉu vi estas armita, Lestrado?»

La eta detektivo ridetis. «Dum mi havas mian pantalonon, mi havas kokspoŝon, kaj dum mi havas kokspoŝon, mi havas ion en ĝi.»

«Bone! Ankaŭ mia amiko kaj mi estas pretaj kontraŭ krizoj.»

«Vi ege malparolemas pri tiu ĉi afero, sinjoro Holmso. Kia estas la nuna ludo?»

«Atenda ludo.»

«Je mia vorto, ĝi ne ŝajnas esti tre gaja loko», diris la detektivo kun ektremo, ĉirkaŭrigardante al la mornaj deklivoj de la monteto kaj al la enorma nebulo ŝvebanta super la Grimpena Marĉo. «Mi vidas la lumojn de domo antaŭ ni.»

«Tio estas Meripita Domo kaj la fino de nia marŝado. Mi devas peti, ke vi marŝu piedpinte kaj parolu ne pli laŭte ol flustre.»

Ni moviĝis singarde laŭ la vojeto, kvazaŭ celante la domon, sed Holmso haltigis nin, kiam ni troviĝis ĉirkaŭ ducent paŝojn for de ĝi.

«Tio sufiĉos», li diris. «Tiuj ŝtonegoj dekstre liveras admirindan ŝirmilon.»

«Ni atendu ĉi tie, ĉu?»

«Jes, ni starigos ĉi tie nian embusketon. Eniru tiun kavaĵon, Lestrado. Vi jam estis en la domo, ĉu ne, Vatsono? Ĉu vi konas la situon de la ĉambroj? Kio estas tiuj latisaj fenestroj je tiu ĉi ekstremo?»

«Mi opinias, ke tiuj estas la kuirejaj fenestroj.»

«Kaj tiu pretere, kiu brilas tiel hele?»

«Tio estas certe la manĝoĉambro.»

«La rulkurtenoj estas levitaj. Vi konas la ĉirkaŭaĵon plej bone. Rampu kviete antaŭen kaj vidu, kion oni faras – sed pro la ĉielo ne sciigu al ili, ke ili estas rigardataj!»

Mi piedpintis sur la pado kaj kaŭris post la malalta muro, kiu ĉirkaŭis la stumpan fruktoĝardenon. Rampante en ĝia ombro, mi atingis lokon, de kie mi povis rekte enrigardi tra la senkurtena fenestro.

En la ĉambro estis nur du viroj: kavaliro Henriko kaj Stepeltono. Ili sidis profile al mi ambaŭflanke de ronda tablo. Ambaŭ fumis cigarojn, kaj antaŭ ili estis kafo kaj vino. Stepeltono parolis vigle, sed la kavaliro aspektis pala kaj distrita. Eble penso pri tiu soleca marŝado trans la misaŭguran erikejon tre pezis sur lia menso.

Dum mi rigardis ilin, Stepeltono stariĝis kaj lasis la ĉambron, dum kavaliro Henriko replenigis sian glason kaj klinis sin mal-antaŭen sur la seĝo, suĉante sian cigaron. Mi aŭdis grincon de pordo kaj la krakan bruon de botoj sur gruzo. La paŝoj preterpasis sur la pado laŭlonge de la alia flanko de la muro, sub kiu mi kaŭris. Transrigardante mi vidis la naturesploriston paŭzi antaŭ la pordo de kabano en angulo de la fruktoĝardeno. Ŝlosilo turniĝis en seruro, kaj, kiam li enpaŝis, aŭdiĝis de interne stranga treniĝa sono. Li enestis nur ĉirkaŭ unu minuton, kaj poste mi aŭdis denove la ŝlosilon turniĝi, kaj li preterpasis min kaj reeniris la domon. Mi vidis lin rekuniĝi kun sia gasto kaj mi rampis kviete reen, kie miaj kunuloj atendis min, por rakonti al ili, kion mi vidis.

«Vi diras, Vatsono, ke la damo ne ĉeestas, ĉu?» Holmso demandis, kiam mi finraportis.

«Ne.»

«Kie do ŝi povas esti, tiel, ke lumo estas en neniu alia ĉambro krom la kuirejo?»

«Mi ne povas imagi, kie ŝi estas.»

Mi jam diris, ke super la granda Grimpena Marĉo ŝvebis densa blanka nebulo. Ĝi drivis malrapide niadirekten kaj baŭmis mursimile je tiu flanko de ni, malalta sed dika kaj klare difinita. La luno brilis sur ĝin, kaj ĝi aspektis kiel muara glacikampo, kun la krestoj de foraj montetoj kvazaŭ rokoj portataj sur ĝia supraĵo. La vizaĝo de Holmso estis turnita al ĝi, kaj li murmuris senpacience, dum li rigardis ĝian limakecan drivon.

«Ĝi moviĝas niadirekten, Vatsono.»

«Ĉu tio gravas?»

«Tre gravas, fakte – la sola afero sur la tero, kiu povus mis-aranĝi miajn planojn. Li jam ne povos longe prokrasti. Estas jam la dudek-dua horo. Nia sukceso kaj eble lia vivo povas dependi de lia elveno, antaŭ ol la nebulo kovros la padon.»

La nokto estis bela kaj klara super ni. La steloj brilis malvarmaj kaj helaj, dum duonlumo banis la tutan scenejon per mola malcerta lumo. Antaŭ ni kuŝis la malhela amaso de la domo, kaj ĝiaj segilforma tegmento kaj hirtaj fumtuboj akre konturiĝis kontraŭ la arĝento-aspergita ĉielo. Larĝaj bendoj da ora lumo el la ternivelaj fenestroj etendiĝis trans la fruktoĝardenon kaj la erikejon. Unu el ili estis subite estingita. La servistoj jam forlasis la kuirejon. Restis nur la lampo en la manĝoĉambro, kie la du viroj – la murdema gastiganto kaj la senscia gasto – plu babiladis fumante siajn cigarojn.

Ĉiuminute tiu blanka laneckovrilo, kovranta duonon de la erikejo, drivis pli kaj pli proksimen al la domo. Jam ties unuaj maldensaj bukletoj kurbiĝis trans la oran kvadraton de la lumigita fenestro. La fora flanko de la fruktoĝardeno estis jam nevidebla, kaj la arboj elstaris en la kirliĝo da blanka vaporo. Dum ni rigardis tion, la nebulgirlandoj venis rampe ĉirkaŭ ambaŭ domangulojn kaj ruliĝis malrapide laŭ unu densa amaso, sur kiu flosis la supra etaĝo kaj la tegmento kvazaŭ fremda ŝipo sur ombreca maro. Holmso batis per pasia mano la ŝtonegon antaŭ ni, kaj piedbatis senpacience.

«Se li ne elvenos dum kvarona horo, la pado estos kovrita. Post duona horo ni ne povos vidi niajn manojn antaŭ ni.»

«Ĉu ni moviĝu retroe sur pli altan terenon?»

«Jes, mi opinias, ke tio estus en ordo.»

Do dum la nebula amaso fluis antaŭen, ni retretis antaŭ ĝi, ĝis ni troviĝis je duonmejlo for de la domo, kaj daŭre tiu densa blanka maro, dum la luno arĝentigis ĝian supran randon, fluis malrapide kaj senkompate antaŭen.

«Ni tro malproksimiĝis», diris Holmso. «Ni nepre ne risku la eblon, ke li estos atingita, antaŭ ol li povos alveni nin. Je ĉiu prezo ni devos postenigi nin, kie ni estas.» Li falis surgenuen kaj surterigis sian orelon. «Dank' al la ĉielo, mi opinias, ke mi aŭdas lin veni.»

La bruo de rapidaj paŝoj rompis la silenton de la erikejo. Kaŭrante inter la ŝtonegoj ni fikse rigardis la arĝentkrestan amason antaŭ ni. La paŝoj plilaŭtiĝis, kaj tra la nebulo, kvazaŭ tra kurteno, elpaŝis la atendato. Li ĉirkaŭrigardis surprizite, kiam li elmergiĝis en la klaran stelbrilan nokton. Poste li ekiris rapide laŭ la pado, preterpasis proksime al nia kuŝloko, kaj pluiris supren laŭ la longa deklivo malantaŭ ni. Marŝante li ofte rigardis trans ambaŭ ŝultrojn, kiel homo ne trankvila.

«Ĉit!» ekkriis Holmso, kaj mi aŭdis akran klakaton de pistola ĉano. «Atendu! Ĝi venas!»

Aŭdiĝis maldensa krispa piedbatado ie en la kerno de tiu

rampanta amaso. La nubo estis malpli ol kvindek metrojn de ni kuŝantaj, kaj ni gapis al ĝi, ĉiuj tri, malcertaj, kia hororaĵo estas eksplodonta el tiu kerno. Mi estis proksima al Ŝerloko Holmso, kaj mi ekrigardis momente lian vizaĝon. Ĝi estis pala kaj ekzaltita, liaj okuloj brilis hele en la lunlumo. Sed subite ili ŝoviĝis antaŭen en rigida fiksita gapo, kaj liaj lipoj disiĝis pro mirego. Sammomente Lestrado eligis teruritan krion kaj ĵetis sin vizaĝ-al-teren. Mi salte leviĝis, mia senmova mano tenis mian pistolon, mia menso paraliziĝis pro la timiga figuro elsaltinta al ni el la ombroj de la nebulo. Ĉashundo ĝi estis, grandega karbonigra ĉashundo, sed tian hundon neniam vidis homaj okuloj. Fajro flamis el ĝia malfermita buŝo, ĝiaj okuloj ardis je subbrula rigardego, ĝiaj makzelo kaj kolharoj kaj vangego konturiĝis en flagra flamo. Neniam en delira sonĝo de malorda cerbo povus esti konceptita io pli sovaĝa, pli terura, pli infera ol tiu malhela formo kun la sovaĝa muzelo, kiu eksplodis al ni el la muro da nebulo.

Per longaj saltoj la enorma nigra kreaĵo saltis laŭ la pado, dense sekvante la paŝsignojn de nia amiko. Tiel paralizitaj ni estis pro tiu fantomo, ke ni permesis al ĝi preterpasi, antaŭ ol ni regajnis nian kuraĝon. Tiam Holmso kaj mi ambaŭ pafis samtempe, kaj la kreaĵo eligis hidan hurlon, kiu pruvis, ke almenaŭ unu trafis ĝin. Ĝi tamen ne haltis, sed saltegis antaŭen. Malproksime sur la pado ni vidis kavaliron Henriko rerigardanta, kun la vizaĝo blanka en la lunlumo, la manoj levitaj hororite, gapanta senhelpe al la teruraĵo, kiu persekutas lin.

Sed la dolorkrio de la ĉashundo forblovis al la vento ĉiujn niajn timojn. Se ĝi estas vundebla, ĝi estas mortemulo, kaj se ni povis vundi ĝin, ni povos mortigi ĝin. Neniam mi vidis homon kuri, kiel Holmso kuris tiunokte. Oni taksas min rapidkurulo, sed li devancis min tiom, kiom mi devancis la etan profesiulon. Antaŭ ni, dum ni kuregis laŭ la pado, ni aŭdis kriĉojn de kavaliro Henriko kaj la profundan blekadon de la ĉashundo. Mi venis ĝustatempe por vidi la hundon salti sur la viktimon, ĵeti lin surterene kaj ekmordi ĉe lia gorĝo. Sed tuj poste Holmso jam sendis kvin kuglojn de sia revolvero en la flankon de la kreaĵo. Kun lasta ululo de agonio kaj malica ekmordo en la aero ĝi ruliĝis surdorsen, kvar piedoj gestis furioze, kaj poste ĝi falis malrigide surflanken. Mi kliniĝis, anhelante, kaj premis mian pistolon al la terura briletanta kapo, sed ne necesis premi la ĉanon. La giganta hundo estis mortinta.

Kavaliro Henriko kuŝis senkonscia, kie li falis. Mi forŝiris lian kolumon, kaj Holmso elspiris dankeman preĝon, kiam li vidis neniun vundon, kaj ke la elsavo okazis ĝustatempe. Jam tremetis la palpebroj de nia amiko, kaj li feble klopodis movi sin. Lestrado ŝovis sian brandujon inter la dentojn de la kavaliro, kaj du timigitaj okuloj rigardis al ni.

«Dio mia!» li flustris. «Kio estis tio? Kio, je nomo de la ĉielo, ĝi estis?»

«Ĝi estas mortinta, kio ajn ĝi estis», diris Holmso. «Ni ĉesigis por ĉiam la fantomon de via familio.»

Eĉ nur laŭ grandeco kaj forto la kreaĵo, kiu kuŝis antaŭ ni, estis terura. Ĝi ne estis pura spurhundo, kaj ĝi ne estis pura dogo; sed ĝi aspektis kiel kombinaĵo de la du: magra, sovaĝa kaj granda, kiel eta leonino. Ankaŭ nun, en la senmovo de la morto, la makzelegoj ŝajnis guti bluecan flamon, kaj la malgrandajn kavajn kruelajn okulojn ringis fajro. Mi metis mian manon sur la ardantan makzelon, kaj kiam mi levis ĝin, miaj propraj fingroj ardis kaj ekbrilis en la mallumo.

«Fosforo», mi diris.

«Ruza preparaĵo el ĝi», diris Holmso, snufante la mortintan beston. «Mankas odoro, kiu povus malhelpi ĝian flarkapablon. Ni ŝuldas al vi profundan pardonpeton, kavaliro Henriko, ĉar ni elmetis vin al tiu ĉi timigaĵo. Mi estis preparita kontraŭ ĉashundo, sed ne kontraŭ tia kreaĵo kiel la jena. Kaj la nebulo lasis al ni malmulte da tempo por akcepti ĝin.»

«Vi savis mian vivon.»

«Pli frue endanĝeriginte ĝin. Ĉu vi fortas sufiĉe por stariĝi?»

«Donu plian buŝplenon da tiu brando, kaj mi estos preta por ĉio. Do! Se vi nun helpos min stariĝi. Kion vi intencas fari?»

«Lasi vin ĉi tie. Vi ne sufiĉe fortas por aliaj aventuroj hodiaŭ nokte. Se vi atendos, iu el ni akompanos vin al la Halo.»

Li provis ŝanceliĝe ekstari, sed li plu fantome palis kaj tremis ĉiumembre. Ni apogis lin al ŝtonego, kie li sidis tremante kun la vizaĝo kovrita de liaj manoj.

«Ni devas forlasi vin nun», diris Holmso. «La cetero de nia tasko estas farenda, kaj ĉiu momento gravas. Ni finis nian enketon, kaj nun mankas al ni nur nia celito.»

«Estas mil kontraŭ unu je tio, ke ni trovos lin en la domo», li daŭrigis, dum ni retroiris rapide laŭ la pado. «Tiuj pafoj nepre sciigis al li, ke la ludo estas finita.»

«Ni estis iom foraj, kaj eble tiu ĉi nebulo sordinis ilin.»

«Li sekvis la ĉashundon por revoki ĝin, pri tio vi povas esti certa. Ne, ne, li jam foriris! Sed ni traserĉos la domon por certigi tion.»

La dompordo estis malfermita, do ni enkuris kaj hastis de ĉambro al ĉambro, mirigante kadukan maljunan domserviston, kiu renkontis nin en la koridoro. Krom en la manĝoĉambro estis neniu lumo, sed Holmso levis la lampon, kaj lasis neesplorita neniun domangulon. Neniun signon de la persekutato ni vidis. En la supra etaĝo, tamen, unu el la dormoĉambraj pordoj estis ŝlosita.

«Iu troviĝas ene», kriis Lestrado. «Mi aŭdas moviĝon. Malfermu ĉi tiun pordon!»

Mallaŭtaj ĝemado kaj siblado aŭdiĝis interne. Holmso piedbatis la pordon ĝuste super la seruro, kaj ĝi fluge malfermiĝis. Pistol-en-mane, ni triope enkuris la ĉambron.

Sed interne estis neniu signo de tiu sovaĝa kaj defia kanajlo, kiun ni anticipis vidi. Anstataŭe, ni frontis objekton tiel strangan kaj neatenditan, ke ni staris momente gapante al ĝi mirigite.

La ĉambro estis aranĝita kiel muzeeto, kaj la murojn frontis kelkaj vitrosupraĵaj kestoj plenaj de tiu kolektaĵo de papilioj kaj tineoj, kies formado estis la ŝatokupo de tiu kompleksa kaj danĝera viro. Meze de la ĉambro staris vertikala trabo, kiu iam estis lokita por subteni la malnovan vermomorditan lignotrabegon, kiu tra-arkis la plafonon. Al tiu trabo estis ligita figuro, tiom vindita kaj envolvita en tolaĵoj uzitaj por ligi ĝin, ke momente oni ne povis konstati, ĉu temas pri viro aŭ virino. Unu viŝtuko ĉirkaŭis la gorĝon kaj estis nodita malantaŭe de la pilastro. Alia kovris la suban parton de la vizaĝo kaj super ĝi du malhelaj okuloj – okuloj plenaj je malĝojo kaj honto kaj timoplenaj demandoj – rerigardis al ni. Post unu minuto ni jam forŝiris la ŝtopilon, malvolvis la ligaĵojn, kaj sinjorino Stepeltono sinkis planken antaŭ ni. Kiam ŝia bela kapo falis sur la bruston, mi vidis klaran ruĝan vundon de vipŝnuro sur ŝia kolo.

«Bruto!» ekkriis Holmso. «Ek, Lestrado, vian brandujon! Sidigu ŝin sur la seĝon! Ŝi svenis pro mistraktado kaj elĉerpiĝo.»

Ŝi denove malfermis siajn okulojn.

«Ĉu li estas sekura?» ŝi demandis. «Ĉu li eskapis?»

«Li ne povas eskapi de ni, sinjorino.»

«Ne, ne, mi ne aludas mian edzon. Kavaliro Henriko? Ĉu li estas sekura?»

«Jes.»

«Kaj la ĉashundo?»

«Ĝi mortis.»

Ŝi eligis longan kontentan suspiron.

«Dank' al Dio! Dank' al Dio! Ho, tiu kanajlo! Vidu, kiel li traktis min!» Ŝi elŝovis siajn brakojn el la manikoj, kaj ni vidis kun abomeno, ke ili estas tute kontuzmakulitaj. «Sed tio estas nenio, nenio! Miajn menson kaj animon li turmentis kaj malpurigis. Mi povus toleri ĉion, mistraktadon, solecon, vivon trompan, ĉion, dum mi povus ankoraŭ kroĉiĝi al la espero, ke mi posedas lian amon, sed nun mi scias, ke ankaŭ tiurilate mi estis lia trompito kaj lia ilo.» Ŝi pasie plorsingultis dum la parolo.

«Vi havas por li neniom da bonvolo, sinjorino», diris Holmso. «Diru al ni do, kie ni trovu lin. Se iam vi helpis lin misfari, nun helpu nin kaj tiel kompensu.»

«Nur al unu loko li certe fuĝis», ŝi respondis. «Ekzistas malnova ladminejo sur insulo kerne de la marĉo. Tie li konservis sian ĉashundon, kaj ankaŭ tie li faris preparojn tiel, ke li havu rifuĝejon. Tien li nepre fuĝis.»

La nebulamaso kuŝis kvazaŭ blanka lano antaŭ la fenestro. Holmso tenis la lampon al ĝi.

«Vidu», li diris. «Neniu povus trovi vojon en la Grimpena Marĉo hodiaŭ nokte.»

Ŝi ridis kaj kunfrapis siajn manojn. Ŝiaj okuloj kaj dentoj ekbrilis je sovaĝa amuziĝo.

«Li eble trovos eniron, sed neniam eliron», ŝi ekkriis. «Kiel li povus vidi la gvidvergojn hodiaŭ nokte? Ni plantis ilin kune, li kaj mi, por signi la padon tra la marĉo. Ho, se nur mi povus elŝiri ilin hodiaŭ! Tiam efektive vi tenus lin sub via potenco.»

Estis evidente al ni ĉiuj, ke ĉiu persekutado estus vana ĝis post leviĝo de la nebulo. Dume ni lasis Lestradon por gardi la domon, dum Holmso kaj mi reiris kun la kavaliro al Baskervila Halo. La historio pri la Stepeltonoj ne plu estis kaŝebla de li, sed li akceptis la baton kuraĝe, kiam li eksciis la veron pri la virino amita de li. Sed la ŝoko de la noktaj aventuroj estis skuinta liajn nervojn, kaj antaŭ la mateno li kuŝis delirante en forta febro, prizorgate de doktoro Mortimero. Tiuj du estis destinitaj vojaĝi kune ĉirkaŭ la mondon, antaŭ ol kavaliro Henriko estos denove tiu sana vigla homo, kiu li estis, antaŭ ol li iĝis mastro de tiu misfortuna bieno.

Kaj nun mi venas rapide al la fino de tiu ĉi eksterordinara rakonto, en kiu mi provis partoprenigi la leganton en tiuj malhelaj timoj kaj svagaj konjektoj, kiuj nubigis niajn vivojn tiel longe, kaj finiĝis laŭ tiom trista maniero. Matene post la morto de la ĉashundo, la nebulo leviĝis kaj nin gvidis sinjorino Stepeltono al la loko, kie ili trovis vojon trans la marĉon. Helpis nin kompreni la hororon de la vivo de tiu virino, kiam ni vidis la entuziasmon kaj ĝojon, kiuj ebligis al ni spuri ŝian edzon. Ni lasis ŝin staranta sur la mallarĝa duoninsulo da firma torfeca grundo, kiu malaperis sur la vastan marĉon. Ekde ties ekstremo vergetoj plantitaj ie-tie indikis, kie la pado zigzagas de tufo al tufo da junkoj inter tiuj verdŝaŭmaj putoj kaj fiaj ŝlimejoj, kiuj baras eniron al la fremdulo. Putraj kanoj kaj sukaj ŝlimaj akvoplantaĵoj dissendis fetoron de kadukeco kaj pezan miasman vaporon al niaj vizaĝoj, dum mispaŝo pli ol unufoje plonĝigis nin femuralte en la malhelan tremegan marĉon, kiu skuiĝis tra metroj en molaj ondiĝetoj ĉirkaŭ niaj piedoj. Ĝiaj kroĉemaj ekkaptoj palpis niajn kalkanumojn, dum ni marŝis, kaj kiam ni sinketis en ĝin, tio similis iun malican manon trenanta nin suben al tiuj obscenaj fundoj, tiel sombra kaj celkonscia estis la kroĉo per kiu ĝi tenis nin. Nur unufoje ni vidis signon, ke iu laŭiris tiun danĝerplenan vojon, antaŭ ol ni. El mezo de kotonherba tufo, kiu subtenis ĝin el la ŝlimo, elstaris iu malhela objekto. Holmso sinkis ĝistalie, kiam li paŝis de sur la pado por preni ĝin, kaj se ni ne estus tie por eltiri lin, li neniam denove povus meti piedon sur firman grundon. Li tenis en la aero malnovan nigran boton. «*Meyers*, Toronto» estis presita sur la interna ledo.

«Tio valoras kotbaniĝon», li diris. «Ĝi estas la mankinta boto de nia amiko kavaliro Henriko.»

«Ĵetita tien de Stepeltono dum la fuĝo.»

«Ekzakte. Li retenis ĝin en sia mano, uzinte ĝin por stimuli la ĉashundon spuri lin. Li fuĝis, kiam li sciis, ke la ludo estas finita, ankoraŭ kroĉante ĝin. Kaj li forĵetis ĝin je tiu punkto de la fuĝo. Ni scias almenaŭ, ke li sekure venis ĝis ĉi tie.»

Sed pli ol tiom ni estis destinitaj neniam ekscii, kvankam multon ni povis konjekti. Neniel eblis trovi spurojn en la marĉo, ĉar la leviĝanta koto rapide tralikiĝis al ili, sed kiam ni fine atingis pli firman terenon preter la marĉejo, ni ĉiuj avide serĉis ilin. Sed neniu eĉ plej eta postsigno de ili vidiĝis al niaj okuloj. Se la tero rakontis la veron, do Stepeltono neniam atingis tiun rifuĝan insulon, al kiu li baraktis tra la nebulo en tiu lasta nokto. Ie en la kerno de la granda Grimpena Marĉo, sube en la fia ŝlimo de la granda marĉejo, kiu ensuĉis lin, tiu malvarma kaj kruelkora viro estas por ĉiam entombigita.

Multajn postsignojn de li ni trovis en la marĉoĉirkaŭita insulo, kie li kaŝis sian sovaĝan aliancanon. Grandega pelrado kaj ŝakto duonplena je ruboj signis la situon de forlasita minejo. Apude estis la diseriĝantaj restaĵoj de dometoj de la ministoj, forpelitaj sendube de la fia fetoro de la ĉirkaŭa marĉo. En unu el ili krampo kaj ĉeno, kun iom da morditaj ostoj, montris, kie la besto estis enfermita. Skeleto kaj volvaĵo da brunaj haroj algluiĝintaj al ĝi kuŝis inter la rubaĵo.

«Hundo!» diris Holmso. «Al kukolo, kurbharara spanielo. Kompatinda Mortimero neniam plu revidos sian dorlotbeston. Nu, verŝajne, tiu ĉi loko ne enhavas sekreton, kiun ni ankoraŭ ne sondis. Li povis kaŝi sian ĉashundon, sed li ne povis silentigi ĝian voĉon, kaj el ĉi tie venis tiu bojado, kiu eĉ en la taglumo ne estis plezure aŭdata. Krizokaze li povis teni la ĉashundon en la kabano ĉe Meripito, sed tio ĉiam estis riskoplena, kaj nur dum la zenita tago, kiun li supozis la lasta por siaj klopodoj, li aŭdacis tion fari. Tiu gluaĵo en la ladskatolo estas sendube la luma miksaĵo, per kiu la bruto estis farbita. Ĝin sugestis, kompreneble, la historio de la familia inferhundo, kaj deziro morttimigi la maljunan kavaliron Karlo. Ne estas mirinde, ke la kompatinda bagnula fripono fuĝis kaj kriĉis, ĝuste kiel faris nia amiko, kaj kiel ni mem eble farus, kiam li vidis tian kreaĵon saltanta tra la mallumo de la erikejo kaj lin spuranta. Ĝi estis ruza rimedo, ĉar, aldone al la eblo peli viktimon al la morto, kiu kamparano riskus enketi tro obstine pri tia kreaĵo, se li ekvidus ĝin, kiel multaj vidis, sur la erikejo? Mi diris en Londono, Vatsono, kaj mi rediras tion nun, ke neniam ĝis nun ni kunlaboris persekuti homon pli danĝeran ol tiu, kiu kuŝas tie.» Li gestis per sia longa brako al la enorma makulita etendaĵo da verdŝmirita marĉo etendiĝanta for, ĝis ĝi mergiĝis kun la ruĝetaj deklivoj de la erikejo.

Ĉapitro 15

Retrorigardo

Estis fine de Novembro. Holmso kaj mi sidis dum malvarma kaj nebula vespero ambaŭflanke de flamanta fajro en nia salono en Bakerstrato. Post la tragedia konkludo de nia vizito al Devono lin okupis du gravegaj aferoj, en la unua el kiuj li vidigis la abomenan konduton de kolonelo Apvudo lige al la fama ludkarta skandalo en la klubo *Nonpareil*, dum en la dua li defendis la malbonŝancan sinjorinon Montpensiero kontraŭ murdakuzo, kiu minacis ŝin lige al la morto de ŝia duonfilino fraŭlino Karero, la juna damo, kiu, oni certe memoras, estis trovita post ses monatoj viva kaj edziniĝinta en Novjorko. Mia amiko havis bonegan animstaton pro la sukceso, kiu rezultis el sinsekvo de malfacilaj kaj gravaj esploroj, tiel, ke mi povis persvadi lin diskuti la detalojn de la baskervila mistero. Mi atendis paciente la okazon, ĉar mi sciis, ke li neniam volus permesi imbrikiĝon de esploroj, kaj ke lia klarvida kaj logika menso rifuzis fortreniĝi de la aktuala laboro por konsideri memorojn el la pasinteco. Kavaliro Henriko kaj doktoro Mortimero tamen estis en Londono, survoje al tiu longa vojaĝo, kiu estis rekomendita por la refortigo de liaj frakasitaj nervoj. Ili vizitis nin je tiu sama posttagmezo, do estis nature, ke la temo prezentu sin por diskutado.

«La tuta irado de la okazaĵoj», diris Holmso, «el la vidpunkto de tiu viro, kiu nomis sin Stepeltono, estis simpla kaj rekta, kvankam al ni, kiuj komence ne havis eblon scii la motivojn de lia agado kaj povis nur ekkoni parton el la faktoj, ĉio aperis ege komplikita. Mi jam havis avantaĝon de du konversacioj kun sinjorino Stepeltono, kaj la kazo estas nun tiel komplete ordigita, ke mi ne scias pri io, kio restas sekreta antaŭ ni. Vi trovos kelkajn notojn pri la afero en la rubriko *B* en mia indeksita listo de kazoj.»

«Eble vi bonvolos doni al mi skizon pri la sinsekvo de la okazaĵoj laŭ via memoro?»

«Volonte, kvankam mi ne povas garantii portadon de ĉiuj faktoj en mia menso. Intensa mensa koncentriĝo kurioze emas forviŝi ĉion pasintan. Advokato, kiu konas intime sian proceson kaj kapablas disputi kun fakulo pri ties fako, konstatas, ke unu-du semajnoj en la kortumoj denove forpelos tion el lia kapo. Tiel ĉiu el miaj kazoj anstataŭas la pasintan, kaj fraŭlino Karero nebuligis mian rememoron pri Baskervila Halo. Morgaŭ alia problemeto eble estos submetita al mia atento, kiu siavice forpuŝos la belan francinon kaj la misfaman Apvudon. Kiom koncernas la kazon de la ĉashundo, tamen mi rakontos al vi laŭeble precize la sinsekvon de la eventoj, kaj vi sugestos ion, kion mi eble forgesis.

Miaj esploroj pruvas tute sendispute, ke la familia portreto ne mensogis, kaj ke tiu ulo ja estis Baskervilo. Li estis filo de Roĝero Baskervilo, la pli juna filo de kavaliro Karlo, kiu fuĝis misreputacie al Sudameriko, kie oni diris, ke li mortis needziĝinte. Tamen li efektive edziĝis kaj generis unu filon, tiun ĉi friponon, kies reala nomo samas kiel la patra nomo. Li edzinigis Berilan Garcia, belulino el Kostariko, kaj ŝtelinte konsiderindan sumon de publika mono, li ŝanĝis sian nomon al Vandeluro kaj fuĝis al Anglujo, kie li starigis lernejon en orienta Jorkŝiro. Lia kialo por provi tiun okupiĝon estis, ke li konatiĝis kun ftiza instruisto dum la vojaĝo hejmen, kaj ke li uzis la kapablecon de tiu homo por sukcesigi la entreprenon. Frazero, la instruisto, tamen mortis, kaj la lernejo, kiu komenciĝis bone, sinkis de misreputacio ĝis misfamo. La Vanderuloj trovis konvene ŝanĝi sian nomon al Stepeltono, kaj li kunportis la restaĵon de sia havaĵo, siajn planojn por la estonteco, kaj sian ŝaton de entomologio al la suda Anglujo. Mi eksciis ĉe la Brita Muzeo, ke li estis agnoskita spertulo pri la temo, kaj ke la nomo Vandeluro estis permanente donita al iu tineo, kiun li, dum siaj jorkŝiraj tagoj, la unua priskribis.

Nun ni venas al tiu lia vivperiodo, kiu pruviĝis tiel intense interesa por ni. La fripono evidente enketis kaj konstatis, ke nur du vivoj intervenas inter li kaj la valora bieno. Kiam li iris al Devono, liaj planoj estis, mi opinias, sufiĉe svagaj, sed, ke li ekde la komenco intencis misfaron, evidentiĝas per tio, ke li kunprenis sian edzinon en karaktero de la fratino. La ideo utiligi ŝin kiel logaĵon estis klara en lia menso, kvankam li eble ne certis, kiel estos aranĝotaj la detaloj de lia komploto. Li intencis fine akiri la bienon, kaj li pretis uzi iun ajn ilon aŭ riski ion ajn tiucele. Lia unua paŝo estis establi sin laŭeble proksime al sia prapatra hejmo, kaj lia dua paŝo estis kultivi amikecon kun kavaliro Karlo kaj kun la najbaroj.

La kavaliro mem rakontis al li pri la familia ĉashundo kaj tiel preparis la vojon al sia propra morto. Stepeltono, kiel mi daŭre nomos lin, sciis, ke la koro de la maljunulo estas malsana, kaj ke ŝoko mortigus lin. Tion li eksciis de doktoro Mortimero. Li aŭdis ankaŭ, ke kavaliro Karlo estas superstiĉa kaj traktis tre serioze tiun malagrablan legendon. Lia inĝenia menso tuj sugestis metodon, laŭ kiu la kavaliro povus esti mortigita kaj tamen oni apenaŭ povus kulpigi la realan murdinton.

Konceptinte la ideon, li ekrealigis ĝin kun konsiderinda rafiniteco. Ordinara planinto kontentiĝus labori per sovaĝa ĉashundo. Utiligo de artefarita rimedo por pli diabligi la kreaĵon estis flagro de genio liaparte. La ĉashundon li aĉetis en Londono ĉe Roso kaj Mangelo, la vendistoj en Fulamstrato. Ĝi estis la plej forta kaj plej sovaĝa, kiun ili posedis. Li transportis ĝin per la nord-devona fervojlinio, kaj marŝis longan distancon trans la erikejon por alhejmigi ĝin sen motivigo de komentoj. Li jam dum sia papiliĉasado lernis penetri la Grimpenan Marĉon, kaj tiel li trovis sekuran kaŝlokon por la besto. Tie li enstaligis ĝin kaj atendis oportunan okazon.

Sed tiu ne baldaŭ venis. La maljuna sinjoro ne estis logebla ekster sian ĝardenon nokte. Plurfoje Stepeltono embuskis kun sia ĉashundo, sed senrezulte. Ĝuste dum tiuj senfruktaj serĉadoj li, aŭ pli precize lia aliancano, estis vidita de kamparanoj, kaj la legendo pri la demona ĉashundo estis denove konfirmita. Li esperis, ke lia edzino logos kavaliron Karlo al ties ruiniĝo, sed je tio ŝi pruviĝis neatendite sendependa. Ŝi rifuzis klopodi por envolvi la maljunan sinjoron en sentimentan ligatecon, kiu eble liverus lin al la malamiko. Minacoj kaj, mi bedaŭras diri, batoj malsukcesis persvadi ŝin. Ŝi rifuzis enmiksiĝi en tion, kaj dum kelka tempo Stepeltono estis plene haltigita.

Li trovis elirejon el la malfaciloj pro la hazardo, ke kavaliro Karlo, amikiĝinte kun li, igis lin la peranto de sia bonfaremo rilate tiun misfortunan sinjorinon Laŭra Liono. Prezentinte sin fraŭlo, li sukcesis komplete influi ŝin, kaj li komprenigis al ŝi, ke, se ŝi akirus divorcon de sia edzo, li edzinigus ŝin. Liaj planoj subite kriziĝis pro ekscio, ke kavaliro Karlo intencas forlasi la Halon pro la konsilo de doktoro Mortimero, kun kies opinio li mem ŝajnigis konsenti. Li devis agi tuj, aŭ lia viktimo eble eskapus el lia potenco. Li do premis sinjorinon Liono, ke ŝi skribu tiun leteron, petegante la maljunulon konsenti al ŝi rendevuon vespere antaŭ lia foriro al Londono. Li poste per ŝajnvera argumento malhelpis ŝin iri kaj tiel ricevis la okazon, kiun li atendis.

Reveturinte vespere el Kum-Tresio, li disponis tempon por alkonduki sian ĉashundon, pentri ĝin per tiu infereca farbo, kaj gvidi la beston al la pordeto, kie li havis motivon supozi trovi la maljunan sinjoron atendanta. La hundo, incitite de sia mastro, transsaltis la pordeton kaj persekutis la malfeliĉan kavaliron, kiu fuĝis kriĉante tra la taksusa aleo. En tiu sombra tunelo vere devis esti terura vidaĵo tiu grandega nigra besto kun la flamaj muzelo kaj fajrantaj okuloj, salteganta post la viktimo. Li falis mortinta pro kormalsano kaj teruriĝo fine de la aleo. La ĉashundo restis sur la herbokovrita rando, dum la kavaliro trakuris laŭ la pado, tiel, ke videblis nenies spuro krom tiu de la viro. Vidante lin kuŝi senmova la besto probable proksimiĝis por snufi lin, sed trovinte lin morta, ĝi denove forturniĝis. Ĝuste tiam ĝi postlasis la piedsignojn, kiujn efektive rimarkis doktoro Mortimero. La ĉashundo estis alvokita kaj rapide forkondukita al sia kaŝloko en la Grimpena Marĉo, kaj estis postlasita mistero, kiu perpleksigis la aŭtoritatojn, alarmis la kamparon, kaj fine alportis la kazon sur la kampon de nia observado.

Tiom pri la morto de kavaliro Karlo Baskervilo. Vi perceptas ties diablan ruzecon, ĉar vere estus preskaŭ neeble starigi proceson kontraŭ la reala murdinto. Lia sola kunkrimulo estis tia, kia neniam povus perfidi lin, kaj la groteska nepensebla naturo de la rimedo nur servis por igi ĝin pli trafa. Ambaŭ virinoj, implikitaj en la kazo – sinjorinoj Stepeltono kaj Laŭra Liono – estis lasitaj forte suspektemaj pri Stepeltono. Sinjorino Stepeltono sciis, ke li projektas kontraŭ la maljunulo kaj ankaŭ pri la ekzisto de la ĉashundo. Sinjorino Liono sciis nenion pri ili, sed ŝi estis impresita de tio, ke la morto okazis je la horo de la nenuligita rendevuo konita nur de li. Tamen ambaŭ estis sub lia influo, kaj ĉe ili por li estis nenio timinda. La unua duono de lia tasko estis sukcese plenumita, sed restis la pli malfacila.

Eble Stepeltono ne sciis, ke ekzistas heredonto en Kanado. Ĉiuokaze li tre baldaŭ eksciis pri tio per sia amiko doktoro Mortimero kaj sciigis lin tiu lasta pri ĉiuj detaloj koncerne la alvenon de Henriko Baskervilo. La unua ideo de Stepeltono estis, ke tiu juna nekonato el Kanado povus eble esti mortigita en Londono, entute sen aliro al Devono. Li malfidis sian edzinon, de kiam ŝi rifuzis helpi lin prepari kaptilon por la maljunulo, kaj estus tro riske lasi ŝin longe for de lia vidkampo pro timo, ke li perdus sian influon al ŝi. Pro tiu kialo li kunprenis ŝin al Londono. Ili loĝis, mi trovis, en la Meksburga privata hotelo, en Krevenstrato, kiu fakte estis unu el tiuj, kiujn vizitis mia agento serĉanta atestaĵon. Tie li enkarcerigis sian edzinon en ŝia ĉambro, dum li, aspekte ŝanĝita per barbo, sekvis doktoron Mortimero al Bakerstrato, kaj poste al la stacidomo kaj al la Nordhumberlanda hotelo. Lia edzino iomete anticipis liajn planojn; sed ŝi tiom timis sian edzon – timo bazita sur bruta mistraktado – ke ŝi ne riskis skribi por averti la viron, kiun ŝi sciis endanĝerigita. Se tiu letero falus en la manojn de Stepeltono, ŝia propra vivo ne estus sekura. Finfine, kiel ni scias, ŝi uzis la rimedon eltranĉi la vortojn, kiuj formis la mesaĝon, kaj adresi la leteron laŭ misformita manskribo. Tiu atingis la kavaliron kaj havigis al li la unuan averton pri la danĝero.

Estis tre necese, ke Stepeltono akiru iun pecon de la vestaĵoj de kavaliro Henriko tiel, ke, se li eble estus devigita utiligi la hundon, li ĉiam disponus rimedon por alspurigi ĝin. Laŭ karakterizaj senprokrasto kaj aŭdaco li tuj entreprenis tion, kaj ni ne povas dubi, ke la botpurigisto aŭ ĉambra servistino de la hotelo estis riĉe subaĉetita por helpi lian projekton. Hazarde tamen la unua ŝuo, akirita por li, estis nova kaj sekve senutila por lia celo. Li do redonigis ĝin kaj akiris alian – tre instrua okazo, kiu definitive pruvis al mi, ke temas pri reala hundo, ĉar neniu alia supozo klarigus tiun avidon akiri malnovan ŝuon kaj la indiferenton pri la nova. Ju pli stranga kaj groteska estas okazaĵo, des pli ĝi meritas esti zorge esplorita, kaj ĝuste tiu punkto, kiu ŝajnas kompliki kazon, estas, kiam taŭge konsiderita kaj science traktita, tiu, kiu probable prilumos ĝin.

Poste ni havis la viziton de niaj amikoj je la posta mateno, ĉiam spuritaj de Stepeltono el la fiakro. Pro lia scio pri miaj ĉambroj kaj pri mia aspekto, kiel ankaŭ pro lia ĝenerala konduto, mi emas kredi, ke la krimkariero de Stepeltono neniel limiĝis al tiu ĉi baskervila afero. Estas suspektige, ke dum la pasintaj tri jaroj okazis kvar konsiderindaj domŝteloj en la okcidento, pro neniu el kiuj estis arestita ajna krimulo. La lasta el ili, ĉe Folkstona Korto, en Majo, estis rimarkinda pro la fridsanga pistolmortigo de paĝio, kiu surprizis la maskitan kaj unuopan ŝteliston. Mi ne dubas, ke Stepeltono refortigis tiumaniere siajn velkantajn financojn, kaj ke dum jaroj li estis sovaĝa kaj danĝera persono.

Mi spertis ekzemplon de lia rimeda preteco tiumatene, kiam li tiel sukcese eskapis nin, kaj ankaŭ pri lia aŭdaco, kiam li resendis al mi mian propran nomon pere de la fiakristo. Ekde tiu momento li komprenis, ke mi transprenis la kazon en Londono, kaj ke sekve ekzistas tie por li neniu eblo. Li reiris al Darta Erikejo kaj tie atendis la alvenon de la kavaliro.»

«Unu momenton!» mi diris. «Vi sendube priskribis ĝuste la sinsekvon de la okazaĵoj, sed unu punkton vi lasis neklarigita: kio okazis al la hundo, kiam ĝia mastro estis en Londono?»

«Mi iom priatentis tiun aferon, kaj ĝi sendube gravas. Ne povas esti dubeble, ke Stepeltono havis konfidenculon, kvankam ne estas verŝajne, ke li iam ajn metis sin sub ties potencon per divido de ĉiuj siaj planoj. Ĉe Meripita Domo estis maljuna domservisto, kies nomo estis Antonio. Lia ligateco al la Stepeltonoj estas spurebla tra pluraj jaroj, eĉ ĝis la lernejestra periodo, tial li sciis, ke liaj gemastroj estas geedziĝintaj. Tiu viro malaperis kaj eskapis el la lando. Estas pensige, ke la nomo Antonio ne estas ofta en Anglujo, dum Antonio oftas en ĉiuj hispanlingvaj kaj latinamerikaj landoj. Tiu viro, kiel ankaŭ sinjorino Stepeltono, bone parolis la anglan, sed laŭ kurioza lispa maniero. Mi mem ja vidis tiun maljunulon transiri la Grimpenan Marĉon laŭ la pado, kiun Stepeltono signis. Estas do tre probable, ke dum la foresto de la mastro ĝuste li prizorgis la ĉashundon, kvankam eble li neniam sciis pri la celo, por kiu la besto estis utiligota.

La Stepeltonoj tiam reiris al Devono, kien ilin baldaŭ sekvis kavaliro Henriko kaj vi. Nun unu vorton pri miaj agoj tiutempe. Eble revenos al via memoro, ke ekzamenante la paperon, sur kiu estis la presitaj vortoj, mi deproksime esploris ĝin por akvomarko. Tion farante mi tenis ĝin je kelkaj coloj de miaj okuloj kaj konsciis pri malforta odoro de la parfumo konata kiel blanka jasmeno. Ekzistas sepdek kvin parfumoj, kiujn krimfakulo ĉe neceso devas distingi unu de la aliaj, kaj kazoj pli ol unufoje laŭ miaj propraj spertoj dependis de tuja rekono de ili. La odoro sugestis la ĉeeston de damo, kaj miaj pensoj jam komencis direktiĝi al la Stepeltonoj. Tiel mi certiĝis pri la ĉashundo kaj divenis la krimulon, eĉ antaŭ

204

ol ni iris en la okcidentan regionon.

Mia rolo estis gvati Stepeltonon. Estis tamen evidente, ke tion mi ne povus fari, se mi estus kun vi, ĉar li tre vigle singardemus. Mi trompis ĉiujn, inkluzive vin, kaj mi aliris sekrete, kiam oni supozis min en Londono. Miaj suferoj ne estis tiom gravaj, kiom vi imagas, kvankam tiaj bagatelaj detaloj devus neniam malhelpi la esploradon de kazo. Mi loĝis plejparte en Kum-Tresio, kaj uzis la kabanon sur la erikejo, nur kiam estis necese proksimiĝi al la scenejo de la agado. Kartrajto akompanis min, kaj en sia rolo de kampara junulo li tre multe asistis min. Mi dependis de li por nutraĵo kaj puraj tolaĵoj. Kiam mi gvatis Stepeltonon, Kartrajto ofte gvatis vin, tiel, ke mi povis teni en la mano ĉiujn fadenojn.

Mi jam sciigis al vi, ke viaj raportoj rapide atingis min senprokraste plusendataj de Bakerstrato al Kum-Tresio. Ili bonege servis al mi, kaj precipe tiu sola hazarde vera peco el la biografio de Stepeltono. Mi povis konstati la identecojn de la viro kaj la virino, kaj sciis finfine, kiel statas la afero.

La enketo estis konsiderinde komplikita pro la okazaĵo de la forkurinta bagnulo kaj la rilatoj inter li kaj la Barimoroj. Ankaŭ tion vi tre efike ordigis, kvankam mi jam konkludis same pro mia propra observado.

Ĝis la tempo, kiam vi trovis min sur la erikejo, mi jam havis kompletan scion pri la tuta afero, sed mi ne havis proceson prezenteblan al ĵurio. Eĉ la provo de Stepeltono kontraŭ kavaliro Henriko tiunokte, kiu finiĝis per la morto de la misfortuna bagnulo, ne multe helpis nin pruvi murdon kontraŭ nia celito. Ŝajnis, ke la sola alternativo estas kapti lin ĉe la krimo mem, kaj tial ni devis utiligi kavaliron Henriko kiel logaĵon. Tion ni faris, kaj je la prezo de la severa ŝoko al nia kliento ni sukcesis kompletigi nian enketon kaj peli Stepeltonon al la detruiĝo. Ke kavaliro Henriko estis elmetita al tio, mi devas konfesi, estas riproĉo kontraŭ mia direktado de la kazo, sed mankis al ni la eblo antaŭvidi la teruran kaj paralizan spektaklon prezentitan de la besto, kiel ni ankaŭ ne povis aŭguri la nebulon, kiu ebligis al ĝi eksplodi antaŭ ni senaverte. Ni sukcesis pri nia celo je kosto, kiun la specialisto kaj doktoro Mortimero certigas al mi nur provizora. Longa vojaĝo verŝajne ebligos al nia amiko resaniĝi ne nur rilate la frakasitajn nervojn, sed ankaŭ rilate la vunditajn sentojn. Lia amo al la sinjorino estis profunda kaj sincera, kaj por li la plej malgaja parto de la tuta nigra afero estis, ke li estis trompita de ŝi.

Restas nun nur indiki la rolon, kiun ŝi ludis tra la tuto. Sendube Stepeltono influis ŝin, eble pro la amo aŭ eble pro la timo, aŭ tre eble pro ambaŭ, ĉar ili neniel estas emocioj neagordigeblaj. La influo estas ĉiuokaze absolute efika. Pro lia ordono ŝi konsentis prezenti sin fratino, kvankam li trovis la limojn de sia potenco super ŝi, kiam li provis igi ŝin la rekta helpanto pri la murdo. Ŝi estis preta averti kavaliron Henriko tiom, kiom ŝi povis fari ne implikante la edzon, kaj ĉiam denove ŝi provis tion fari. Stepeltono mem ŝajne kapablis ĵaluzi, kaj vidante la kavaliran amindumon, li ne povis ne interrompi ĝin per pasia eksplodo, kiu vidigis la fajrecan animon, kiun lia sinrega mieno tiel lerte kaŝis. Per kuraĝigo de la intimeco li certigis, ke kavaliro Henriko ofte venu al Meripita Domo, kaj ke pli aŭ malpli baldaŭ li disponos pri la oportuna okazo, kiun li deziris. Tamen en la tago de la krimo lia edzino subite turniĝis kontraŭ lin. Ŝi jam eksciis ion pri la morto de la bagnulo, kaj ŝi sciis, ke la ĉashundo estos enŝlosita en la kabano vespere, kiam kavaliro Henriko vizitos ilin por vespermanĝi. Ŝi akuzis la edzon pri la intencata krimo kaj sekvis furioza kverelo, dum kiu li vidigis la unuan fojon, ke ŝi havas rivalon por lia amo. Ŝia fideleco tiumomente iĝis akra malamo, kaj li konstatis, ke ŝi perfidos lin. Li do ligis ŝin, por ke ŝi havu neniun eblon averti kavaliron Henriko, kaj sendube li esperis, ke, kiam la tuta regiono klarigos la morton de la kavaliro per la familia malbeno, kio certe okazos, li povos persvadi sian edzinon akcepti la plenumitan faron kaj silenti pri tio, kion ŝi scias. Tiurilate mi opinias, ke li miskalkulis, kaj ke, se ni ne ĉeestus, lia sorto tamen estus sigelita. Virino hispanrasa ne pardonas tian ofendon tiom leĝere. Kaj nun, mia kara Vatsono, sen konsulto de miaj notoj mi ne povas havigi al vi pli detalan historion pri tiu stranga kazo. Mi ne kredas, ke io esenca estas lasita sen klarigo.»

«Li ne povis esperi pri mortotimigo de kavaliro Henriko, kiel li faris al la maljuna onklo, per sia fantomeca ĉashundo.»

«Tiu besto estis sovaĝa kaj duonnutrita. Se ĝia aspekto ne mortotimigus la viktimon, almenaŭ ĝi paralizus la eventualan rezistadon.»

«Sendube. Restas nur unu malfacilaĵo. Se Stepeltono heredus, kiel li povus klarigi la fakton, ke li, la heredonto, loĝadis neanoncite sub alia nomo tiel proksime al la bieno? Kiel li povus pretendi tion, ne kaŭzante suspekton kaj enketon?»

«Tio estas eksterordinara malfacilaĵo, kaj mi timas, ke vi tro multe postulas atendante, ke mi solvu ĝin. La pasinteco kaj la estanteco estas sur la kampo de miaj esploroj, sed kion faros homo en la estonteco estas malfacile respondebla demando. Sinjorino Stepeltono aŭdis sian edzon diskuti tiun problemon plurokaze. Eblis agi laŭ tri manieroj. Li povus pretendi la bienon el Sud-ameriko, konfirmi sian identecon antaŭ la tieaj britaj aŭtoritatoj kaj tiel ricevi la havaĵon tute sen alveno al la Anglujo; aŭ li eble portus komplikitan kaŝaspekton dum la mallonga tempo necese pasigota en Londono; aŭ, denove, li eble havigus al la kunkrimulo la pruvojn kaj paperojn, enmetante lin kiel la heredulon, kaj retenante iun porcion de ties enspezoj. Ni ne povas dubi laŭ tio, kion ni konas pri li, ke li trovus iun vojon el la malfacilaĵo. Kaj nun, mia kara Vatsono, ni pasigis kelkajn semajnojn da grava laboro, kaj dum unu vespero, mi opinias, ni rajtas direkti niajn pensojn al pli agrablaj kaneloj. Mi mendis loĝion por *La hugenotoj*.[13] Ĉu vi aŭdis la Reŝkojn?[14] Ĉu mi do rajtas peti, ke vi estu preta post duonhoro, kaj ni povos halti ĉe Marcino por iomete vespermanĝi survoje?»

---

13   *Les Huguenots*, franclingva opero (1836) de Giacomo Meyerbeer (origine: Jacob Liebmann Beer, 1791–1864).
14   La pola tenoro Jean de Reszke (origine: Jan Mieczysław Reszke, 1850–1925) dum 1888–1900 pli ol 300 fojojn kantis en la Reĝa Operejo en Londono. En *La hugenotoj* li plenumis la rolon de Raoul, aperante kun la frato Édouard kaj la fratino Josephine.

Postpolure

Ĝisostaj lingvemuloj eble scivoletas pri la reviziaĵoj en tiu ĉi festjara eldono. La interkrampaj numeroj referencas paĝojn.

Aldonoj. Ie-tie simple mankis frazo aŭ unu-du vortoj: *Adresu al sinjoro Barimoro, Baskervila Halo* (67); *ne* (131, en «ĉu mi ne havas kialon»); *kaj* (134, antaŭ «bone konata»); *Ĝi ŝajnis al ni esti postskribo fine de la letero kaj ĝi legiĝis* (135, kie Auld skribis nur *kaj tio legiĝis*); *rokeca* (137); *en la salonon* (143); *mi diris* (150, post «Ĉu ... estas?»); *mi demandis* (161); *malgraŭ sia ruzeco* (164); *ĉi* (antaŭ «tiu nokta horo», 167); *se mi ĝuste memoras vian raporton* (170); *Krom* (191); *«Iu troviĝas ene», kriis Lestrado. «Mi aŭdas moviĝon. Malfermu ĉi tiun pordon!»* (191); *nia amiko* (195); *Eblis agi laŭ tri manieroj* (207).

Da. En tri lokoj Auld uzis *da* antaŭ persona pronomo, dubinde: *unu-du colojn da ĝi* (*el*, 25); *dektriopo da ili* (*dektriopo laŭnombre*, 28); *dudeko da ili* (*ankaŭ laŭnombre*, 95).

Ebleco. Auld ofte skribis *ebleco* ne rilate econ, sed kun la senco «io, kio estas ebla». Laŭ hodiaŭaj rekomendoj ni ŝanĝis tion al *eblo* en jenaj lokoj: *eblo fari* (24); *enormajn eblojn* (40); *eblo pruvi* (76); *eblo, ke vi revenos* (94); *eblon diri* (117); *eblon remeti* (124); *havis eblon atingi* (128); *la eblo, ke li embuskos* (133); *eblo, ke* *mi regajnu* (147); *la eblo estis oportuna* (149); *la eblon, kiun* (153); *risku la eblon* (188); *eblo peli viktimon* (196); *ne havis eblon scii* (198); *por li neniu eblo* (203); *la eblo antaŭvidi* (206); *havu neniun eblon averti* (207). En paĝo 147, du vortojn antaŭ la vorto *eble*, ni uzis *eventualaĵon* por eviti tujan ripeton de la radiko.

E-finaĵo. Paĝo 77 prezentis Holmson *staranta senmove kaj postrigardante nin*, sed *postrigardanta* ŝajnis al ni preferinda laŭ la strukturo de la angla frazo: li staras kaj rigardas. En paĝo 162 ni ŝanĝis la lastan vorton de *pli proksime, pli laŭte, pli urĝa* al *urĝe*, kaj en 188 ni aldonis E-finaĵon al *ni moviĝu retro*.

Forigoj. Ni forigis la vortojn *kaj diris* el du lokoj, kie nenio tia aperas angle: post *altigis la brovojn* (68) kaj post *ŝultrotiris* (168). Simile ni forigis *tre* el la frazo *Ĉu tre malfacile estas koni ĝin?* (93). En paĝo 117 Auld ial enmetis *kiam* en *ĝis kiam mi forlasos ĝin*, kvankam en multegaj aliaj lokoj li kontentigis sin per memstara subjunkcia *ĝis* laŭ la ordinara konvencio.

Interpunkcio. Tra la tuta verko ni normigis la uzadon de komoj ĉe subfrazoj, ekuzis haltostrekojn ĉe interrompita parolo kaj punktojn en mallongigoj kiel *M.R.K.Ĥ.*, enkondukis «tiajn» citilojn laŭ la nuntempa stilo de EAB, kaj, konsultante la anglan tekston, rekunigis plurajn alineojn, kiujn antaŭaj eldonoj supozeble devis apartigi pro sia signado de dialogo per nura haltostreko. Ni modifis la manieron uzi citilojn kaj kursivajn literojn en la antaŭvortoj (14–15) kaj en la eltiraĵo el la *Medicina registro* (21), kaj aldonis dividostrekon en *supren-suben* (51: ĝi jam troviĝis samvorte en paĝo 120).

Frazfinan interpunkcion ni fojfoje korektis – eble temis nur pri preseraroj: *giganta ĉashundo.* (37); *lando›.* (51); *informon?* (135); *avertoj.* (164). En paĝo 140 ĉe *momente, kvazaŭ* ni rekunigis du frazojn, kiuj antaŭe misdisiĝis. Fine de ĉapitro 14 ŝajnis pli klare komenci novan frazon post la longa holmsa parolo: *Li gestis*.

Kia. Auld uzis *kia* en maniero netradicia (tamen ne malofte renkontata) antaŭ simpla senverba frazparto. Ni preferis *kiel*: en *loko kia ĉi tiu* (91); *tia kia tiu* (105); *por aktivulo kia li* (105); *al najbaro kia mi* (118); *tia kreaĵo kia la jena* (191).

Klareco. Fine de ĉapitro 3 ni trovis jenan frazon stumbliga pro la prokrasto de *induktis*: *li staru dum kvin aŭ dek minutoj, kiel doktoro Mortimero, laŭ pli praktika sento ol mi anticipe kreditus al li, induktis*. Ni metis tiun vorton post *kiel*, por ke legantoj ne momente pensu pri la starmaniero de Mortimero.

Sendube Auld ne miskomprenis la anglan vorton *expression*, sed al ni ŝajnis, ke legantoj povus momente konfuziĝi pro la plursenceco de *esprimo* en Esperanto, do ni skribis *pro via mieno* anstataŭe (99).

En paĝo 162 Holmso ekkrias *Granda ĉielo, se ni tro malfruos!* Nu, *bona ĉielo!* aperas kvinfoje en la traduko kaj ŝajnas relative facile komprenebla. Sed *granda ĉielo!* (angle *great heavens!*) estas malpli travidebla – pro iom idiotisma senco de *great* – kaj aperas nur en tiu frazo, kiu jam havas iom kuriozan gramatikan strukturon. Ni aldonis *je la* por igi la aferon iomete pli klara.

Ĉe *ne tiom paroksisme terurigas durulon, kia estas tiu ĉi bag-nulo, riski rekaptiĝi*, pro la distanco inter *tiom* kaj *riski*, ni preferis diri *ke li riskus* (166). Rilate *kvindek metrojn, de kie ni kuŝis*, ni elektis *de ni kuŝantaj* (senkome) por evitigi la absurdan impreson, ke ni kuŝis de la metroj (189). Kaj ĉe *la viron, kiun ŝi sciis en danĝero* la vorto *endanĝerigita* ŝajnis pli bona elturnaĵo (202).

Koherigo. En paĝo 28 Auld skribis pri *la Misaj Potencoj*, kiuj en paĝo 30 *frenezas*. Tamen poste Holmso kaj la kavaliro kvazaŭ citas tion dirante «la malicaj potencoj ekzaltiĝas» (77) kaj «la malica potenco ekzaltiĝas» (125). La angla vortumo apenaŭ varias kaj uzas la vorton *exalted*, kiun *ekzaltiĝas* povas redoni pli bone ol *frenezas*. Krome la senco «malica» estas iom neordinara ĉe *misa*. Do ni alprenis *malica* kaj *ekzaltiĝas* ĉiufoje.

La eltiraĵo el la *Medicina registro* uzas la esprimon *endoma ĥirurgo* (21), sed en la tuj antaŭa paĝo Holmso diris *domĥirurgo*; ni sekvis la registron. Estas konate, ke la detektiva literaturo emas misdoni al la vorto *dedukti* la sencon «indukti» (ĝeneraligi el detaloj), kaj Auld laŭe elangligis *deduction* per *indukto*; li tamen pretervidis *vi perturbis niajn etajn deduktojn* (23). En paĝo 124 li ial uzis la malbelan formon *geBarimoroj* anstataŭ sia kutima *Barimoroj*.

La. Al pluraj frazpartoj ni aldonis mankintan artikolon: *la ekvido* (30); *la Desmondoj* (68); *La juna Baskervilo* (77, laŭ modelo du paĝojn antaŭe); *la kaveco de la erikejo* (96); *kredas pri la ebleco de enmiksiĝo* (105: tie *ebleco* ja temas pri eco!); *la Stepeltonoj* (108); *la enfalintaj brutaj okuloj* (165); *la pli necedema el la du* (166).

Aliloke tiu vorteto ŝajnis entrudiĝinta kaj ni forigis ĝin: [*la*] *Laftera Halo* (35); *pro* [*la*] *Dio* (97); [*la*] *sud-okcidenta Anglujo* (100); *forlasita de* [*la*] *Dio* (103); *turoj de* [*la*] *Baskervila Halo* (155); *Kun* [*la*] *amaraj koroj* (164). Laŭ la angla originalo ni ŝanĝis *en nia vartejo* al *en la vartejo* (57) kaj *tiu porda sonoro* al *la porda sonoro* (71): oni antaŭe ne menciis tiun sonoron.

Neoficialaj vortelementoj. La sufikso *-oz-* aperis sesfoje en la teksto de Auld, kaj ni elektis esprimi ĝin alimaniere: *rokozaj* (*rokecaj*, 80); *harozan* (*harkovritan*, 104); *ŝtonoza parto* aŭ *monteto* (*ŝtona*, 151 kaj 153); *ŝtonoza deklivo* (*ŝtonplena*, 163); *nebuloza* (*nebula*, 197). Simile ni anstataŭigis *esprimivan* per *esprimpovan* en paĝoj 78 kaj 98. *Far la edzo* iĝis *fare de la edzo* (147); post la pasiva participo en *malglatigita far la vento* ni ŝanĝis *far* al la normala *de* (156). Ni forigis *aliam* favore al *alifoje* (107); *la olda*

Mideltono fariĝis *maljuna* (149); kaj la *aperta* dompordo estas nun *malfermita* (191). Anstataŭ *krimologio* nia versio parolas pri *krimscienco* (183).

Nerekta parolo. En multaj tiaj subfrazoj post IS-ĉefverbo ni ekuzis AS-verbon, kie Auld ripetis la IS-finaĵon, kvazaŭ la subfraza ago okazus pli frue ol la ĉefa. Pri tio li tamen ne kondutis konsekvence; ekzemple en paĝo 191 li skribis: «Tiuj pafoj nepre sciigis al li, ke la ludo *estas* finita»; sed nur kvar paĝojn poste: «Li fuĝis, kiam li sciis, ke la ludo *estis* finita». Jen densigita listo montranta nur la ĉefverbon (aŭ similan enkondukan vorton) kaj la verbo(j)n de la subfrazo:

konvinkita: estas (36); *sciis: pesas, konstruas, pesas, decidas* (44); *vidis: iras* (59); *montris: estas* (63); *legis: signifas* (78); *vidante: staras, apogas, rigardas, pasas* (79); *ŝajnis: rimarkas* (84); *ŝajnis: paliĝas, aŭskultas* (88); *estis eble: estas* (88); *sciis: troviĝas* (89); *sciis: estas* (91); *difini: venas* (95); *ŝajnis: estas* (97); *dubis: troviĝas* (100); *aŭdu: diras* (102); *videblis: diras, povas, volas* (105); *deklaras: ekzistas* (107); *certigi: estas* (109); *konstati: venas* (110); *estis klare: ekzistas* (114); *ŝajnis: proponas, iĝas, rifuzas* (115); *obsedis: faras* (120); *juĝi: originas* (126); *vidi: lumas* (127); *sciiĝis: ekzistas* (147); *konstatis: havas* (172); *sciigis: estas* (184); *sciis: estas* (195); *vidis: estas* (193); *indikis: zigzagas, baras* (194); *sciis: estas* (199); *aŭdis: estas* (199); *ekscio: intencas* (200); *sciis: projektas* (202); *komprenis: ekzistas* (203); *sciis: estas* (204); *sciis: statas* (205); *ŝajnis: estas* (205); *silenti: scias* (207).

N-finaĵo. Ni forigis la mezan N el *nenionfarantojn* (60), sed akuzativigis (kaj singularigis) la lastan vorton en *trans la erikejoj* (105) kaj *vidi Ŝerlokon Holmso* (172). En paĝo 127 ni skribis *eliris el mia buŝo* anstataŭ la netradicia vortumo *eliris mian buŝon* – malrekomendinda, ĉar N-finaĵoj havas almovan sencon. La inicialoj *L. L.* estas akuzativaj en paĝo 136; antaŭaj eldonoj presigis ilin sub la tre kurioza formo *L. Lon*; ni rigardis ilin kiel iaspecan citaĵon kaj rezignis pri la N-finaĵo.

Ortografio. Ni aldonis intervortan spaceton en *plej aĝa* (42), *ne necesas* (72) kaj *de post* (135). En la unua piednoto de paĝo 27, ni ŝanĝis *Karlo I* al *Karlo la unua*, kaj *kemiisto* iĝis *ĥemiisto* en la noto de paĝo 82 (la traduko jam uzis Ĥ en vortoj kiel *ĥirurgo*, *meĥaniko* kaj *paroĥo*). Piednote de paĝo 175 ni ŝanĝis *Francio* kaj *Britio* al *Francujo* kaj *Brituju* (la traduko ofte mencias *Anglujon*).

Participoj absolutaj. Tia sintakso simple ne eblas en Esperanto: *Tiuj plorkriis ..., iuj forŝtelirante kaj iuj ... rigardante* (*Tiuj plorkriis ...; iuj forŝteliris kaj iuj ... rigardadis*, 29); *Antaŭ ni kuŝis ... la domo, ĝiaj ... fumtuboj akre konturitaj* (*kaj ĝiaj ... fumtuboj akre konturiĝis*, 187); *Mi salte leviĝis, ... mia menso paralizita* (*paraliziĝis*, 189).

Preseraroj. Krom la sendubaj preseraroj *rekontiĝis* (50) kaj *politilko* (175), zorga komparo kun la angla originalo elstarigis jenajn eretojn, kiujn ni laŭe korektis: *tute povra* (estu *tuta*, 42); *kial diable* (*kiel*, 54); *ni antaŭkuru* (*mi*, 58); *nur rerigardis* (*nun*, 80); *mi venis* (*ni*, 92); *Ne, Joĉjo* (*Nu*, 98); *mi dirus* (*diris* malgraŭ la aliaj apudaj US-verboj, 102); *io tropika ..., kiu* (*kio*, 105); *la misinfluo* (*ia*, 106); *la ekspedicio* (*lia*, 110); *mi povas esti certa* (*vi*, 151); *tiaj senfina lerto kaj malpezo* (*senfinaj*, 154); *mi venĝos lin!* (*ni*, 163); *levis la brovon* (*brovojn*, 172); *montris, kiel* (*kie*, 195).

Pronomoj. Plurloke en la unua ĉapitro Auld dufoje uzis *vi* por traduki la anglan *you*, kvankam temis pri la ĝenerala senco *oni* kaj ne (nur) pri la alparolato: *en ies ĉambro* (21) kaj trifoje *ni* en la frazo pri «drameca sortmomento» (22). En paĝo 57 la vorto *tiu* en *tiu eniras sian lokon* aludas la aferon de la mistera letero, kaj ni ŝanĝis ĝin al *tio*; pri la samo temas *Almenaŭ tiu realis* (131), kie

Auld skribis *tiuj* malgraŭ la singulara *this* anglatekste. Post *povus pretendi* la frazresuma vorto *ĝin* iĝis *tion* (207).

Propraj nomoj. Ni plene esperantigis jenajn nomojn: *Bertiljono* (24); *Svan-Edisono* (82); *Knelero, Renoldzo* (174); *Rodneo, Pito* (175); *Roso, Mangelo* (200); *La hugenotoj* (208); *la Reŝkoj* (208: plurale, ĉar temas pri triopo, kiel la piednoto nun klarigas); *Marcino* (208: angle *Marcini*, sed *Marsini* laŭ la duonesperantigo de Auld). Ni korektis *Ĝonstono* al *Ĝonsono* (63: angle *Johnson*) kaj *Beilvero* – ĉu nur preseraro? – al *Belivero* (153: *Belliver*). Anstataŭ *Mikelfesto* kaj *Sankta Mikelo* ni preferis la Fundamentan radikon *Miĥael-* (27).

Laŭ la pli konata modelo de *Bilbo Baginzo* en la Auld-a traduko de *La mastro de l' ringoj* – kaj ankaŭ laŭmodele de *Lidzo* ĉi-verke – ni Z-igis la S de *Perkinzo*: tiu persono unue aperas akuzativa (36), kaj la formo *Perkinson* riskis konfuzeti, ĉar ĝi precize egalas al nemalofta angla familia nomo.

Helpvokalon ni enmetis al *Ĉaringo-Kruco* (ekde 19), ĉar malfacilas laŭnorme prononci *ngk* en nia lingvo. Similan helpvokalon ni aldonis en *notingo-monteta* (105, rememorigante pri *Monteto Notingo* en paĝo 80). Ĉe la *tajpilo Remingtono* (143) ni skribis *Remingtona*, tolerante la sinsekvon *ngt*, kiu aperas ankaŭ en *Padingtona* (70). *Regentostrato* plurfoje menciiĝas, sed unuloke (148) mankis al ĝi tiu meza O.

Si. En tri frazoj ni enkondukis refleksivon anstataŭ *li* aŭ *ili*: *Nigraj traboj transsaltis super niaj kapoj, kun fumnigrigita plafono super ili* (84); *Li venis proponante pardonpeton pro lia malĝentileco* (118); *Li nuligus ĉiun kontraŭstaron liaflankan* (118).

Transitiveco. Plurloke Auld pasivigis netransitivan verbon aŭ aldonis al ĝi rektan objekton: *ili pasis ... unu el la noktaj paŝtistoj* (preterpasis, 29); *pasis min* (preter mi, 29); *li pasis la* *erikejan pordeton (preterpasis,* 33); *brulite dispecigita (brule,* 135); *foriris perpleksite (perpleksigite,* 148); *perpleksus* aŭ *perpleksis +* objekto *(perpleksig-,* 148, 168 kaj 201); *rafineco (rafiniteco,* 200).

La IG-sufikson ni forigis el *tre konfuziga* (47) kaj *maltrompigita* (161), dum ĉe *kunludis* (123) ni aldonis ĝin: elturniĝo per *kaj kun kiu mi ludis* estus senmotive maleleganta. La vorto *komplika* igis *komplikita* multloke (65, 90, 94, 111, 138, 159, 160, 198, 207). Auld skribis en paĝo 101, ke *estos neeble formovigi lin,* kvazaŭ oni petus aliulon formovi la kavaliron: ĉar tio ne estas precize la senco de la angla esprimo *to get him to move,* ni do preferis *igi lin formoviĝi. Loki* estas jam per si mem transitiva, do *ŝafpaŝtisto lokigus sian postenon* legiĝis strange; ni tamen elektis tie la pli koncizan vortumon *postenigus sin* (151).

Uskleco. En la antaŭvortoj ni majuskligis la vorton *Esperanta* (14–15). Ni majuskligis monatonomojn *(Majo)* laŭ la Fundamento, kaj ekuzis la 24-horan sistemon cele al plia internacia klareco. Tiu lasta ŝanĝo aparte gravas rilate al *la dudek-dua horo* de la rendevuo inter Laŭra Liono kaj Karlo Baskervilo. Adjektivojn derivitajn de propraj nomoj ni minuskligis: ekzemple *elizabeta* (85), *grimpena* (88) aŭ *jorkŝira* (199). Kiam la ĉashundo portas la epiteton *Baskervila* (125), aŭ *de la Baskerviloj* (175), ni traktis la tuton kiel propran nomon kaj donis al ĝi majusklan Ĉ.

Verbotempo. Krom la IS-verbojn AS-igitajn en la paragrafo «Nerekta parolo», ni modifis ankaŭ jenajn verbojn laŭ nia lingvosento: *vi ne kontraŭas (-us,* 23, kie ni ankaŭ forigis *ne*); *mi aŭdis pri (-as,* 56); *devis tuj turniĝi … devis tiam (-us,* 60); *bonvolas alvoki (-us,* 61); *mi loĝis … du jarojn (-as,* 93); *eble signifis (-as,* 112); *pado disbranĉiĝis (-as,* 114); *mi konis ŝin (-as,* 116); *puŝestingus … malaperus (-os,* 127); *devus serĉi sian mankanton (-u,* 129); *riskas diri (-us,* 148); *friponoj bruligis (-us,* 152); *terurigas durulon (-us,*

166); *kio certe okazus (-os*, 207). En paĝo 169, ĉe *Finfine ni proksime luktis (-as)*, eble Auld havis en la kapo, ke la aludita konversacio kun Stepeltono nun finiĝis. Tamen per tiu konversacio la lukto nur komenciĝas...

Vortelekto. En kelketaj lokoj la traduko rekte eraris aŭ agis nekonsekvence pri la traduko de unuopaj vortoj: «and not—» *sed ne— (kaj ne—*, 23); «paper» *refaldis sian paperon (taĝjurnalon*, 34); «large pots» *tasegojn (kruĉegojn*, 45); «wore» *vestis (portis*, 49); «grim story» *gravan historion (malagrablan*, 70); «Ivernian» *iberia (irlanda*, 78); «opened out of the hall» *malfermiĝanta el la halo (vestiblo*: la halo estas la tuta domo, 84); «of any sort» *iaspecaj (iaj ajn*, 96); «light eyes» *malhelaj okuloj (helaj*, 98); «the other day» *je alia tago (antaŭ nelonge*, 106); «vigil» *vigilio (vigilo*, 119 kaj 148); «boots» *ŝuojn (botojn*, 124); «stared» *eksaltis (gapis*, 150); «turned away again» *denove returniĝis (denove forturniĝis*, 201); «both the specialist and Dr. Mortimer» *tia specialisto kia Mortimero (la specialisto kaj Mortimero*, 206); «had been living» *vivadis (loĝadis* proksime al la bieno, 207).

Apartaĵoj.

• (28) Ĉe *one more wicked or, it may be, more drunken than the rest* la Auld-a teksto parolis pri *iu el la pli fiaj aŭ, eble, pli ebriaj ol la ceteraj*. Sed nur unu el la uloj estis *more wicked* aŭ *more drunken*; do estu *iu pli fia aŭ, eble, pli ebria*.

• (32) *Ilia atestaĵo, subtenita de la atestaĵo de pluraj amikoj*. Tiu ripeto de *atestaĵo* efikis maleleganta; nenio tia aperas en la angla originalo, do ni preferis legi *tiu de pluraj amikoj*.

• (53) Auld tradukis *So far as I can follow you* kiel *Do ĝis tie mi povas sekvi vin*. Fakte tio ne estas memstara aserto, sed enkonduka subfrazo kun la senco «laŭ mia kapablo kompreni vin»: en la ĉefa parto de la frazo kavaliro Henriko resumas tiun sian komprenon. Ni anstataŭigis *ĝis tie* per *kiom*.

• (60) La angla subjunkcio *so that* signifas jen «tiel, ke» (kun la rezulto, ke), jen «por ke» (kun la celo, ke). Niatakse la fiakrulo celis sian malrapidumadon, do *por ke* ŝajnis iomete pli trafa.

• (105) Tiupaĝe *our friend, the baronet* estis tradukita per *nia amiko kavaliro*, kvazaŭ kun dividostreko nevidebla inter la du substantivoj. Laŭ ni tio estis tro obskura kaj ni anstataŭigis ĝin per la evidenta laŭvorta traduko *nia amiko, la kavaliro*.

• (117) La frazo *mi respondis al li iom pli arde ol mi devis, eble, tial ke ŝi staris proksime* legiĝis iom malfacile kaj ne plene kaptis la sencon de la angla vorto *considering*. Ĉe ni la frazo nun finiĝas jene: *ol mi eble devis, se konsideri, ke ŝi staras proksime*. La verbo *staras* troviĝas kvazaŭ en nerekta parolo post *konsideri*.

• (125) *Kio oni nomas tiun sonon? ... Kial atenti tion, kion ili nomas ĝin?* Kutime oni demandas *kiel* oni nomas ion.

• (151) *Ĝi estis ties spuro, kaj ne de la bagnulo, kiun Frenklendo hazarde trafis.* Jen ekzemplo de tiel nomata «fendita frazo» en la angla, komenciĝanta per sensignifa *it*. Per la rimedoj de la Esperanta vortordo ni povas rekrei tian efekton sen streĉi la gramatikon, do ni elektis rearanĝi la frazon jene: *Ties spuron, kaj ne tiun de la bagnulo, Frenklendo hazarde trafis.*

• (171–2) Auld elcerbumis la kunmetaĵon *lastmanĝi* (aŭ *lastmanĝo*) por traduki *supper* ĉi tie. Tiu vorto unuafoje aperas en kontrasto kun *vespermanĝo*, kie la vorto *noktomanĝi* tre nature proponas sin.

• (189) En la klimaksa sceno la teksto *malcertaj pri kia hororaĵo estas eksplodonta* emis detiri la atenton en la demandon, ĉu *pri* valide povas stari senpere antaŭ subfrazo. Tiaj strukturoj sufiĉe ofte aperas en la nuntempa Esperanto, sed tradicie ili neniam uziĝis, kaj ni ja pritraktas libron klasikan. Efektive oni tute ne bezonas *pri* en tiu frazo: *malcertaj* povas mem enkonduki la subfrazon, kaj tiel ni faris.

• (197) Ni forigis piednoton pri *imbriki*, ĉar tiu verbo troveblas en la *Plena Ilustrita Vortaro* jam de 2002. En la noto Auld krome citis propran frazon – «Ludkarte imbrikiĝas miaj tagoj» – kaj ĉiuokaze tiu frazo plu vivados, ĉar la venonta eldono de PIV enhavos ĝin kiel ekzemplon de *imbrikiĝi*.

★ ★ ★

Se la ĉi-supraj notoj lasas ĉe vi negativan impreson pri la origina teksto, tamen komprenu, ke temas pri detaletoj. Ĝenerale la traduko estis vere elstara kaj ege leginda. Kompense do, ni finu la libron listigante cent tute trafajn esperantigojn ĉi-verke elpensitajn de nia genia festjarulo William Auld:

- *what do you make of it?* = *kiel vi taksas ĝin?* (17)
- *knocked about* = *uzĉifita* (18)
- *small achievements* = *modestaj plenumoj* (18)
- *with some self-importance* = *iom memgravige* (19)
- *practise* (pri kuracisto) = *kuracisti* (20)
- *in this light* (konsideru) = *jenmaniere* (20)
- *turn up* (serĉi kaj trovi) = *elfoliumi* (21)
- *a history by X* = *historio laŭ X* (27)
- *ride for dear life* = *rajdi sinsave* (30)
- *romantic* (rakonto) = *romaneca* (34)
- *padlocked* = *serurita* (39)
- *settled* (naturo) = *senŝancela* (41)

- *could not possibly be = neniel povis esti* (41)
- *black sheep of the family = familia hontindaĵo* (42)
- *hush, muffle, deaden, subdue = sordini* (44, 81, 83, 85, 191)
- *now that you mention it = laŭ via atentigo* (45)
- *take shape = konturiĝi* (48)
- *clear the table = senpladigi la tablon* (49)
- *if you can call it that = se tio ĝi nomindas* (50)
- *rough letters = malkleraj literoj* (50)
- *News* (en ĵurnaltitolo) = *Novaĵaro* (53)
- *ill-disposed towards = malbonema al* (57)
- *dreamer = gapanto* (58)
- *loiter, saunter = malrapidumi* (60)
- *there will be trouble = okazos krizo* (64)
- *den of thieves = ŝtelista kaverno* (65)
- *be involved* (pri monsumo) = *esti pritraktita* (68)
- *forparencaj kuzoj = distant cousins* (68)
- *with all the goodwill in the world = malgraŭ la plejebla bonvolo* (69)
- *to your face = inter kvar okuloj* (72)
- *and no mistake = senblage* (72)
- *snap* (laŭte ekrompiĝi) = *klakŝiriĝi* (74)
- *relax one's precautions = kompromiti sian singardemon* (76)
- *lush grass = riĉa herbo* (77)
- *swear by = lojali al* (77)
- *tweed suit = skotdrapa kostumo* (78)
- *prosaic = sendistinga* (78)
- *forbidding* (loko) = *forpuŝa* (78)
- *hard-faced = malmoltrajta* (79)
- *peep out = elgvati* (79)
- *sunlit countryside = sunumata pejzaĝo* (79)

- *jagged* = *zigzaga* (79, 93)
- *skirt* (pasi laŭrande) = *flankumi* (79)
- *drift* = *drivaĵo* (79)
- *darkling* = *malhelumanta* (80)
- *shudder* = *ektremegi* (81)
- *clipped bare* = *tonde nudigita* (82)
- *firedogs* = *bariletoj* (83)
- *crackle and snap* = *krakis kaj klakis* (83)
- *I for one was glad* = *minimume mi ĝojis* (85)
- *moan* (pri arboj en vento) = *ululi* (85)
- *homely* = *senpretenda* (90)
- *better explanation* = *preferinda klarigo* (91)
- *downs* = *montetaro* (93)
- *sweep over* (pri bruo tra loko) = *trabalaiĝi super* (94)
- *chill of fear* = *timfrosto* (95)
- *commoner* = *sentitolulo* (98)
- *talk at cross purposes* = *interparoli miskomprenige* (98)
- *stunted* (arbo) = *nana* (98)
- *right of way* = *rajtigita trairejo* (107)
- *from time immemorial* = *ekde la pratempo* (107)
- *box-room* = *deponejo* (108)
- *cast* (ombron) = *sterni* (109)
- *steady* (kandelbrilo) = *senflirta* (110)
- *creep* = *kaŝiri* (110)
- *get to the bottom of* = *veni al la klarigo de* (110)
- *as a matter of course* = *rutinece* (113)
- *get together* (pri amantoj) = *duopi* (117)
- *tear-stained* = *larmospura* (119)
- *loom* = *baŭmi* (127, 160)
- *dash out* (kandelon) = *puŝestingi* (127)

- *lay one's hands upon* (kapti) = *submanigi* (132, 135)
- *who would stop at nothing* = *kiun hezitigus nenio* (133)
- *rake up* (ion el la pasinteco) = *elrasti* (135)
- *find one's way to* = *voji al* (138)
- *rain-lashed* = *pluvdraŝata* (140)
- *chuckle* = *ridgluglo* (149)
- *settle over* (lokon, pri krepusko) = *manteli* (159)
- *blunder against* = *karamboli kontraŭ* (163)
- *bubble over* = *bobeli transranden* (166)
- *we should be laughed out of court* = *kortumo priridus nin* (169)
- *reconcile oneself to* = *akordigi sin al* (170)
- *lost in thought* = *droninte en pensoj* (170)
- *see no reason* (por agi tiel) = *ne trovi kialon* (170)
- *girlhood* = *knabinepoko* (172)
- *mope* = *malgajumi* (172)
- *incriminating* = *krimuliga* (172)
- *meek-mannered* = *humilmora* (175)
- *supreme adventure* = *superega aventuro* (184)
- *tiptoe* = *piedpinti* (186)
- *shimmering* = *muara* (187)
- *outpace* = *devanci* (189)
- *undulations* = *ondiĝetoj* (194)
- *the game is up* = *la ludo estas finita* (191, 195)
- *ooze in upon* = *tralikiĝi al* (195)
- *kennel* = *enstaligi* (200)
- *specious* = *ŝajnvera* (201)
- *promptness* (kiel ies trajto) = *senprokrasto* (203)
- *set on the track* (hundon) = *alspurigi* (203)
- *incompatible* = *neagordigebla* (206)